一个青年艺术家的画像

（爱尔兰）詹姆斯·乔伊斯◎著

云岫◎译

中国华侨出版社

北京

图书在版编目（CIP）数据

一个青年艺术家的画像 / (爱尔兰) 詹姆斯·乔伊斯
著；云岫译 . —北京：中国华侨出版社，2022.3
ISBN 978-7-5113-8767-7

Ⅰ . ①一… Ⅱ . ①詹… ②云… Ⅲ . ①长篇小说－爱
尔兰－现代 Ⅳ . ① I562.45

中国版本图书馆 CIP 数据核字（2022）第 015822 号

一个青年艺术家的画像

著　　者 /(爱尔兰) 詹姆斯·乔伊斯
译　　者 / 云　岫
责任编辑 / 张　玉
封面设计 / 胡椒设计
经　　销 / 新华书店
开　　本 /880 毫米 ×1230 毫米　1/32　印张 / 9　字数 / 225 千字
印　　刷 / 三河市华润印刷有限公司
版　　次 /2022 年 3 月第 1 版　2022 年 3 月第 1 次印刷
书　　号 /ISBN 978-7-5113-8767-7
定　　价 /42.00 元

中国华侨出版社　北京市朝阳区西坝河东里 77 号楼底商 5 号　邮编：100028
编辑部：(010) 64443056
发行部：(010) 64443051　　传　真：(010) 64439708
网　址：www.oveaschin.com　E-mail：oveaschin@sina.com

如发现印装质量问题，影响阅读，请与印刷厂联系调换。

译者序

这是一部成长小说，描绘了年轻人的心路历程。其中的"画像"不仅指外表，还指灵魂深处。作者詹姆斯·乔伊斯是爱尔兰著名诗人、作家，现代主义文学奠基者之一，这是他第一次运用意识流手法完成的长篇小说，具有很强的自传色彩，它代表着一个文学新时代的到来。

这部小说展现了主人公——都柏林青年斯蒂芬从童年到青少年时期的成长历程，主要包括两条叙事线索，一是男主人公斯蒂芬的成长经历，二是斯蒂芬的心理活动，二者相结合，塑造了一个从天真的童年到比较成熟的青年艺术家的形象。

本书是詹姆斯·乔伊斯早期"精神顿悟"手法和后期意识流技巧之间所必经的一个转折，也是他写作生涯中一个十分重要的转折。这本书问世之后，得到了很多诗人及批评家的认可。叶芝、伍尔夫、博尔赫斯、贝克特称赞其为"20世纪思想者之书"。它不是一部纯意识流小说，却兼具现实主义和现代主义的精粹。

目　录

一

からから

　　从前，正值好时候，大路上走过来一头哞哞叫的奶牛，这时，它和一个名叫馋嘴娃娃的美丽小孩相遇了……

　　这个故事他的父亲跟他讲过；他的父亲从镜子里看着他：汗毛覆盖了他一脸。

　　那时候他就是馋嘴娃娃，贝蒂·伯恩所住的那条路就是那头哞哞奶牛经过的地方：他们家是以卖柠檬木盘子维持生计的。

　　　　哦，在一片精致的绿园中，
　　　　野玫瑰花正竟相绽放。

　　他唱着那支属于他自己的歌。

　　　　哦，绿色的玫瑰竟相绽放。

　　如果你尿炕了，你先会感觉到一股暖流，之后又会有凉气袭来。他母亲把一块带着怪味的油布给他铺上。

相比他爸爸身上的味道，他妈妈身上的味道要好闻多了。她用钢琴演奏水手号角歌，他在一旁伴舞。

特拉拉拉，拉拉，
特拉拉拉，特拉拉拉底，
特拉拉拉，拉拉，
特拉拉拉，拉拉。

查尔斯大叔和丹特都起身欢呼。相比他父亲和母亲，他们的年龄都要大一些，而查尔斯大叔的年龄又要超过丹特。

丹特的衣柜里有两把刷子，一把是给迈克尔·达维特[1]准备的，就是那把绛紫色绒背的，另一把是给帕内尔[2]准备的，也就是那种绿绒背的。他用包装纸换得了丹特的茶糖。

万斯家在七号住。他们也有自己的父母。他们是艾琳的父母。等他们成年以后，他就要娶艾琳。他在桌子下面藏着。他母亲说：

——哦，斯蒂芬不可能不道歉。

丹特说：

——哦，否则的话，他的眼睛会被那些山鹰啄掉的。

---

[1] 迈克尔·达维特（1846—1906）：爱尔兰民族运动领袖，和帕内尔一起在爱尔兰推行土地改革运动，二人均为"民族土地改革联盟"的成员。——译者注

[2] 查尔斯·斯图尔特·帕内尔（1846—1891）：爱尔兰民族主义政治家。在爱尔兰拥有极高的声誉，曾被誉为爱尔兰"无名的国王"。1879年，他成为"民族土地改革联盟"主席。——译者注

把他的眼睛啄掉，
赶紧说对不起，
赶紧说对不起，
把他的眼睛啄掉。

赶紧说对不起，
把他的眼睛啄掉。
赶紧说对不起。

　　那个广阔的操场上处处是男孩。他们欢呼雀跃着，各班的级长也不甘落后，大声叫着他们赶紧往前走。黄昏的空气有些阴冷，只要那些足球队员发起进攻，飞起一脚，那油亮的皮制的圆球就如同一只大鸟划过昏暗的光线。他一直在他那班同学的最边上待着，那里是级长的盲区，他也不会挨粗鲁的脚，他时不时也起来活动活动。他觉得在这群足球队员中，他的体质太差了，眼睛也总是不太好使。罗迪·基克汉姆可和他不一样，所有的同学都认为三年级的队长非他莫属。

　　罗迪·基克汉姆是个很正直的人，纳斯蒂·罗奇则非常令人厌恶。罗迪·基克汉姆的座位上有一些碎肉渣，他还存了一个柳条筐在食堂里。纳斯蒂·罗奇的手很大。星期五的蛋糕被他叫作毛毯卧狗。有一天，他这样问斯蒂芬：

　　——你的名字叫什么？

　　斯蒂芬答道：斯蒂芬·迪达勒斯。

　　之后，纳斯蒂·罗奇说：

　　——那是个什么名字？

　　这个问题一下子难倒了斯蒂芬。纳斯蒂·罗奇又继续问道：

　　——你父亲是做什么工作的？

斯蒂芬答道：

——一个读书人。

紧接着，纳斯蒂·罗奇又问道：

——他在政府部门任职吗？

他慢慢走过那道防线的边沿，有时还会跑几步。可是他的手都冻红了。他把两只手都插到有带子的口袋里。也就是说，他的口袋里有一条带子。有时这条带子还可以用作皮带。

有一天，有个家伙对坎特韦尔说：

——过一会儿，我得好好抽你几皮带。

坎特韦尔说：

——你要是想打架的话，麻烦你去找一个和你势均力敌的对手。你抽塞西尔·桑德尔一皮带。我倒要看看你有没有这个胆量。他会狠狠踢你一脚。

这话说得就有点粗鲁了。他妈妈曾经跟他说过，在学校里要离那些野孩子远一点。妈妈真是太好了！当她第一天在校园的大厅里和他说再见时，她撩起面纱，把鼻子遮住和他接吻。她的眼睛和鼻子都泛红，眼泪很快就要掉下来了，可是他假装没有看到。她是一位很好看的妈妈，可是一流泪就会变得难看。他父亲曾经给过他两个五先令的银币，说给他零花。他父亲还告诉他，假如还有什么需要，就写信给家里，还说无论做什么，都不要当一个背信弃义的人。接下来，他的爸爸妈妈还在校园门口和校长握了手，微风吹拂着校长的法衣，而他的爸爸和妈妈却被马车带走了。他们坐在车上再次叫着他的名字，冲他摆手：

——再见，斯蒂芬，再见！

——再见，斯蒂芬，再见！

有一次，他被一片混乱殃及，那些闪耀着动人心魄的神采的眼睛和沾满泥浆的大靴子，他害怕极了。他弯腰从很多腿缝里看向外面。那些家伙边哼唧边对打，腿全部纠缠在一起胡乱撞击。接下来，杰克·劳顿的黄靴子勾出了那个球。于是，所有其他的靴子和腿都在后面穷追不舍。他也跟在后面跑了几步，不过不久就停下来了。再继续跑也没有意义了。不久，他们就都要回家度假了。用过晚餐以后，他要去阅览室一趟，把他书桌里面的座号改成七十六，之前是七十七。

相比待在外面，待在阅览室里则要暖和多了。天空阴冷，可校园里灯光闪烁。他就不明白了，汉密尔顿·罗恩的帽子是从哪个窗口飞到篱笆上去的，也不清楚当时那些窗子下面有没有花坛。有一天，学校食堂的管事把他叫到校园里，把士兵们用枪弹打过的痕迹给他看，还给了他一块大家都在吃的脆面包。校园里的那些灯光映照过来，让他觉得既舒适又温暖。就如同书上出现的场景。可能莱斯特修道院就是如此。在康韦尔博士的识字课上，也有一些很美的句子。它们都像诗一样，可是那却只是一些告诉孩子们认字的句子。

> 沃尔西在莱斯修道院里死了，
> 修道院里的院长们把他埋葬了。
> 黑霉症是一种会对植物造成极大危害的病症，
> 癌症却会祸害各种动物。

在火炉边的地毯上躺下来，用手撑着头，然后再在脑海里回想这些句子，真是太惬意了。他颤抖不已，似乎全身上下都是冰冷、黏糊的水。韦尔斯真是太不讲义气了，他怎么能因为他不想用他的小鼻烟壶和韦尔斯的那个曾经战胜过四十个对手的老干栗子交换，就将他一把推到那个方形水坑里呢？那里的水又冷又脏。还有人看到过一只大老鼠跑到上面的那层浮渣里去了。妈妈和丹特都在炉边坐着，等着布里基德拿茶点过来。她的脚放在炉槛上，镶着珍珠的拖鞋被烤得热乎乎的，发出一种暖和的味道。丹特无所不知。她曾经跟他说过莫桑比克渠在哪里，还跟他说过哪一条河是美洲最长的河，哪座山是月亮里最高的山。相比丹特所知道的事情，阿纳尔神父知道得更多，因为他是一个传教士，可是不管是他父亲，还是查尔斯大叔，都说丹特很聪慧，读了很多书。吃完饭以后，如果丹特觉得胃灼热，她会发出一种声音，并把手放在嘴边。

操场上传来一个遥远的声音：

——都回来！

之后，低年级和三年级那边也会传来同样的声音：

——都回来！都回来！

打球的人全都聚拢到一起，脸红扑扑的，全身上下都是泥，他也和他们站在一起，很幸运自己也是其中的一员。罗迪·基克汉姆把那只球上的满是油泥的带子抓在手里。有一个人要最后踢它一脚：可是他一直往前走，根本没有回答他。西蒙·穆南要他别踢，因为级长正看向这边。那家伙迅速扭向西蒙·穆南这边说：

——我们都知道你这样讲的原因何在。你是麦格莱德的小咕嘟。

小咕嘟真是个奇怪的词。那家伙之所以用这个名字称呼西蒙·穆南，原因是他时常喜欢在背后悄悄将级长的假袖子绑在一起，这个举动时常会惹恼级长。可是，这个词儿叫起来真是太不好听了。有一次，他在威克罗医院的厕所里洗手，后来他父亲揪着链子，把水池子里的塞子拉开以后，脏水就从水池下面那个洞里流了出去。当池子里的水快流干时，就会有一个咕嘟的声音发出来，只不过更响亮。

一想到那些事和厕所里那白茫茫的样子，他就觉得浑身不舒服。那里有两个水龙头，只要一拧开，就会流出水，有热水也有冷水。他先是觉得冷，之后又觉得热。奇怪的是，他竟然可以看到水龙头上面的名字。

走到走廊上，他也觉得有些冷。那空气太潮湿了，显得很是怪异。可是不久就点燃了煤气灯，当煤气燃烧时，会有一种浅吟低唱的声音发出来。总是一成不变的模样：但凡游艺室的那些家伙保持安静，你就能够听到了。

做算术的时间到了。阿纳尔神父在黑板上写了一个不好算的数字，之后说：

——那么现在，看你们谁比较厉害？赶紧算吧，约克！赶紧算吧，兰开斯特[1]！

斯蒂芬拼尽了全力，可是那道题的确是太难了，他觉得有些奇怪。之前一直别在他的上衣胸前的那个画有白玫瑰花的小缎带现在却飞个不停。在算术这方面，他不是很在行。可是，他依然拼尽了全力，以免让约克失败了。阿纳尔神父的脸色看起来不太好，可是，他并不是安安静静地待着，而是在笑。接下来，杰克·劳顿活动了一下手指，于是，阿纳尔神父看了看他的练习簿说：

——对。兰开斯特很优秀。戴红玫瑰的要取得胜利了。赶紧算吧，约克！抓紧时间追上他！

杰克·劳顿转身看了看后面。因为他今天穿的是一件蓝色水手大衣，所以那个画有红玫瑰的小缎带的颜色看起来就格外刺眼。斯蒂芬觉得自己的脸也红了，因为他在想，在化学元素课上，究竟谁可以获胜，是杰克·劳顿呢，还是他？一连几个星期，第一名的那张卡片都被杰克·劳顿攥在手里，又有几个星期，第一名的那张卡片来到了斯蒂芬手里。当他努力计算第二道算术题，而且当阿纳尔神父的声音传到他的耳边时，他面前的那个白玫瑰的缎带飞个

---

[1] 15世纪，英国约克党和兰开斯特党（标志分别是白玫瑰和红玫瑰）为了争夺王位，进行了旷日持久的斗争。——译者注

不停。接下来，他没有了那股热情，他觉得自己的脸上袭来一股凉意。他想他的脸色一定没有血色，因为他觉得他的脸很凉。他无法解出那道题，可是那也无所谓了。白玫瑰和红玫瑰：这都是一些一想起来就很美的颜色。那些声称第一、第二和第三的卡片颜色也超级美丽：粉红的、奶油色和淡紫色的。一想到淡紫色、奶油色和粉红色的玫瑰，就觉得很漂亮。可能一朵野玫瑰就会有这些颜色，他还想到一首在绿色的小园地里开出野玫瑰花的歌。可是绿色的玫瑰你是找不到的，可是在世界的其他地方，也许你可以找到一朵。

听到铃声以后，各班排队从教室里走出去，从走廊走向饭厅。他坐在那里，眼睛盯着那两片压成花形的黄油看，那软和的面包，他实在是吃不下去，台布也是潮湿的、温软的。可是他把动作不够麻利、系着白围裙的厨房里的帮工给他倒的那杯淡茶给喝了。他不知道那厨工的围裙是不是也是潮湿的，也不知道是不是所有的白东西都是阴冷潮湿的。纳斯蒂·罗奇和索林喝着家里的罐头可可。他们说，那茶就是猪食水，他们是不能喝的。那些家伙还说他们的父亲是本地的官员。

那些男孩子好像都不太亲近他。他们都有自己的父亲和母亲，自己的衣服和声音。他迫切想要回家，把头枕在他母亲的膝上，可是那是不可能的，因为他希望游戏、学习和祈祷的活动都赶紧结束，那他就可以休息去了。

他又将一杯热茶喝进肚子里，弗莱明说：

——怎么啦？你是不是哪里不舒服？

——我不知道，斯蒂芬说。

——一定是你的肚囊皮觉得难受了，弗莱明说，因为你的脸色很不好，很快就会好了。

——哦，是的，斯蒂芬说。

可是，他并不是那里不舒服。他想，他是从心里觉得不舒服，假如那个地方也可以觉得不舒服的话。弗莱明真好，还过来关心他。他直想掉眼泪。他把胳膊肘撑在桌子上，一会儿用手按住，一会儿又把他的耳搭放开。只要他一把耳搭放开，食堂里的喧闹声就会传过来。那无与伦比的嘈杂声就如同火车在夜里经过一样。而当他把耳搭按住时，那声音也就如同火车进入山洞一样，消失了。有一次，在达尔基就度过了那样一个晚上，火车声就像如今这样吼叫不已，后来当它进入山洞时，就听不到这样的声音了。他把眼睛闭上，火车前行，嘶吼声一阵接一阵。听到它不停地嘶吼，之后咆哮着钻出山洞，之后又停下来，觉得很有趣。

接下来，高班的一些学生从饭厅中间的草垫上走过来，有帕迪·拉思和吉米·马吉，还有那些可以抽雪茄的西班牙人，以及那个戴着毛线帽的小葡萄牙人。跟在他们后面的是低年级的桌子和三年级的桌子上的人。每一个都有自己独特的走路姿势。

他在游艺室的一个角落里坐下来，假装看别人玩多米诺游戏，有一两次，他终于可以很快听到煤气灯发出的低低的歌唱声了。级长和其他几个孩子在门边站着，西蒙·穆南正在拴他的两条假袖子。他在跟他们讲和塔拉贝格相关的故事。

之后，他离开门边，韦尔斯却走向斯蒂芬这边：

——跟我们说说，迪达勒斯，每天上床睡觉时，你会吻你的妈妈吗？

斯蒂芬答道：

——我吻的。

韦尔斯马上回过头告诉其他人：

——哦，我说，这家伙每晚睡觉时都要和他的妈妈亲吻。

其他人都放下手中的游戏，哈哈大笑起来。当着这么多人的面，斯蒂芬的脸不由得红了，他说：

——我不吻。

韦尔斯说：

——噢，我说，这家伙每晚睡觉时都不和他的妈妈亲吻。

他们又都笑得前仰后合。斯蒂芬也想加入他们。他觉得全身一阵阵发热，一时间竟不知如何是好了。那个问题究竟要怎么回答呢？他给了两个答案，可是换来的却是大家的笑声。韦尔斯肯定知道正确的答案，因为他是文科三班的学生。他在脑子里勾勒韦尔斯妈妈的模样，可是，他不敢抬头看韦尔斯的脸。韦尔斯的脸一点都不讨喜。前一天，就是韦尔斯把他推到那方形水坑里去的，只是因为他不想用他的小鼻烟壶和韦尔斯的曾经战胜过四十个对手的老干栗子交换。他那么干真是太粗鲁了，其他人也都那么说。那坑里的水不仅冷而且黏糊糊的。此外，有人还看到过一只大老鼠跳到那浮渣里面了。

他全身都被那沟里的阴冷的泥水沾满了，等到上课铃响，各班排队从游艺室走出去时，他觉得走廊上和楼梯上的冷空气一直往他的衣服里钻。他还在想要怎么回答才是对的。到底要不要亲吻他的母亲呢？吻的定义是什么，吻是什么意思？你抬起你的脸，说一句晚安，之后你母亲俯下脸颊，那就是接吻。他母亲把她那软软的嘴唇贴到他的脸上，嘴唇还会把他的面颊弄湿，还会发出细小的吧嗒声。他不明白，人们为什么用他们的两张脸做这件事？

他在阅览室里坐下来，把书桌的上盖打开，把里面的座号改成七十六。可是，圣诞节假日还有很长一段时间才到，可是无论如何它一定要到的，因为地球在持续转动着。

在他的地理书的第一页上面有个地球的图形：那里有一片云彩，中间有一个大球体。弗莱明有一盒彩色铅笔，有一天上晚自习时，他用绿色涂了涂那个地球，又用绛紫色涂了云彩。那颜色和丹特衣柜里的那两把刷子没有任何差别，一把绿绒背刷子是给帕内尔的，一把绛紫色绒背刷子是给迈克尔·达维特的。可是，是弗莱明自己要那么干的，他并没让弗莱明这样涂那张画。

他把地理书打开上地理课，可是，美洲的那些地名他始终没办法记住。那里总是有多个地方，叫的名字也不同。它们都在不同的国家里，在不同的大陆上，在世界各个地方，而世界又属于宇宙。

他把地理书的扉页翻开，看到自己曾经写在上面的字：他自己，他的名字和他所处的位置。

> 斯蒂芬·迪达勒斯
>
> 基础班
>
> 克朗戈斯伍德学校
>
> 沙林斯
>
> 基德尔县
>
> 爱尔兰
>
> 欧洲
>
> 世界
>
> 宇宙

这些字都出自他之手：有一天晚上，纯粹是出于好玩，弗莱明在那一页的背面这样写道：

> 我叫斯蒂芬·迪达勒斯，
>
> 我是爱尔兰人。
>
> 我居住在克朗戈斯，
>
> 而我的希望是天堂。

他倒着念这些诗，就发现它们和诗一点都不像了。接下来，他自下而上念扉页上的字，直到念到他自己的名字。那就是他：之后他又自上而下念。宇宙之后应该是什么呢？一片空虚。可是，将宇宙包裹在其中的会不会有什么东西代表宇宙已经到了尽头，一片空虚的地方应该开始了呢？那不会是一堵墙，但一条极细的线还是有可能的，以包裹住一切。必须得有非常强大的大脑，才能思考所有东西和所有地方。可以做到这一切的只有上帝。他试着思考，一种庞大的思想应该是什么样，可是，出现在他脑海里的只有上帝。就像斯蒂芬是他的名字一样，上帝是上帝的名字。"迪尔"（Dieu）是法国人对上帝的称呼，那么上帝的名字也是这个。如果有人向上帝祷告时，是用的"迪尔"这个称呼，那么上帝立刻就会知道是一个法国人在向他祷告。可是，尽管全世界有多种语言，也因此赋予上帝多种名字，可是上帝依然明白不同的人用不同的语言向他祷告时都说了些什么，而且上帝一直是那个上帝，上帝的真正名字就是上帝。

　　一直沉浸在这样的思考中，他觉得很累。他觉得脑袋都大了。他翻过扉页，一脸疲惫地看着那个绿色的地球和它周边的绛紫色云彩。他不知道什么才是对的，应该给绿色的投赞成票，还是给绛紫色的投赞成票。因为有一天，丹特剪掉了给帕内尔准备的那把刷子上的绿绒背，还告诉他帕内尔是个坏人[1]。他表示深刻的怀疑，此刻的他们是不是还在这个问题上争执不休。那就叫作政治。这里有人分列两个阵营：丹特在一个阵营，他的父亲和凯西先生在另一个阵营，而他的母亲和查尔斯大叔却不在任何一个阵营。在报纸上，每天都可以看到类似这样的情况。

　　什么是政治，宇宙在哪里终结，他都一无所知，这让他很是难受。他觉得自己太弱小了。自己什么时候才能和诗歌班和修辞班的那些人相提并论呢？他们的嗓门很大，穿着宽大的靴子，而且他们

---

[1]　1890 年，因为和奥谢夫人的暧昧关系，帕内尔威信扫地，失去了人们的爱戴。——译者注

还学三角。对于他来说，这些简直是痴人说梦。得先过一个假期，再过一个学期，然后又过一个假期，再一个学期和一个假期。这就像火车开进山洞一样，也像饭厅里你把你的耳搭按住和放开时听到的嘶吼声一样。还是上床去睡觉比较好。先去礼拜堂祷告一番再上床。他身子有点轻微的抖动，还哈欠连天。睡到床上被窝变暖和一点以后，他会觉得很惬意。一开始他觉得被窝里冷冰冰的，他都没有勇气钻进去。只要一想到被窝里那冰冷的场景，他就不由得浑身抖动得厉害。可是慢慢地被窝里的温度会升高，他就可以进入梦乡了。觉得疲惫真是件再惬意不过的事。他又接连打了几个哈欠。晚祷结束以后，他上床，觉得全身抖动得厉害，一个劲想打哈欠。要不了几分钟，他一定会觉得很惬意。他觉得冰冷的被窝里慢慢升腾起一股暖气，越来越暖和，直到他觉得全身都被暖气所包围，甚至是太暖和了，可是他依然有些发抖，有点想打哈欠。

晚祷的铃声响了，他和人群一起从阅览室出来，顺着楼梯走下来，再沿着走廊走到礼拜堂。走廊上的灯光昏暗，礼拜堂的灯光也是如此。不一会儿，一切都变暗了，都快要进入梦乡了。礼拜堂里的夜空气实在是太冷了，大理石的颜色就像深夜的海的颜色一样。无论白天还是黑夜，大海都非常冷，可是，到了晚上更冷。他父亲房子旁边的海堤下面就是既阴冷，又黑暗。可是要想用水壶做出甘甜的茶，就必须放在炉架上。

级长正在礼拜堂负责做祷告，应该如何回答，他心里跟明镜儿似的：

　　哦，主啊，把我们的嘴唇打开，
　　我们的嘴就会开始对你的荣耀进行称赞。
　　请向我们伸出援手吧，哦，上帝！
　　哦，主啊，赶紧来帮助我们！

礼拜堂里清冷无比，可是又非常神圣。就和星期天做弥撒时那些老农民身上散发出来的味道一模一样。那是空气、雨水、泥炭以及灯芯绒夹杂在一起的味道。可是他们都是些非常神圣的农民。他们就在他后面边喘气边祷告、叹息。他们在克莱恩住，有个家伙说：那里有不少小农舍，而且当那些车子经过沙林斯时，他还看到一个怀里抱着小孩的妇女正在一家农舍的半截门旁边倚靠着。如果有这样一个晚上，在那家村舍的煤烟滚滚的泥炭火前，在那火光四射的黑暗中，在那温暖的黑暗中，让那些农民的气息和空气、雨水、泥炭和灯芯绒的味道钻入自己的鼻孔，就这样睡一觉该是多么享受啊。可是，那里的两排树中间的大路真的是一点都看不见。你会找不到方向的，以至于他都不敢想象，如果一时找不到方向该怎么办。

他听到那个负责礼拜堂祷告的级长已经把最后一段祷词念了出来。在祷告中，他也向上帝提出请求，希望不要让他经历外面树底下的那种黑暗。

　　我们向您发出祈求，主啊，到我们居住的地方来吧，把敌人给我们设置的所有阴谋都揭穿。希望您的神圣的天使住在我们这里，以确保我们不受到伤害。希望您通过我们的主基督，让我们生活在您的祝福下。阿门。

当他回到宿舍脱衣服时，他的手指抖个不停。他跟他的手指说，赶紧把衣服脱掉。他一定要先把衣服脱掉，然后才能跪下来做祷告，而且在煤气灯快要熄灭时迅速上床，这样即便他死了，也不用下地狱。他用手往下搓着脱下他的长裤子，快速把过夜的衬衫穿上，跪在床边快速念起祷告词，生怕那煤气灯熄了。在他小声把下面这段话念出来时，他感觉到自己的肩膀都抖动个不停：

上帝保佑我的父母亲，让他们一直陪在我身边！

上帝保佑我的弟弟妹妹们，让他们一直陪在我身边！

上帝保佑丹特和查尔斯大叔，让他们一直陪在我身边！

　　紧接着，他为自己祷告了几句，之后快速爬上床，将过夜穿的衬衫的下摆尽可能用脚压着，之后钻到冰冷的被窝里，全身抖个不停，之后猫成一团睡下了。可如今他即便是死了，也不会下地狱了，这抖动也会立刻停下来了。宿舍里的孩子们听到一声晚安。他从被窝里看了一眼外面，看到周围的黄色帘子，那帘子也挡在他的床前，让他看不到外面的一切。灯光无声无息地暗了。

　　级长走出去的脚步声响起。去哪儿了呢？是下楼顺着过道走了？还是回到他自己的房间了？外面的黑暗他是看得到的，他们说的，他有一条长着一对像车灯一样的眼睛的黑狗，到了晚上喜欢四处瞎跑，这是真的吗？他们说，那是一个杀人犯的鬼魂。因为害怕，他抖动了好长一段时间，他的全身都快被震麻了。那黑暗的校园的门厅映入他的眼帘，很久以前，身穿旧衣服的一些老仆人都在楼梯上面那熨衣服的房间里待着，他们都非常安静。那里还生着炉火，可是大厅里仍然伸手不见五指。从大厅里走出来一个人影。他身穿一件白色外套，那是将军穿的，面无血色，而且样子看上去很是奇怪，他把两手叉在腰上，他还用他那双奇怪的眼睛看着那些老仆人。他们也向他看过去，而且看到了他们的老主人的脸和外套。他们知道，在很久以前，因为受到巨大的伤害，他死掉了。可是，他们眼睛看向的地方事实上只是一片黑暗：只是黑暗的、安静的空气。他们的主人死在海那边遥远的布拉格的战场上。那时他正双手叉腰站在战场上，他面无血色，样子怪异极了，身上穿的是将军的白色外套。

　　哦，一想到这些，就让人觉得既阴冷又怪异！只要是黑暗，都是让人既冷又怪的。你可在那里看到怪异的、面无血色的脸，看到巨大的眼睛。那里有一些杀人犯的鬼魂，在死于海外战场上的将军的身影。他们的脸看上去都很奇怪，他们究竟有什么想说的呢？

　　我们祈求您，哦，主啊，到我们居住的地方来吧，帮我们把一切都清除……

快要回家过节了！那是再惬意不过的一件事：同学们这样告诉他。一个阴冷的冬日早晨，同学们纷纷来到校园外坐上马车。一辆辆马车轰隆隆地驶向前方。大家向校长庆贺！

乌拉！乌拉！乌拉！

当马车经过礼拜堂前面时，所有人都脱帽致敬。车队愉悦地奔跑在乡村的马路上。车夫的鞭子指向布登斯镇。同学们都欢呼不已。他们坐在车上，从"乐开怀"农民的农舍经过，欢呼声一浪高过一浪。他们乘车从克莱恩经过，欢呼的他们也得到了人们的回应。一些农家妇女站在红色的半截门前，一些农民三五成群地站在那里。冬天的空气有种特别清新的味道：那是克莱恩的味道：雨水和冬天的空气和暗暗燃烧的泥炭和灯芯绒夹杂在一起的味道。

火车都被同学们占满了：一列长长的可可色火车，前脸是奶油色的。路警们一步不停地跑着，不是开门，就是关门，再然后就是锁门，开门。他们都身穿深蓝色和银灰色衣服，带着银口哨，身上的钥匙发出一种悦耳的咔嗒声。

火车从一段平整的土地经过，从艾伦山驶出去。路旁的电线杆飞也似的飘过。火车继续往前，它知道该去哪里。在他父亲的房子的前厅里有吊灯，还有绿色的枝条做成的绳子。墙上的大穿衣镜周围布满冬青和常春藤，那些枝形吊灯上还环绕着绿色和红色的冬青和常春藤。红色的冬青和绿色的常春藤还缠绕着那些挂在墙上的历史悠久的画像。之所以准备冬青和常春藤，都是因为他和圣诞节。

亲爱的……

所有人都在。欢迎你回家，斯蒂芬！处处都是欢迎他的声音。他母亲亲吻了一下他，那样做对不对？如今他父亲已经身居高位：职位甚至还要高过县政府的官员。欢迎你回家来，斯蒂芬！

五花八门的声音……

有窗帘上的铁环在横棍上滚动的声音，有水被倒到水盆里的哗哗声。有宿舍里人们起床洗漱的声音，也有人在级长不停跑动跟大家说要小心时发出的欢呼声。在昏暗的阳光下，黄色的帷幕被缓缓拉开，可以看到不少还没有收拾好的床铺。他的床上太热了，他觉得他的脸和身体都燥热不已。

他起身坐到床边上。他觉得虚弱极了。他试着把他的长袜子拉上。那袜子太粗糙了，太阳光也太冷了。

弗莱明说：

——你是不是不舒服？

他也不知道。弗莱明又说：

——快回床上躺着吧。回头我跟麦格莱德说你生病了。

——他病了。

——谁病了？

——跟麦格莱德说。

——快回到床上躺着吧。

——他病了吗？

在他用力要把粘在脚上的袜子脱掉，准备再回到燥热的床上时，他的胳膊被一个同学抓住了。

他又重新躺到了被窝里面，他很开心，现在床的温度降了一点。听到同学们边兴致勃勃地准备去参加弥撒，边谈论着他的事。他们说，真的不应该就那样把他推到那方形水坑里。

接下来，听不到他们说话的声音了。他们都离开了。他的床边响起一个声音：

——迪达勒斯，你没有给学校当过密探吧，你肯定不会的对不对？

他看到韦尔斯的脸。他看着那张脸，上面写满了紧张。

——我可不想干那个，你肯定也不会吧？

他父亲曾经跟他说过，不管做什么事，都不能背信弃义。他摇摇头说没有，而且觉得很高兴。

韦尔斯说：

——我可不愿意干那个，我以人格担保。我只是和你开个玩笑，很对不起。

那张脸和他的声音都飘走了。他之所以跟他说对不起，是因为他害怕。他害怕这是什么了不得的病。黑霉症是一种会对植物造成危害的病症，而癌症却会祸害各种动物；或者还有其他什么病。在昏暗的光线下来到外面的操场，在他的那个队伍旁边慢慢往前挪着，似乎一只小鸟在昏暗的光线下飞来飞去，那是太久以前发生的事了。莱斯特修道院的灯已经亮了。沃尔西就是在那里死的。修道院的院长们自己埋葬了他。

那是级长的脸，不是韦尔斯的脸。他没有假装生病，完全没有；他确实是病了。他不是装病。他感觉到级长的手按到他的额头上，他察觉到那是一只又阴冷又潮湿的手，他的额头也因此变得热乎乎的，还有些潮湿。只有老鼠才时常会有这样的感觉，黏糊、潮湿、阴冷。老鼠们都可以用两只眼睛看向外面。有光滑的、发黏的皮毛，蜷缩成一团准备起跳的小脚儿，还有可以看向外面的黑色的发黏的眼睛。它们知道怎么跳。可是老鼠的脑子对三角是无法理解的。它们即便是死了，身子也是侧躺着的。到那时，它们的皮毛都干了。它们只是变成了一些死东西。

　　级长又来了，他听到他说，赶紧起来，还说总管神父要他把衣服穿好，然后去校医院。在他抓紧时间穿衣服时，他还听到级长的说话声：

　　——我们必须准备好去迈克尔兄弟那里，因为咱们都开始咕咕叫了。

　　他这样讲话可真讲义气。他已经笑了起来。可是因为他的脸和嘴唇都在哆嗦，他无法开怀大笑：后来级长只好自己笑了笑。

　　级长叫道：

　　——赶紧走！泥巴腿！干草腿！

　　他们一起从楼梯走下去，沿着走廊从洗澡旁经过。当他从洗澡旁门口经过时，他不由得害怕地想到那里面热乎乎的脏水、那潮热的空气、孩子们跳水的喧闹声以及毛巾散发出的难闻的味道。

　　迈克尔兄弟在校医院门口站着，在他的右手边是一间黑暗的小屋子，一股药品的味道从里面传出来。那股药味来自几排架子上的药瓶子。级长把情况跟迈克尔兄弟说了，迈克尔回答了他的话，并且用先生称呼级长。他的头发是红色的，里面夹杂着一些灰发，看上去很是奇怪。一直以来，他都是一位兄弟，这也很令人奇怪。奇怪的是，你只能用兄弟称呼他，而不能用先生称呼他。此外，他还长得很特殊。为什么他和其他人不一样呢，难道是他不够圣洁吗？

　　房间里有两张床，一张床上已经有人了：当他们进去时，那人突然叫道：

　　——哈喽！这不是小迪达勒斯吗？你哪里不舒服了？

　　——身体不舒服呗，迈克尔兄弟说。

　　那家伙是文科三年级的学生，在斯蒂芬脱衣服时，他要迈克尔兄弟给他拿一块涂黄油的烤面包来。

　　——啊，赶紧去拿吧！他说。

——给你自己涂点油吧！迈克尔兄弟说。等大夫来了以后，他就会给你开证明，你明天早上就可以走了。

——我要走？那同学说。可是我还没好呢。

迈克尔兄弟再次说道：

——他会给你开一张证明。我实话告诉你吧。

他弯腰去扒拉火。他的脊背长得像拉车的马的脊背一样。他一脸严肃地摇晃着那根掏火棍，并朝那个文科三年级的学生点头示意。

没过多久，迈克尔兄弟就出去了。那个文科三年级的学生就转身睡了。

校医院里面就是这样的。那时候他是真的病了。他们有没有给他的父亲和母亲写信呢？如果有一个牧师给他们报信，那就会快得多。要不然他自己写一封信，请哪个牧师帮忙传达一下吧。

　　亲爱的妈妈：

　　我生病了。我想回家，请赶快来校医院接我吧。

　　　　　　　　　　　　　　你亲爱的儿子斯蒂芬

他们离他实在是太远了。窗外是毫无温度的阳光。他深刻地怀疑他会就这样死去。即便天气很暖和，一个人也是会死的。可能他妈妈还没有来，他就死掉了。那样一来，有人就会在教堂里给他举行一次弥撒，同学们曾跟他说过，小东西死时就是那样做的。所有的同学都会一身黑衣打扮，露出难过的表情去参加弥撒。韦尔斯也会去那里，可是不会有任何同学关注他。身穿一件带金线的黑色的法衣的校长也会去那里，不管是圣坛上，还是棺材架子上，周围都会点上长长的蜡烛。他们抬着棺材缓缓走向外面，他会被埋葬在教堂附近那条石灰石铺成的大路旁边的小墓地里。到那时，韦尔斯会后悔自己曾经做过的事，教堂的钟声就会缓缓响起。

现在他就可以听到那钟声。他自己偷偷重背了一遍布里基德教给他的那支丧歌。

> 叮叮当！校园里响起了钟声！
> 我的母亲，永别了！
> 请把我埋在古老的坟场里，
> 埋在我的大哥哥旁边。
> 我的棺材一定要是黑色的，
> 让六个天使围在我身边，
> 两个唱歌，两个祈祷，
> 另两个带着我的灵魂游走。

这歌好美，也好凄凉！请把我埋在古老的坟场里这一句实在是太美了。他觉得全身上下抖动了几下，太凄凉、太美了！他想偷偷痛哭一回，可是不是为他自己，而是为了这么美好、凄惨的歌词，就像音乐一样。叮叮当！叮叮当！再见！哦，再见！

寒冷的阳光愈发没有温度了，迈克尔兄弟站在他床边，手里还端着一碗牛肉汁。他高兴极了，因为他的嘴里实在太难受了。他们在操场上玩耍的声音传入他的耳畔。学校里日子还是要过，似乎他没有离开那里一样。

迈克尔兄弟出去了，从那个文科三年级的同学的嘴里得知，他一定还会回来把报上的消息说给他听的。他告诉斯蒂芬他叫阿赛，还说他的父亲养了不少马，都是比赛用的，而且都是上乘的能跳栏的马。无论什么时候，只要迈克尔兄想对赛马场秘密的内情有所了解，他父亲都会跟他说，因为迈克尔兄弟非常正直，他会天天跟他讲学校报纸上刊登的消息。报纸上充斥着各类消息，有关于车祸的、船祸的，还有关于体育和政治的。

——现在报纸上都是一些和政治有关的消息，他说。你们在一起也会谈论政治吗？

——会的，斯蒂芬说。

——我们也会。他说。

之后，他思考了一会儿又说：

——你的名字好奇怪，迪达勒斯。我的名字也很奇怪，阿赛。我的名字就是一个小镇的名字。你的名字和拉丁名字很像。

之后，他问道：

——你会猜谜语吗？

斯蒂芬答道：

——不太会。

之后，他说：

——你可以把这个谜语猜出来？基德尔县像一个人的裤子的一条腿是什么原因？

斯蒂芬思考要如何回答，之后，他说：

——我不知道。

——因为里面有一条大腿，他说。你知道这个谜语有什么趣味性吗？阿赛是基德尔县的一个小镇，阿赛就是一条腿。

——噢，我懂了，斯蒂芬说。

——这个谜语很老套了，他说。

不久以后他又说：

——听我说！

——什么？斯蒂芬问道。

——你知道，他说，这个谜语你还可以用另一种方式说出来。

——可以吗？斯蒂芬说。

——一样是那个谜语，他说，你知道怎么换一种方式吗？

——不知道，斯蒂芬说。

——你想不到其他办法吗？他说。

他隔着被子，望着斯蒂芬说。之后，他仰面倒在枕头上说：

——此外还有个办法，可是我不想跟你说，怎么办？

他为什么不想跟我说？他那养着很多比赛用马的父亲肯定和索林的父亲，以及纳斯蒂·罗奇的父亲一样，都在县政府工作。他脑海里出现自己的父亲的样子，出现母亲弹琴、父亲唱歌的样子，还想到他向他索要六便士时，他总是先把一个先令给他，现在想到他和其他孩子的父亲不一样，并没有在政府工作，他就觉得有些难过。那么，他把他送到这里来的原因又是什么呢？可是，他父亲曾经告诉过他，在他们中间，他并没有什么不一样的地方，因为他的老叔祖早在半个世纪以前就曾经教过那地方的解放者。你只需要看一眼他们的服装，就可以把那时候的人认出来。他觉得那时候是一个非常严肃的时代：他不清楚的是，那些克朗戈斯的同学们身穿铜纽扣的蓝上衣和黄坎肩，戴着兔皮帽，和成人一样呷着啤酒，而且都有自己的猎狗，还帮着赶兔子的时代是不是就是那个时代。

他看到窗外的天越来越黑了。操场那边肯定处处是云彩，灰蒙蒙的。操场上已经没有声音了，班上的同学肯定在写作文，也可能正在听阿纳尔神父念叨着什么。

奇怪的是，他们没有喂任何药给他吃。可能等迈克尔兄弟来，就会给他带药来了。他们说，如果你进了校医院，他们会把一种发臭的东西给你喝。可是，他现在觉得已经没有那么难受了。慢慢地痊愈可真是太好了，他现在觉得已经好一点了。图书馆里有一本讲荷兰的书，书里有不少好看的外国名字和形状怪异的城市和船只的图片，让你读起来兴味盎然。

窗外的光线实在是太暗了！可是，看上去很舒服。墙上的火光摇曳个不停，就像波浪一样。有人往炉子里加煤，他听到有人在说话。他们正在交谈着什么。这是一种海浪的声音。可能海浪起伏不定，在议论它们自己的事。

他的眼前出现一片海浪，起起伏伏的黑色海浪，在无月的夜里显得极黑。码头边有个小亮点闪烁个不停，那里有一条正准备靠岸的船。他看到水边聚集着很多人，正在观看准备进港的那条船。一个高个子男人在甲板上看着，借助码头上的灯光，看着平整的、黑暗的陆地。他可以看到他的脸，那是迈克尔兄弟难过的脸。

他看到他朝那群人挥挥手，还听到他用非常难过的声音对着水那边叫道：

——他死了。我们看到他已经在棺架上的棺材里躺着了。

人群中有人在哭泣。

——帕内尔！帕内尔！他已经死了！

他们都跪下来，难过地抽噎着。他看到丹特穿着一件绛紫色的绒衣服，一件绿色的绒斗篷披在肩上，此刻正安静地经过跪在海边的人群旁。

给圣诞节准备的酒宴已经在常春藤缠绕的枝形吊灯下摆好了。火炉里的火烧得正旺。他们都比平常回家晚了一点，饭还在准备过程中，可是他妈妈说很快就好了。他们等着仆人过来开门，端着用沉重的金属盖儿盖着的大盘菜走进来。

大家都在安静地等待着，查尔斯在远处窗子的阴影下坐着，丹特和凯西先生在火炉两边的安乐椅上坐着，斯蒂芬在他们中间的一把椅子上坐着，脚在雕花的炉架上蹬着。迪达勒斯先生捻着八字胡，从炉台上面的穿衣镜里看着他，之后用手把大衣的后衩分开，背对着烧得正旺的火炉：有时他还用一只手再捻捻自己的八字胡。凯西先生的头歪到一边，露出微笑，用手指轻轻抚摸着脖子上的青筋。斯蒂芬也在笑，因为如今他已然明白，不能相信别人说的凯西先生喉咙里有一袋银圆。他兴奋地想道，凯西先生曾经是怎样笑着哄骗他。当他想要把凯西先生的手打开，看看他手里是不是藏有银圆的时候，他发现他的手指都伸不开：凯西先生曾告诉他，他这三个手指头之所以伸不直，都是因为给维多利亚女王做生日礼物导致的 [1]。

凯西先生用手敲打着脖子上的青筋，用一副看上去没有睡醒的面庞对着斯蒂芬微笑，迪达勒斯先生告诉他：

——没错。现在好了，那也没关系。噢，刚刚我们出去走了走真是太舒服了，对吧，约翰？没错……我在想今天晚上我们究竟还能不能吃上饭。没错……噢，你看，今天我们在码头上真是吸了太多的臭氧。啊，真格的。

他回头对丹特说：

——你一直都在家里，赖尔登太太？

丹特极不情愿地说：

——是的。

迪达勒斯先生把他的大衣后衩放开，走到旁边的橱柜跟前。从橱柜的一个小格里，他拿了一个装有威士忌酒的大石罐出来，慢慢把酒倒到一个小壶里，时不时看一眼已经倒了多少进去了。之后，他把石罐放回原位，倒了一点威士忌到两个酒杯里，加了一点水进去，之后再次回到炉边。

——就喝一点点儿，约翰，他说，就为了让你有个好胃口。

凯西先生把酒杯接过来喝了一口，之后把酒杯放到一边的炉台上。然后说：

——啊，我不由地想到我们的朋友克里斯托弗酿造的……

他的话被一阵大笑声和咳嗽声打断了，接下来他又说：

——给他们那些人酿造的香槟酒。

---

[1] 指在维多利亚女王生日时举行的抗议活动中受伤。——译者注

迪达勒斯先生不由得笑得直不起腰来。

——你是说克里斯蒂？他说，他那光头上的瘩子里包含了太多机灵。他把头低到一边，把眼睛闭上，用力舔了舔嘴唇，之后，用一个旅馆侍者的声音说道：

——在他这样跟你说话时，你知道吗，你会发现他的嘴非常柔软，下巴下面吊着的那一嘟噜肉皮总是潮湿的，希望上帝保佑他。

凯西先生一直隐忍着，不要笑出声，也不要咳嗽。从他父亲的脸上，他看到一个旅馆侍者的形象，还听到一个侍者的说话声，他不由得捧腹大笑。

迪达勒斯先生戴着眼镜，低头看着他，温和地说：

——你在笑什么，小宝贝，你？

仆人们把一盘盘菜端进来摆在桌上。迪达勒斯太太跟在他们身后摆好菜。

——坐到这边来，她说。

迪达勒斯先生向桌子的另一边走去，说：

——现在，赖尔登太太，请坐到这边来吧。约翰，你也坐下来，我亲爱的朋友。

他抬头看了眼四周，之后目光定格在查尔斯大叔坐的地方，说：

——现在，先生，有人正在等你呢。

在所有人都坐下来以后，他把手朝菜盘上的盖子伸过去，可是又快速缩了回来，说：

——现在，斯蒂芬。

斯蒂芬站在自己的座位前面，对着桌上的菜开始祈祷：

祝福我们，啊！主，并祝福因为您的善良我们通过我主基督得到的您的各种恩赐，阿门。

　　所有人都为自己祈祷，迪达勒斯先生愉悦地深吸了一口气，揭开菜盘上的盖子，盖子周围的水珠像珍珠一样，发出耀眼的光芒。

　　斯蒂芬看着大桌上被扎得结结实实、已经被烤过的肥厚的大火鸡。他知道，因为这只鸡，父亲在多利埃大街邓恩的店里支付了一个几尼，为了彰显出这只鸡的肥大，店老板还特意用一根棍儿撑起了它的胸骨。店老板说过的话他还记忆犹新，他曾说：

　　——先生，来这只吧，这是名副其实的阿里—达里火鸡。

　　克朗戈斯的巴雷特先生为什么要将戒尺当作火鸡呢？可是克朗戈斯又离这里太远了：浓浓的火鸡、火腿和芹菜的味道从碟子和菜盘里冒出来，火炉里的火烧得正旺，看到绿色的常春藤和红色的冬青，你会觉得无比幸福。在晚宴接近尾声时，还会有人把大盘加李子的布丁端上来，上面还有剥好皮的杏仁和冬青树枝，蓝色的火焰在周围跳动，一面小小的蓝旗子在上面飘扬。

　　这是他头一次参加圣诞节晚宴，他的脑海里想着他的弟弟妹妹，现在还和曾经的他一样，一直期待这一天的到来，直到上蛋糕前他都还在这样想。他身穿低领的伊顿夹克，他觉得别扭极了，而且，似乎一下子长大了不少。那天早晨，他母亲把他带到客厅，给他把衣服穿好，让他去参加弥撒，当时，他父亲还流了眼泪。那是因为他想到了他自己的父亲。查尔斯大叔也这样认为。

　　迪达勒斯先生把那盘菜盖上，自己开始大口大口吃。之后，他说：

　　——可怜的老克里斯蒂，现在他几乎都没做过什么好事。

　　——西蒙，迪达勒斯太太说，你还没有把作料给赖尔登太太呢。

　　迪达勒斯先生把作料瓶拿了过来。

　　——我没有吗？他笑着说，赖尔登太太，同情一下一个盲人吧。

丹特用手把自己的盘子盖住说：

——不要，谢谢。

迪达勒斯先生转向查尔斯大叔：

——您过得如何，先生？

——一切都好，西蒙。

——你呢，约翰？

——我很好。你赶紧吃吧。

——玛丽？来，斯蒂芬，你吃点这个，你的头发就可以打卷儿了。

他倒了很多作料到斯蒂芬菜盘里，之后把作料放到桌上。接下来，他问查尔斯大叔那鸡如何。因为嘴里塞满了东西，查尔斯大叔无法回答他，只能点点头示意鸡很好。

——这是我们的朋友在回复教规，这个答案再好不过了。什么？迪达勒斯先生说。

——我不相信他的脑子有这么大的容量，凯西先生说。

——神父，只要供奉上帝的教堂不再被你当作一个投票站，所有费用我都会承担。

——对于一个，丹特说，声称自己是天主教徒的人而言，这确实是可以回答神父的最好答案了。

——他们只能自己承担责任，迪达勒斯先生亲切地说。如果他们听了我的意见，别的事都不应该管，而只管宗教上的事。

——这就是宗教，丹特说，他们警告大家要履行自己的义务。

——我们毕恭毕敬地走进上帝的神庙，凯西先生说，是为了向我们的造物主祷告，而不是聆听演讲。

——这就是宗教，丹特再次说，他们是对的。他们得尽全力对他们的教民加以引导。

——你是说要在圣坛上讲政治吗？迪达勒斯先生问道。

——当然，丹特说。这是公共道德问题。假如一位神父不教他的教民分对错，他就没有资格叫一位传教士。

迪达勒斯太太把她的刀叉放下说：

——请同情一下我，在今天这个一年中难得的日子，我们就不要再探讨什么政治问题了。

——非常正确，太太，查尔斯太太说。来，西蒙，我们也说得太多了，现在别说了。

——对，对，迪达勒斯太太接着说道。

她大胆把盖在菜盘上的盖子揭开，说：

——现在，谁还想再吃一点火鸡？

没有人回答。丹特说：

——一个天主教徒，竟会说这样说。

——赖尔登太太，我求求你，迪达勒斯太太说过，不要再说那个问题了。

丹特转过去看着她说：

——难道我坐在这里，是为了听人随意诋毁教堂里的神父吗？

——没有人骂他们，迪达勒斯太太说，只要他们不和政治问题混为一谈就可以了。

——主教和爱尔兰的教士们已经开始说话了，丹特说，他们就只能听从。

——让他们不要去理会什么政治，凯西先生说，要不然人民就会对他们的教堂置之不理了。

——你们听到了？丹特说，转向迪达勒斯太太。

——凯西先生！西蒙！迪达勒斯太太说，我们不要再说这个了。

——真是太不好了，真是太不好了！查尔斯大叔说。

——什么？迪达勒斯太太大叫道，难道我们要对英格兰人唯命是从，而舍弃他吗？

——他已经没有资格领导我们了，丹特说，他得罪了所有人。

——我们都是罪人，都有着深重的罪孽，凯西先生冷冷地说。

——让上天降临不幸给那些传播谣言的人吧，赖尔登太太说。对于他来说，拴一块石头到他的脖子上，然后把他丢到深海里，都要好过于让他去诋毁这些人中的任何一个人，诋毁我最小的小孩子。这就是圣灵讲的话。

——如果你问我，这些话可讲得大错特错，迪达勒斯先生面无表情地说。

——西蒙！西蒙！查尔斯大叔说，孩子也在，说话当心点。

——没错，没错，迪达勒斯先生说。我准备要……我正在想着铁路上那个脚夫骂的脏话。现在，那都无所谓了，来，斯蒂芬，让我看看你的盘子，老伙计。统统吃掉吧，来。

他往斯蒂芬的盘子放了很多食物，还给查尔斯大叔和凯西先生各分了一大块火鸡，还倒了一些作料在上面。迪达勒斯先生只吃了一点点，丹特把手放在膝盖上，端端正正地坐在那里，脸憋得通红。迪达勒斯先生用餐刀在盘子里拨弄着，说：

——这里有一块很美味的东西，人们用"教皇的鼻子"称呼它，哪位先生或太太……

他用餐叉把一小块火鸡叉起来，没有人说话。他将它放在自己的碟子里，说：

——那么，你们不能说我没有询问过你们的意见，我觉得最好还是我自己吃掉它吧，因我近段时间以来身体不太好。

他对斯蒂芬眨眨眼，之后，把菜盘上的盖子放回去，开始大快朵颐。

当他吃的时候，大家都没有出声。接下来，他又说：

——那么，天气到底还是不错。有很多陌生人都来了这里。

没有人讲话。他又说：

——我想相比去年圣诞节，今年过来的陌生人会更多。

他望了一圈周围的人，他们都在自顾自吃着。过了一会儿，依然没有任何回应，于是他一脸不高兴地说：

——啊，无论怎样，我这一顿圣诞节筵席都吃得很不是滋味。

——在一个毫不尊敬教堂里的神父的家庭里，丹特说，是不可能有好运，也不可能获得幸福的。

迪达勒斯先生用力把他的刀叉扔到他的盘子上。

——尊敬！他说，你是说应该尊敬阿尔玛的草包，还是应该尊敬这儿的饭桶？尊敬！

——教堂里的那些老爷们，凯西先生嘲讽地说。

——莱特里姆老爷的马车夫，没错，迪达勒斯先生说。

——他们都是拯救人类的人，丹特说，他们是，是他们国家的荣耀。

——草包，迪达勒斯先生冷漠地说，你知道，当他处于安静状态时，他的脸倒是很好看。

——你应该看看在一个严寒的冬天，他是如何朝嘴里塞大块火腿和大盘菜的。哦，天哪！

——他的脸不停地抽动着，尽力装出一副穷凶极恶的样子，之后，吧嗒着嘴唇让它发出大嚼特嚼的声音。

——真的，西蒙，你怎么能当着斯蒂芬的面说这些呢？这样太不好了。

——哦，当他长大以后，他肯定会对这一切记忆犹新的，丹特生气地说，在他自己家，大家所说的这些和上帝、宗教、神父唱反调的话，他一定会记得。

——让他也不要忘记，凯西先生隔着桌子对她叫道，神父们和神父的狗腿子们是如何伤帕内尔的心的，最后把他整死的那些话吧。等他长大以后，让他把那些话也记在心里吧。

——那些蠢货们！迪达勒斯先生大叫道，当他遭遇不幸时，他们都站出来背叛他，就像对待老鼠一样，将他四分五裂。那些卑鄙无耻的野狗们！看看他们那副长相！天哪！他们天生就是那样的。

——他们做得没错，丹特叫道，他们要遵从他们的主教和他们神父的命令，这是他们的光荣！

——行了，不要讲这种话，太恐怖了！更何况今天还在过节，迪达勒斯太太说，我们就不要再争论这种恐怖的事情了。

查尔斯大叔亲切地把手举起来说：

——好了，好了，好了！不管我们有再大的不满，为什么不能好好地说，不要这么生气，不要动不动就骂人好吗？这可太不好了。

迪达勒斯太太小声对丹特说，可是，丹特依然大叫道：

——我怎么能什么都不说呢。在我的教堂和我的宗教遭到侮辱时，叛变的天主教徒乱喷唾沫星子时，我一定要力挺他们。

凯西先生把他的盘子推到桌子正中央，之后，在桌子上撑起两只胳膊，嘶哑着喉咙对主人说：

——跟我说，我有没有跟你们说过，有关一次很有名的啐唾沫的故事？

——你没有说过，约翰，迪达勒斯先生说。

——那么，你们听好了，凯西先生说，这是一段教益非常大的故事。这个故事发生在威克洛县，那时我们刚好在那里。

说到这，他突然停了下来，转向丹特那边，用一种极力克制的声音说：

——我可以跟你说，太太，我，我说的是我，并不是什么叛变的天主教徒。我和我父亲、我父亲的父亲，以及他父亲的父亲都一样，都是天主教徒。我们可以把自己的性命牺牲掉，也不会叛变。

——那就表明你现在的态度更加卑鄙，丹特说，你竟然会说出这样的话。

——说说你的故事吧，约翰，迪达勒斯先生笑着说，让我们都听听。

——还是天主教徒呢！丹特又一次嘲讽地说，即便是我们这儿最歹毒的基督教徒，也不会说出我今晚所听到的话。

迪达勒斯先生开始摇晃他的头，就像一个农村歌手一样哼唧。

——我不是基督教徒，我可以再跟你说一次，凯西先生说，脸有些泛红。

迪达勒斯先生依然用有着浓重鼻音的声调摇头晃脑地唱道：

> 哦，你们所有的罗马天主教徒，
> 只要是从来没有做过弥撒的都来吧。

他突然亲切把他的刀叉拿起来又开始吃，他对凯西先生说：

——让我们听听你的故事吧，约翰，那会对我们消化有利的。

斯蒂芬带着极大的热情看着凯西先生的脸，那时他正越过桌子，瞪眼看着他那环抱在胸前的双手。他很喜欢挨着他在火边坐，一抬头就可以看到他那深灰色的恐怖的脸。可是他的黑眼睛倒没有那么可怕，他悠缓的语调会给听者带来愉悦的感觉。可是，他为什么要和教堂的神父唱反调呢？因为看起来，丹特肯定是没错的。可是，他的父亲曾经告诉过他，她是一个倍受宠溺的修女，当她的弟弟把一些小东西卖给野蛮人从而得到一些钱以后，她就逃离了阿勒格尼山区的修道院。可能就因为如此，她非常气恼帕内尔。因为艾琳是个基督教徒，所以她也不喜欢他去找艾琳玩，当她还年轻时，和一些时常和基督教徒在一起玩的孩子认识，那些基督教徒就时常取笑对圣母的问答祈祷。他们经常挂在嘴边的话，象牙塔、黄金

屋！一个女人不可能是一个象牙塔、一间黄金屋。究竟谁说的才是
对的？他脑海里出现在克朗戈斯医院度过的那个晚上，那一片黑漆
漆的水，码头上闪烁的灯光，还有那些人痛苦的哀号。

　　艾琳的手很白，也很细。一天晚上玩捉迷藏的时候，她把她的
手放在他的眼睛上：那手长长的、白白的、凉凉的、软软的，那就
是象牙：一种凉凉的、白白的东西。他们之所以说象牙塔就是这个
原因。

　　——这故事很短，也很有意思，凯西先生说，那是在阿克洛
的一个极其寒冷的日子里，那时我们的领袖刚去世。希望上帝保佑
他吧！

　　他疲惫地闭目养神了一会儿。迪达勒斯先生夹了一块骨头，用
牙把上面的肉撕了一点下来，之后说：

　　——你是说在他在被逼死以前。

　　凯西先生把眼睛睁开，叹息着说：

　　——就是那一天在阿克洛。我们都在那里开会，会议结束以
后，我们要去火车站，这中间必定要经过一群熙攘的人群。也许你
从来没有听过那片嘈杂的声音。他们对我们极尽侮骂。他们中有一
个老太太，一个喝得酩酊大醉的母夜叉，她可真是个母夜叉，眼光
一直停留在我的身上。她总是活跃在我身边的烂泥中，不停地骂
我：神父的灾祸！靠巴黎津贴！狐狸先生！基蒂·奥谢！

　　——你当时是怎么做的呢，约翰？迪达勒斯先生问道。

　　——我让她去喊，凯西先生说，那天天气很冷，为了让自己更
有精神，我早在嘴里放了一块塔拉莫尔嚼烟（很抱歉，太太），因
为我嘴里都是嚼烟的烟汁，我当然无法开口讲话。

　　——那又如何呢，约翰？

　　——是这样的。我让她继续骂，一次性骂个够。什么基蒂·奥
谢等等，直到她又骂了那位老太太一句，我不想再在这里复述那句

话，以免它污染了我们的圣诞节酒宴和您的耳朵，太太，也不想让它污染我的嘴。

他停了下来。本来迪达勒斯先生正在啃骨头，此刻抬头问道：

——你究竟怎么了，约翰？

——怎么了！凯西先生说。我那会儿一脸的烟汁。她一边骂一边用她那张难看的脸靠近我。我低头对她说了一声呸！我就是这样对她说的。

他转过头去做了个吐唾沫的动作。

——呸！我就这样给了她一家伙。

他立刻用一只手把一只眼睛捂住，发出痛苦的叫声。

——哦，耶稣，圣母玛利亚和耶稣！她说。我眼睛看不见了！我眼睛看不见了！而且，要被淹死了！

随即响起一阵狂笑和咳嗽声，他没办法再往下说了，可是他依然极力重复道：

——我彻底瞎了。

迪达勒斯先生笑得直不起腰来，查尔斯大叔摇头晃脑的。

丹特一脸生气地看着他们，当他们笑得正开怀时，不停地说着：

——太好了！嘿！太好了！

朝那女人眼睛里吐唾沫可没什么益处。

可是那女人后来是怎么骂基蒂·奥谢的呢？凯西先生自始至终都没有说。他想到凯西先生从拥挤的人群穿过，爬到一架小马车上去发表演讲的场景。他之所以会被关进监狱，就是因为这个原因。他印象很深，有一天晚上，奥尼尔班长来到他家，在大厅里和他的父亲低声交谈，他还不停地嚼着他帽子上的带子，特别不可理喻。那天晚上，凯西先生没有坐车去都柏林，可是有一辆马车赶到大门口来，他还听到他父亲说了和卡宾蒂里路上相关的情形。

他是站在爱尔兰和帕内尔这一边的，我父亲也是：按道理说，丹特应该也是如此，因为有一天晚上，广场上有个乐队在表演时，当《上帝保佑女王》的乐曲响起时，有位先生脱下了帽子，她用她的雨伞用力敲打了他一下。

迪达勒斯先生发出一阵看不起的咕噜声。

——啊，约翰，他说。他们说的倒也是对的。我们是个倒霉的被神父祸害的民族，以前是这样，未来也是，直到这个时代走向尾声。

查尔斯大叔摇头晃脑地说：

——事情确实不太妙，事情确实不太妙！

迪达勒斯先生反复说：

一个被神父祸害，遭到上帝遗弃的民族。

他用手指了指他右手边挂的一张他祖父的像。

——那位老伙计你看到了吗，约翰？他说，他当年做这种事且没有取得任何回报时，他就是一个很厉害的爱尔兰人。可是，他却被当作一个反动派遭到了极刑。他曾经这样跟我们这些教会的朋友说过，他这一生都不可能让他们中的某个人把他的两只脚放到餐桌下面。

丹特咆哮着说：

——假如我们这个民族的权力真的掌握在神父手里的话，那我们应该感到自豪才对！他们是上帝的宠儿，不要冒犯他们，基督说，他们是我的眼睛里的眼珠。

——那么我们可不可以对我们的国家充满热爱呢？凯西先生问道，难道我们不要紧跟着天生就来引领我们的人的脚步吗？

——背叛国家的人！丹特回答道，一个背叛者，一个色鬼！神父们确实应该舍弃他，神父一直都是爱尔兰真正的朋友。

——确实如此吗，说真的？凯西先生说。

他用力捶了一拳桌子，恼怒地皱着眉，之后又一个个把他的手指伸开。

——在大联合时，在拉尼根主教表示忠诚于康沃利斯侯爵夫人时，爱尔兰的神父不是也背叛我们了吗？难道我们的主教和神父不是在一八二九年出卖了他们的国家的所有希望，只是为了得到天主教的自由吗？难道他们从来没有在教堂的讲坛上，在忏悔亭里大肆诽谤芬尼亚运动[1]吗？难道他们从来没有侮辱过特伦斯·贝柳·麦克马纳斯的灵魂吗？

因为生气，他的脸涨得通红，听到他那些激动不已的话，斯蒂芬觉得自己的脸也红了。迪达勒斯先生不由得冷笑了一声。

——噢，天哪，他叫道，我还把那个老保尔·卡伦给忘了！又一只上帝眼睛里的眼珠。

丹特越过桌子对凯西先生大叫道：

——对的！对的！他们永远都没错！上帝和道德和宗教才是最重要的。

看到她一脸激动的样子，迪达勒斯太太对她说：

——赖尔登太太，不要那么激动地回答他们的问题。

——上帝和宗教是至高无上的！丹特大叫着，上帝和宗教高高在上。

凯西先生把紧握着的拳头举得高高的，用力捶在桌子上。

——那太好了，他嘶哑得嗓子叫道，你要那么说，爱尔兰哪需要什么上帝啊。

——约翰，约翰！迪达勒斯先生大叫道，把客人的一只袖子抓在手里。

丹特隔着桌子看着他，两边脸颊瑟缩个不停。凯西先生费劲地

---

[1] 芬尼亚运动：发生在19世纪五六十年代的爱尔兰的一次反英运动。——译者注

起身，也隔着桌子把身子扭向她那边，一只手在空中胡乱抓着，似乎要把眼前的什么蛛蛛网扯碎一样。

——爱尔兰不需要上帝！他大叫道，爱尔兰已经有太多上帝了，让上帝统统滚吧！

——这是对神明的亵渎！魔鬼！丹特尖叫着起身，几乎要把唾沫喷到他的脸上。

查尔斯大叔和迪达勒斯先生把凯西先生带到椅子上重新坐下来，分别站在他两边，平静地对他说着什么。他瞪着一双黑亮的眼睛，目光直视着前方，反复说道：

——让上帝滚得远远的吧！我说。

丹特用力推开她的椅子，从餐桌离开，碰掉了一个餐巾圈，任由它滚落在地毯上，直到滚落到一把安乐椅的腿边。迪达勒斯先生快速站起来，紧随其后走向门口。到了门口，丹特忽然转了个身，一脸通红地对着屋子里大叫，因为气愤，全身都抖动不已。

——从地狱来的魔鬼！我们获胜了！我们已经处死他了！妖魔！

她走出去，用力带上门。

凯西先生把抓住他胳膊的手甩开，忽然用手抱着头，难过地抽噎起来。

——可怜的帕内尔！他大叫道。我死去的皇上！他大声难过地抽噎着。

斯蒂芬把那张可怕的脸抬起来，看到他父亲热泪盈眶。

同学们三五成群地聚在一块交谈。

有一个同学说：

——在莱昂斯山附近，他们被抓住了。

——谁把他们抓住了？

——格利森先生和那个神父。他们在一辆车上坐着。

还是那个同学又继续说道：

——我是听高班的一个同学说的。

弗莱明问道：

——可是他们为什么要逃之夭夭呢，你跟我们说说？

——我知道其中的原因，塞西尔·桑德尔说，因为他们从校长的房间里偷了一些钱走了。

——谁偷了钱？

——基克汉姆的弟弟。他们大家还瓜分了赃款呢。

——那就是偷盗，他们为什么会这样做呢？

——桑德尔，你知道的事情可真多啊！韦尔斯说。我知道他们逃跑的原因。

——跟我们说说，是什么原因。

——他们让我保守秘密，韦尔斯说。

——哦，说吧，韦尔斯，在场的人都说。你可以跟我们说，我们会保守秘密的。

斯蒂芬也把头伸过去听。韦尔斯打量了一下周围，看看有没有人经过，之后，非常隐秘地说：

——你们知道在圣器室的架子上，他们放着用于圣坛的酒吗？

——知道。

——是啊，他们把那里的酒偷偷给喝了。后来因为他们嘴里的酒味儿，所以被逮住了。他们想逃跑就是因为这个原因。

刚才率先发言的同学说：

——没错，高班的那个同学也是这样告诉我的。

所有的同学都没再说话，站在他们中间的斯蒂芬只是安静地聆听着，一句话都不敢说，一种小小的恐惧让他周身都不舒服。他们为什么会那样做呢？他的脑海浮现出那黑暗的、安静的圣器室。那里有一些木架子，一些叠得整整齐齐的满是褶皱的法衣放在上面。

那里并不是礼拜堂，可是，你在那里也必须低声说话，因为那里是一个神圣的地方。他还有印象，有一年夏天，他曾经在那里被打扮后去抬香炉船，就是大家排队去树林里的小圣坛的那个晚上。那是一个怪异、神圣的地方。中间的一根铁链被拿香炉船的那个男孩子提在手里，来回晃动着，里面的炭火也因此越烧越旺。那燃烧的火被他们叫作木炭：在那孩子小心晃悠时，它安静地燃烧着，并发出一种轻微的带点酸的味道。之后等所有人都穿戴整齐以后，他站在那里，把那个香炉船举向校长，于是，校长舀一勺香末倒到里面，火红的炭火感应到香末，发出吱吱的响声。

同学们三五成群地聚在操场上讲话，他觉得和之前相比，那些同学好像都变小了：那是因为前一天一个短跑运动员，文科二年级的一个学生撞倒了他。那家伙骑车将他撞倒在那条煤灰路上，他的眼镜碎了一地，嘴巴里还有煤灰路上的灰渣。

他之所以觉得他的同学们好像变小了，而且离他越来越远，球门门柱也变细、变圆，柔和的灰色天空也变高了许多，就是因为这个原因。可是，足球场上没有人踢足球，因为大家打算玩板球了：有人说巴恩斯要成为他们的板球教练，又有人说是弗劳尔斯。操场上处处是玩圆场棒球的人的身影，他们打吊球和高球。不时会有板球拍子的声音从各个地方传来。那声音持续响着：噼克、啪克、啵克、巴克：像小水滴从泉眼里慢慢滴到一个水已经满溢的水坑里。

一直没有说话的阿赛镇定地说：

——你们都搞错了。

所有人都迫切地把目光停留在他的身上。

——怎么啦？

——你们知道吗？

——谁跟你们说的？

——请跟我们说说，阿赛。

　　阿赛用手指向操场那边，西蒙·穆南正独自一人在那里漫步，还不时踢着一块小石子。

　　——去问他，他说。

　　同学们都看向那里，然后说：

　　——为什么要问他？

　　——他也是其中一员吗？

　　阿赛放低了音量说：

　　——你们知道那些家伙逃跑的原因是什么吗？我可以跟你们说，可是，你们一定要保密。

　　——跟我们说说吧，阿赛。说吧，假如你知道，你就应该跟我们说说。

　　他停顿了片刻，之后，神秘兮兮地说：

　　——一天晚上，他们和西蒙·穆兰、塔斯克·博伊尔一块在广场上被逮住了。

　　同学们都把目光投向他，问道：

　　——逮住？

　　——他们在做什么？

　　阿赛说：

　　——做些见不得人的事。

　　所有的人都沉默不语，阿赛说：

　　——那就是其中的缘由。

　　斯蒂芬朝那些同学的脸看过去，可是，他们全都看着操场那边。他想找个人打听一下，为什么要在广场上做些不光明正大的事？高年级的那五个同学之所以要逃跑就是因为这个吗？他想，他们一定是在捉弄人。西蒙·穆南有一身特别好看的衣服，一天晚上，他还看到一个奶油糖球，那糖球是当他在门口站着时，十五人足球队里的同学们从地毯中间滚向饭厅中间时送给他的。那天晚上，足球队和贝克蒂夫漫游者足球队进行了一场激烈的角逐：那糖球做得和一个红红绿绿的苹果无异，只是从中间可以打开，里面装有奶油糖。有一天，博伊尔曾告诉他，大象长的不是两颗象牙[1]，而是两个塔斯克，而他之所以叫塔斯克·博伊尔就是这个原因。可是，有些同学却用博伊尔夫人称呼他，因为他总是爱修剪他的指甲。

艾琳因为是一个姑娘，也有一双白手，瘦瘦的、长长的，很凉。她的手和象牙很像，只是很软。象牙塔就是这样来的，可是新教徒们对这一点全然不能理会，不停地嘲讽它。有一天，他站在她身边，看向旅馆那边的广场。一个侍者在一根旗杆上升起一面旗子，在阳光四溢的草坪上，有一头捕狐的猎狗奔跑的身影。她把她的手放到他的口袋里，因为他自己的手也在口袋里放着，因此他可以感觉到她那既纤细又软糯的手。她曾经说过这样一句话，一个人身上口袋多真是太好玩了！可是，她突然又猛地把她的手抽出来，一边笑着一边跑向那条弯曲的小道。在她的身后飘动着她那淡黄的头发，经过阳光的照射，看起来就像金丝、象牙塔、黄金屋。有些事只要稍微动一下脑筋就能够明白。

可是为什么在广场上？除非你有什么事要做，你才会去那里。广场上铺着厚厚的方砖。从那些细小的针眼里，不停地有水珠冒出来。处处弥漫着一种难闻的味道。有人在一个卫生间的门后边画了一个身穿罗马服装的长胡子老人，他两只手各拿着一块砖，底下还有一行字：

巴尔巴斯正在砌一堵墙。

这张画不知道是谁一时兴起画下来的。画上的脸很可笑，可是却和一个长着胡子的男人的脸很像。在另一个卫生间的墙上，却有人用极其工整的向左斜的字体写下这么一行字：

---

[1]　在英文中，"象牙"的拼写和发音与"塔斯克"类似。——译者注

裘力斯·恺撒写了《花布肚皮》。

可能只是因为在这里，为了好玩，同学们喜欢胡乱涂鸦，所以那里才会有这些东西。可是无论如何阿赛说的话和他说话的方式总是给人一种非常奇怪的感觉。这不会是开玩笑，因为他们确实跑掉了。他和别人一样，看向操场那边，内心开始发怵。

最后弗莱明说：

——难道其他的同学犯了什么事，我们都要一起受批评吗？

——我不会再回来了，你看我会不会，塞西尔·桑德尔说。

这三天饭厅里都没什么动静，可是现在每分钟都有同学去挨打。

——没错，韦尔斯说。老巴雷特发明了一种折叠书信的新方法，让你没办法打开看了再恢复原样，知道谁要挨多少打。我也不会再回来了。

——没错，塞西尔·桑德尔说，今天早晨，教导主任一直在文科二年级教室没出来。

——让我们一起举起反抗的大旗吧，弗莱明说。你们觉得如何？

所有的同学都沉默不语。连空气都安静下来，你可以听到板球拍拍球的声音，只是和原来相比，速度更慢了。噼克、啪克。

韦尔斯问道：

——他们会如何对待他们呢？

——西蒙·穆南和塔斯打一定会挨打。阿赛说，高年级的那些同学还可以做其他的选择，要么挨打，要么被开除。

——他们会如何选择呢？刚刚率先开口说话的那个同学问道。

——除了科里根以外，所有人都会选择被开除，阿赛回答说，格利森先生会打他。

——我知道其中的原因了，塞西尔·桑德尔说，他没错，其他那些家伙都没错，因为挨一顿打过几天就又没事了，可是如果被学校开除了，那这件事就会跟他一辈子。更何况格利森打他不会那么用力的。

——他不用力打，也是对他自己最好的选择，弗莱明说。

——我可不想当西蒙·穆南和塔斯克，塞西尔·桑德尔说，可是我觉得他们可能只是被叫去各挨两个九板，不一定会受到鞭笞。

——不可能，不可能，阿赛说，他们可能会在非常重要的部位受点处罚。

韦尔斯揉了揉自己的手，带着哭腔说：

——求求您，先生，您就原谅我吧。

阿赛笑了笑，把自己的上衣袖子卷起来说：

> 这事也很无奈，
> 事情就必须以这样的方式结束。
> 因此赶紧把你的裤子脱下来
> 立刻把你的屁股亮出来。

同学们全都笑得前仰后合，可是，他觉得他们都有点胆战心惊。在那安静的黑漆漆的夜空中，他听到有板球的声音时不时从各个方向传来：啪克，啪克。这声音听上去倒还好，可是如果落到你身上，你就会感到刺骨的疼痛。戒尺也会发出声音，可是和这个不一样。有人说，那戒尺是用鲸鱼骨和牛皮做成的，里面注有铅心，他不知道如果人挨了这一下，会引起什么样的痛苦。它们会发出完全不同的声音。一根细长的藤条发出的声音就像口哨一样尖，他也不知道这个打在身上会是一种什么样的疼痛。一想到这些，他就不由得全身像筛糠似的抖动，身后一股凉意袭来，还有阿赛说的那些话也让他心里不舒服。可是，这有什么好笑的呢？这只会让他觉得瑟瑟发抖，可那原因只是当你把裤子脱下来，你都会有一种瑟瑟发抖的感觉。当你在洗澡房里把衣服脱掉时，也会有这样的感觉。他不知道他的裤子是被谁脱下来的，是老师呢，还是那孩子自己。哦，他们怎么能笑话这种事呢？

他看到阿赛的袖子卷了起来，那双手骨节很大，上面沾满了墨水。他之所以把袖子卷起来，只是为了给大家比画，格利森先生会如何把他的袖子卷起来。可是格利森先生戴的圆护袖是发光的，手腕是白白净净的，一双手白胖白胖的，手上留着尖尖的、长长的指甲。可能他和博伊尔夫人一样，时常会修剪他的指甲。可是，他的指甲太长了，也太尖了，着实让人感到害怕。它们看上去太尖了，太残暴了，虽然他的手又白又胖，可是却不显得残暴，倒还比较让人感到亲切。虽然当那残暴的长指甲和会尖叫的藤条出现在他脑海里，当脱下裤子时会觉得衬衫下面一阵阵凉气的场景出现在他的脑海里，他会感觉到心寒，害怕得全身直发抖，可是就在这时，他内心却因为想到那干净而温暖的胖手而感到窃喜。塞西尔·桑德尔刚刚说过的话也出现在他的脑海里：格利森先生不可能把科里根打得多狠，弗莱明也赞同这个观点，因为他那样做对他自己也没什么好处，可是那并没有解释原因。

远处操场上有一阵呼喊声传来：

——都回来！

随即又听到一些附和的声音：

——都回来！都回来！

上写作课时，他环抱着双臂坐在那里，安静地听着别人的钢笔在那奋笔疾书。哈福德先生不停地走动着，用红铅笔做一些小记号，有时在一个孩子身边坐下来，教他如何拿笔。他曾经试着自己把那标题拼出来，尽管他已经对标题是什么了然于心，因为那是书里的最后一课。小心不足的热情就像一只随波逐流的船。可是那些字迹就像是用隐形的细线描绘出来的，只有当他用力把右眼闭上，用左眼看东西的时候，他才能看到那个大写字母的几根曲线。

可是哈福德先生是个非常正直的人，性格温和。所有别的老师则会经常生气，而且一旦生起气来就很吓人。可是，因为高年级同学犯了错误，他们为什么要受到批评呢？韦尔斯说他们把圣器室架子上的一些用于圣坛的酒给喝了，因为他们嘴里有酒味，所以被抓了个正着。可能他们还偷了一个圣餐盒，想要逃到什么地方以后再卖掉它。那可能是一件很严重的罪行，半夜偷偷过去把黑木头橱柜打开，把里面发亮的东西偷走，而当举行祝福仪式时，把鲜花摆在圣坛上，人们摇晃着香炉船让圣坛前满是烟雾，多米尼克·凯利自己开始唱圣歌的第一部分时，摆在圣坛中央的那个圣餐盒就是上帝的容身之处。可是当他们把它偷走时，上帝当然不在里面。可是即便只是碰了一下它，这件罪行都很严重。他一直心惊胆战地想着这件事。一件很严重的罪行：在那只有钢笔声的安静中，他亢奋极了。而从架子上把圣坛酒偷偷喝掉，又因为酒味被抓个正着，这也是在犯罪，可是这种罪行并没有那么深重。只是因为关系到酒味儿问题让你觉得不太舒服而已。因为那一天，在礼拜堂里把第一次神圣的圣餐吃完以后，他也曾经把眼睛闭上，把嘴巴张开，把自己的舌头伸出来：而当校长低头给他分圣餐时，校长嘴里的酒味，他也闻到了。因为刚刚才做了饮酒的弥撒。酒这个词听起来很美。它会让你脑海里出现深紫色，因为在希腊一些白色的庙宇外面生长的葡萄都是深紫色的。可是，在第一次圣餐之后的那个早晨，校长嘴里不太重的酒味却让他一阵阵难受。对于一个人来说，第一次圣餐后的那一天应该是此生最快乐的日子。有一次，拿破仑曾被一大群将军问道，在他这一生中，哪一天是最幸福的。他们觉得他的答案肯定是某次大捷，或者他登基称帝的那一天。可是，他却说：

——先生们，在我这一生中，第一次吃圣餐那天是我最幸福的一天。

　　阿纳尔神父走进来，开始上拉丁语课了，可他依然双手交叉抱在胸前，安静地靠在桌子上。阿纳尔神父把作文本发给他们，他说他们的作文都写得太糟糕了，并要他们重新抄一遍改过的作文。而弗莱明的作文是其中最糟糕的，因为他的几页作文都被墨水粘到了一起：阿纳尔神父把作业本的一个角提起来给大家看，还说这种作文卷子不管是送给哪位老师，都是在污辱那位老师。之后，他又要杰克·劳顿用"海"这个词来变格，可是杰克·劳顿只知道单数的夺格，其他的一概不知。

　　——你应该为自己感到羞愧，阿纳尔神父严肃地说，你还是全班的表率呢！

　　之后，他就问其他的孩子，没有一个人知道。于是，阿纳尔神父沉默下来，在一个个孩子想要回答，却又回答不出来的时候，他变得愈发沉默了。可是，他的脸色极其不好看，两眼也无神，尽管他说话的声音依然很镇定。之后，他又问弗莱明，弗莱明说那个词没有复数。突然，阿纳尔神父把书合上，朝他大叫道：

　　——去跪到教室中间去，你是我见过的最懒惰的孩子。其他的人都重新抄一遍你们的作文。

　　弗莱明迈着沉重的步伐离开座位，跪到最后两条板凳中间。其他的孩子都低下头，开始抄写作文。教室里安静极了。斯蒂芬小心翼翼地看着阿纳尔神父阴郁的脸庞，看到他因为生气而有些红的脸。

　　对于阿纳尔神父来说，生气是一种罪恶吗？或者当孩子们很懒的时候，他的确应该生气，因为这样他们可以学习得好一点，或者他只是故意表现出很生气的样子呢？也许他是应该生气的，因为身为一个牧师，他怎么可能不知道罪行是什么，他肯定不会有意为之。可是假如他因为不小心犯了某种罪行，他要如何悔过呢？可能他会向管事的神父忏悔。假如管事的神父犯罪了，他会去找校长忏悔，校长将向大主教忏悔，大主教就要去找耶稣会的会长忏悔了。所谓的秩序就是这样的。他曾经听到他父亲说他们都很聪明。假如他们不是耶稣会会员的话，他们可能都会成为非常了不起的人物。可是，他不知道的是，假如阿纳尔祖父和帕迪·巴雷特以及麦格莱特先生和格利森先生不是耶稣会会员的话，他们会是什么样的人。想要想象出来这个是很难的，因为首先你得先想出来，他们会过着怎种一种截然不同的生活，身穿不同颜色的衣服和鞋子，留着小胡子和大胡子，还戴着各种款式的帽子。

有人把教室门推开，随即又关上了。教室里立刻开始一阵短促的窃窃私语声：教导主任。一时间教室里安静极了，之后，就听到一声板子拍在桌上的声音从最后一排书桌边传过来。斯蒂芬的心立刻害怕地狂跳。

——这儿有哪些孩子要受到处罚，阿纳尔神父？教导主任叫道。这个班上有哪些最懒的孩子要受到处罚？

他走到教室中间，看到跪在地上的弗莱明。

——哦呵！他大叫着。这孩子是谁？他怎么跪着？孩子，你叫什么名字？

——弗莱明，先生。

——哦呵，弗莱明，我一看你的眼神，我就知道你是个懒虫。阿纳尔神父，他为什么在地上跪着？

——他写的一篇拉丁文的文章太糟糕了，阿纳尔神父说，有关文法方面的问题，他也一问三不知。

——他当然不知道，教导主任大叫道，他当然不知道！天生的懒虫，我一看他的眼角就知道。

他用戒尺用力敲了一下桌子，大声说道：

——弗莱明，站起来！我的孩子，站起来！

弗莱明缓缓起身。

——把手伸出来！教导主任叫道。

弗莱明伸出手，戒尺随即打在他的手上，一声巨大的噗噗声随即响起：一、二、三、四、五、六。

——还有一只手！

那戒尺发出响亮的噗噗声，又挨了六下。

——跪下！教导主任吼道。

弗莱明跪了下去，把两只手用力压在胳肢窝里，脸上的表情很是痛苦。可是，斯蒂芬知道他的手皮很硬，因为弗莱明时常用力把松香擦在手心里。可是，他可能真的很疼，因为那板子落下来的声音实在是太恐怖了。斯蒂芬的心扑通扑通跳个不停。

——你们所有人，都好好做你们的功课！教导主任叫道。我们这里不欢迎无所事事的懒鬼，也不要懒惰的小顽皮鬼。我跟你们说，好好做你们的功课。多兰神父天天都会来盯着你们的。明天多兰神父还会来。

他用戒尺捅了捅一个孩子的腰，说：

——你，孩子！多兰神父下次什么时候来？

——明天，先生，汤姆·弗朗说。

——明天和明天的明天，教导主任说，你们好好准备一下吧，多兰神父每天都会来。写你们的。你，孩子，你叫什么名字？

斯蒂芬马上吓得心都要跳出来。

——迪达勒斯，先生。

——为什么你不写作文？

——我？我的……

他害怕得开始结巴了。

——他怎么不写，阿纳尔神父？

——他的眼镜打碎了，阿纳尔神父说，我没让他写作业。

——打碎了？你说什么呀，刚才？他叫什么名字？教导主任说。

——迪达勒斯，先生。

——站出来，迪达勒斯，懒惰的捣蛋鬼。你的脸上分明就写着捣蛋鬼三个字。你的眼镜是在哪里打碎的？

斯蒂芬颤颤巍巍地走到教室中间，因为害怕，他觉得眼前直冒金星。

——你的眼镜是在哪里打碎的？教导主任再次问道。

——在煤渣路上，先生。

——哦呵，煤渣路上！教导主任大叫道。我知道你那种阴谋诡计。

斯蒂芬惊讶地抬起头，看了一眼多兰神父的灰白色的已然苍老的脸，看到他灰白色的光秃的头两边零星的绒毛，看到他的金边眼镜以及从眼镜看向外面的毫无颜色的眼珠。为什么他要说他知道那种阴谋诡计呢？

——无所事事的懒惰的小懒虫！教导主任叫道。我的眼镜打碎了！这是一个被用烂了的招数。把你的手赶紧伸出来！

斯蒂芬把眼睛闭上，颤颤巍巍地伸出手，掌心向上。他觉得教导主任用手摸了摸他的手指头，好让他的手伸得更直，之后，当他把戒尺举起来，准备打时，还听到他的法衣袖子响了一声。痛苦的一击发出恐怖的声响，他哆嗦的手马上像烧着一样，皱成了一团；伴随着这响声和疼痛，他的眼眶里蓄满了泪水。因为害怕，他的整个身子都颤抖着，一只胳膊也颤抖不已，他蜷曲的、发烫的、青色的手就如同随风飘拂的一片叶子。他的舌边涌上一声请求原谅的声音。可是，虽然他的眼睛被火热的眼泪烧灼，虽然他的手臂因为害怕抖动不已，可是他依然用力忍住了哭泣和让他的喉咙发烫的那声喊叫。

——把另一只手伸出来！教导主任又叫道。

斯蒂芬把他那只受伤的右手颤抖着收回来，伸出左手。当他举起戒尺时，法衣的袖子又发出呼的一声响，响亮的声音和一阵燃烧一般的、让人无法忍受的疼痛让他的手掌和手指都缩到了一起，成为一块颤抖着的发青的死肉。他的眼眶里满含泪水，他的心被羞愧、痛苦和害怕纠缠着，他害怕地把颤抖的手臂收回来，小声抽泣起来。他的身子既害怕又羞愧、生气地颤抖着，他觉得他的喉咙里跳出火热的叫声，眼眶里的泪水从火烧一般的脸颊经过。

——跪下，教导主任叫道。

斯蒂芬赶紧跪下，将两只挨过打的手放到身子两侧。一想到刚挨打的双手不久就会肿痛，他不由得难过万分，似乎它们是别人的手，是受到他怜悯的别人的手。他跪下以后，边用力把喉咙里的最后一阵哭泣声忍住，把身体两边火烧一样的刺痛忍住，边又想到自己手心向上，伸到外面的手，想到教导主任为了让他那颤抖的手指不再颤抖而用力摸了一下，想到那挨打后变成红肿的一团、在空中胡乱抖动的手掌和手指。

——好好做你们的功课，所有人，教导主任在门口叫道。多兰神父天天都会来看你们，看看有没有哪个懒惰的小懒虫要挨打。记住是每天，每天。

他出去时顺便带上了门。

一班学生都沉默着，继续抄写他们的作文。阿纳尔神父从椅子上起身，走到他们中间，对孩子们亲切地说，赶紧写作业，并跟他们说哪里错了。他的声音很亲切，也很温和。之后，他又回到座位上对弗莱明和斯蒂芬说：

——你们可以回自己的座位了，你们俩。

弗莱明和斯蒂芬起身走到自己的座位旁，因为羞愧，斯蒂芬的脸都是红的，用一只无力的手快速把他的本子打开，之后，把头深深地埋下去，让脸尽可能和纸面靠近。

因为大夫曾经和他说过，看书时一定要戴眼镜，而且，那天早晨他已经写信给父亲了，让他再给他送一副新眼镜过来，他们这样打他实在是太不公平，太残忍了。更何况，阿纳尔神父也允许他有了新眼镜以后再做功课。可是，现在，他却当着全班同学的面，用捣蛋鬼称呼他，还结结实实打了他一顿。而过去，他一直领导着约克派学生，要么是第一，要么就是第二。教导主任怎么知道他在耍花样呢？在教导主任伸手摸他哆嗦的手的时候，他觉察到了，他一开始还以为他是要和他握手呢，因为他的手指头不仅柔软，而且非常有力，可是一瞬间，他就听到了他的法衣袖子发出的呼呼声，还有那戒尺的声音。让他跪在教室中间，这也是极其残忍的、有失公正的：阿纳尔神父也只是说让他们俩回到自己的位置上，完全没有区分开他们两人。他听到阿纳尔神父用亲切的声音给学生们改作文。可能他现在觉得很对不起，想要做得更公平一些。但是这是残忍的，是不公正的。教导主任是一位神父，可是他那样做太残忍了，太不公正了。看起来，他的灰白色的脸和金边眼镜后面的那双灰白色的眼睛很残忍，因为他只是为了打得更疼、更响，才会去抚摸他的手。

——他们这样做真是太龌龊了，确实如此，下课后，大家排队去饭堂从走廊经过时，弗莱明说，这样因为别人的错误而莫名其妙地毒打一个同学。

——你的眼镜确实是无意中打碎的，对吗？纳斯蒂·罗奇问道。

斯蒂芬觉得弗莱明的话让他感到呼吸困难，因此没有作声。

——当然不是有意的，弗莱明说，要是换作是我，我不可能就这样算了，我一定得去校长那里告状。

——对，塞西尔·桑德尔迫切说道，我看到他把戒尺高高举起，他这样做是不符合规章的。

——打得很疼吧，纳斯蒂·罗奇问道。

——特别疼，斯蒂芬说。

——如果是我，我一定要为自己讨回公道，弗莱明反复说道。无论这个光头还是别的哪个光头都不行。这样做真是太卑鄙了，真是的。如果换作是我，等我吃完饭以后，我一定要去找校长，跟他说事情经过。

——对，就这样做。对，就这样做。塞西尔·桑德尔说。

——对，就这样做。对，去校长面前告他，迪达勒斯，纳斯蒂·罗奇说，因为他说他明天还要过来打你。

——没错，去跟校长说，所有人都去说。

当时在那里听的还有文科二年级的几个学生，他们中一个人说：

——元老院和罗马人民都已经声称不合理处罚了迪达勒斯。

这是不对的，是残忍的，是不公正的，他坐在饭厅里，又不由得想到那难堪的耻辱，直到最后，他都开始怀疑自己的脸上是不是有什么不同，让他看起来像一个捣蛋鬼，他真希望身边有一个镜子，可以照一照自己的脸。可是，怎么可能有小镜子呢，而这是残忍的、不公平的。

在那四旬斋期的星期三，食堂准备了黑乎乎的鱼肉煎饼，可是，他完全没有胃口，他面前的土豆上还有一个黑桃儿印记。没错，他一定要遵照同学们的说法去做。他要去办公室，跟校长申诉他受到的不公正处罚。不是没有人这样做过，可是那都是些伟大的人物，他们的头像在历史书上都有记载。校长肯定会说他受到的处罚是不公正的，因为元老院和罗马人民时常声称那些控诉的人是受到了不公正的对待。他们都是些了不得的人物，他们的名字在《里奇马尔·马格纳尔问答》一书中是可以找到的。历史书上记载的都是他们这些人和他们所做过的事情，彼得·帕利编的《希腊、罗马故事》上面记载的也全是他们的故事。那本书的扉页上就有彼得·帕利自己的像。有一条路，一边生长着野草和低矮的灌木丛；彼得·帕利的打扮如同一个新教的牧师，头戴一顶宽边帽，手里拄着一根大手杖，正沿着那条路快速走向希腊、罗马。

他需要做的事并不难。他只需要趁散步的空档溜出来，不和人群一起向走廊走去，而是向右手边通向楼上办公室的楼梯走去。此外，其他任何事他都不需要干：他只需要走向右边的楼梯。之后，三十秒以后，他就会来到一条逼仄的走廊，从那里一直走向校长的办公室。每个人都认为这有失公正，甚至连文科二年级的那个同学也说到和元老院、罗马人民相关的那些话。

那结果会如何呢？

他听到饭厅上边高班的同学们都起身了，还听到他们沿着地席走向这边：走在最前面的是帕迪·拉思，紧跟其后的是吉米·马吉，然后是那个西班牙人和那个葡萄牙人，第五个是身材魁梧的科里根，不久他就要被格利森先生打了。教导主任为什么称呼他是捣蛋鬼，还莫名其妙地打他就是这个原因。他尽可能把那因为哭泣而疲惫的眼睛睁开，看着身材魁梧的科里根宽阔的肩膀和他垂下来的黑色的头走过队伍中间。可是，他确实犯错了，而且格利森先生不会用力打他：他还回想起了高大的科里根在洗澡房里的样子。他的皮肤颜色和浴池里浅水那边像泥炭一样的水色是一模一样的，当他经过池边时，他的脚落在湿润的砖头上发出响亮的噼啪声，而且，因为他身上的肉实在是太多了，每走一步，大腿上的肉都颤抖。

食堂里已经只剩下一半的人了，学生们还在排队往外走。他完全可以去楼上，因为食堂门口不仅没有神父也没有级长。可是，他不能去。校长很有可能和教导主任是同一个阵营的，也觉得这是一个学生的阴谋诡计，假如那样的话，教导主任仍然会天天来，而且情况只会愈演愈烈，因为有学生去校长那里告状，他肯定会勃然大怒。那些同学都怂恿他去告状，可是，他们自己却无动于衷。他刚刚把这一点全忘了。不要去了，最好忘掉所有的事，可能教导主任所说的那句他还要来只是随口一说。算了，还是离这些事远远的吧，因为既然你还很小，年纪也不大，你时常可以这样躲到一边。

他同桌的同学们都起身了。他也站了起来，和他们一起排队出去。他一定得拿个主意了。他已经走到门口了，假如再和其他人一起继续往前，那他就不可能去找校长了，因为他不可能再离开操场去做这件事。而他如果去了，最后还是会挨打，那他一定会受到其他同学的嘲笑，大家就会对小迪达勒斯去校长那里告教导主任这件事乐此不疲地谈论。

他沿着地席继续往前，他已经看到那扇门离自己很近了。这是不可能的：他怎么能这样呢？教导主任的光头和盯着他看的那对残忍的毫无色彩的眼睛出现在他的脑海里，教导主任两次叫他名字的声音也出现在他的耳畔。在他第一次跟他说他叫什么名字时，他怎么就记不住呢？是他第一次没有认真听，还是他故意要取笑他的名字呢？他这个名字在历史书上就可以找到，可是并没有遭到他人的嘲笑。假如他要嘲笑，就应该嘲笑自己的名字。多兰：这和一个给人洗衣服的公仆的名字是多么像啊。

他已经来到门前，可是他忽然转向右边，走到了楼梯上面，而在他还没有想好再折回来时，他已经向那条通向办公室的黑暗的通道走去了。在他从那条通道的门口经过时，即便不回头，他也可以看到，其他的同学一边排队走向外面，一边回头盯着他的一举一动。

他从那条逼仄的过道走过去，从一些矮小的门走过，那是这里的住家户的门。他望着前面，透过黑暗的光线打量四周，心想挂在墙上的一定都是些人像。那里昏暗无比，也安静无比。可是他的眼睛因为哭得太厉害了，现在一片模糊。可是，他想那肯定是些圣者和伟大人物的像，当他经过时，都埋头看着他：圣伊格内修斯·洛约拉[1]正把一本摊开的书举到他面前，并把书里的 Ad Majorem Dei Gloriam 几个字指给他看；圣弗朗西斯·泽维尔正指着自己的胸前；洛伦佐·里奇像他们班上的级长一样，也戴着方僧帽；还有三位神圣的青春保护神——圣斯坦尼斯洛斯·科斯特卡、圣阿洛伊修斯·冈萨戈和被上帝庇佑的约翰·伯奇曼斯，看上去，他们的年纪都不大，因为他们还很小的时候就死了，还有彼得·肯尼神父身穿一件宽大的大氅在一把椅子上坐着。

他从门厅上面的楼梯口爬上去，看了看四周。汉密尔顿·罗恩就是在那里出事的，在那里还可以看到士兵们留下的弹痕。一些老仆人曾经看到一个身穿白色外套的将军的鬼魂也正是在这里。

在楼梯口正好有一个老仆人在扫地。他问他校长在哪个房间，那个老仆人指了指尽头的一扇门，并一直盯着他走过去的背影，直到他叩响了门。

里面没有人应声，他又用力敲了几下，这时一声模糊的声音从里面传出来，他的心跳得飞快。

——进来！

他转动门把手，把门推开了，又胡乱摸索着找里面那层蓝绒面内门的门把。最后，他终于找到了，之后推门进去。

他看到校长正坐在一张写字台前。桌上有一个骷髅，房间里的味道很是怪异，透露着严肃，就像历史悠久的皮椅子散发出来的味道一样。

一来到这肃穆的地方，又看到屋里安静得像一根针掉在地上都可以听到，他的心跳明显加速：他看了看那骷髅，又看了看校长那慈祥的脸。

---

[1]　16 世纪西班牙耶稣教会创始人。——译者注

——啊，我的小人儿，校长说，你找我有什么事呢？

斯蒂芬用力将哽在喉咙里的什么东西咽了下去，之后说：

——先生，我把我的眼镜打碎了。

校长张嘴说道：

——哦！

之后，他笑着说：

——啊，假如咱们的眼镜打碎了，那么咱们就只有写信回家再买一副新的过来。

——我已经给家里写信了，先生，斯蒂芬说，而且阿纳尔神父也说，在新的眼镜还没有送来时，我可以不学习。

——没错，校长说。

斯蒂芬再次把喉咙里的什么东西咽下去，全力让自己的腿和声音保持镇静。

——可是，先生……

——怎么了？

——多兰神父今天来打了我一顿，说我没有做作文。

校长一言不发地看着他，看了好久，他觉得自己的血液都流到了脸上，眼泪都快要溢出来了。

校长说：

——你叫迪达勒斯，对吗？

——没错，先生。

——你的眼镜是在什么地方被打碎的？

——在煤渣路上，先生。一个从存自行车的房子里出来的同学撞倒了我，然后打碎了我的眼镜。至于那个同学叫什么我并不知道。

校长再次一言不发地看着他，之后笑着说：

——哦，那么，这是一场误会。我可以断定多兰神父压根不知情。

——可是，我跟他说了我的眼镜碎了，先生，可是我依然挨了他的打。

——你跟他说了你已经给家里写信再要一副新眼镜了吗？校长问道。

——没有，先生。

——啊，那么好，校长说，多兰神父并不知情，你可以告诉大家，你这几天的功课我都已经免除了。

于是，斯蒂芬赶紧快速回答了几句，因为他担心他马上就会颤抖得一个字都说不出来了：

——好的，先生，可是多兰神父说，明天他还要来打我。

——好了啦，校长说，这是个误会，回头我会和多兰神父说的。那样可以了吧？

斯蒂芬觉得他的眼睛已经湿润了，不由得小声说道：

——哦，可以了，先生，谢谢您。

于是，校长隔着桌子把手朝他伸过来，斯蒂芬把自己的手放到他的手上，一会儿以后，他觉得他的手掌冰冰凉。

——那么，再见吧，校长说，把他的手收回来，并点了点头。

——再见了，先生，斯蒂芬说。

他鞠躬后安静地出去了，小心翼翼地关上门。

可是，他一从那楼梯口的那个老仆人面前经过，再次来到那个逼仄的通道，便加快了速度。他在阴暗的过道里快步走着，在拐角处竟然撞到了门框上。可是他仍然快步从楼梯上跑下去，快速从两条走道经过，来到开阔的地方。

操场上同学们的喊叫声传入他的耳畔。于是，他开始快速奔跑，跑得越来越快，从那条煤渣路跑过，上气不接下气地跑到操场上三年级同学所在的地方。

看到他过来，同学们都围了上来，挤挤攘攘着把他围在正中央。

——快跟我们说说！快跟我们说说！

——他说了什么？

——你去了吗？

——他说了什么？

——快跟我们说说！快跟我们说说！

他跟他们叙述了整件事情经过。他说完以后，所有同学都把帽子摘下来扔向空中，同时大叫道：

——乌拉！

他们把落下的帽子抓在手里，又旋转着扔向空中，嘴里又大声叫道：

——乌拉！乌拉！

他们用手做成一个摇篮的样子，用力把他抛上去，并抬着四处走，直到他用力挣扎才摆脱他们。他摆脱他们以后，他们又朝各个方向跑去，再次吹着口哨扔帽子，边盯着旋转的帽子边大叫道：

——乌拉！

他们为光头多兰发出三声谩骂，又为康米发出三连呼，他们说，他是克朗戈斯有史以来最正直的校长。

在昏暗柔和的夜空中，欢呼声逐渐消失了，就只剩下他自己了。他觉得很快乐，可是，他想，在多兰神父面前，他一定不能表现出得意扬扬的样子，他应该表现出安静、乖巧的样子：他希望他可以为他做点好事，让他觉得他并没有一丝丝的自豪。

马上就要天黑了，晚上的空气是那么舒适。空气中弥漫着黄昏的气息，弥漫着田野的气息。有一次，他们去梅杰·巴顿那里散步，还在那些田野里挖了一些萝卜来吃，长着五倍子的那个亭子那边的小森林的味道也飘过来了。

别的同学们正在练习打高球、吊球和旋转球。在那昏暗的安静中，乒乓的球声传过来，在安静的空气中也有来自各个方向的拍板球的声音传过来：噼克、啪克、啵克、巴克，似乎从泉眼逐渐汇入一个满满当当的水坑的水滴。

二

　　查尔斯大叔抽的那种黑色的板烟，实在是让人忍无可忍了，最后，他的侄子给他提出了这样一个建议，希望他每天早晨去花园尽头那间小屋里去抽。

　　——太好了，西蒙，完全没问题，西蒙，那老人慈祥地说，你想让我去哪里抽我就去哪里抽。那间小屋就很好，对于我而言，那更加卫生。

　　——即便杀了我，我也无法知道，迪达勒斯先生坦诚说道，你怎么能抽这种奇臭的可怕的烟草，就像铳药一样，天知道。

　　——这烟的味道实在是太好了，西蒙，那老人答道。清凉、醒脑。

　　于是，每天早晨，查尔斯大叔精心擦过头油、认真打扮一番，刷过牙，并把那顶高帽子戴上以后，就一定会去那间小屋。在那里抽烟时，从门外望去，他只能看到他那高帽子的边沿和他的烟斗的烟袋锅。这间臭味熏天的、他和家里的猫和一些农具分享的房子被他称作他的小棚子，有时它还会被他当作他的共鸣箱，因为每天早晨，他都要兴奋地唱他最乐意唱的那几支歌：《哦，请为我搭一间小屋》《蓝色的眼睛和金色的头发》或《布拉尼的小树林》，而让烟斗上的蓝灰色的青烟缓缓升起，飘散在清新的空气中。

居住在布莱克罗克的那个夏天，查尔斯大叔一开始时常和斯蒂芬待在一起。查尔斯大叔是个身体素质不错的老人，皮肤黑黢黢的，粗糙的皮肤上有白胡须。往常他时常活动在卡里斯福特大街他们的住处和与他们家来往密切的大街上的几家商店之间。斯蒂芬很愿意和他四处跑，因为查尔斯大叔时常会大把大把地塞给他商店柜台外面敞开的匣子和木桶里的东西。他可能会抓一大把上面还有锯末的葡萄或者三四个美国苹果大方地塞给他这个侄孙，而店铺的店员也不好说什么。有时，在斯蒂芬假装不愿意拿时，他就会把眉头皱得紧紧地说：

——小少爷，拿着吧，你听到吗，小少爷？这些东西是有益于你的肠胃的。

在商店店员把订货单看完以后，他们俩就会一起去公园，斯蒂芬的父亲的一位老朋友，迈克·弗林一定会坐在那里的一条板凳上等他们。之后，斯蒂芬就开始围着公园跑步。这时迈克·弗林便手里拿着一块表，在车站附近的门边站着，看着斯蒂芬按照迈克·弗林喜欢的姿势跑着：头高高昂起，膝盖也抬得高高的，两手顺从地放在身体两边。在经过早晨的这一段训练以后，这位教练就会评价他的跑步，有时还穿着他那双破旧的蓝帆布鞋跟跄跄跄地给他做示范。一群惊讶万分的小孩和保姆也许会凑过来，把他围在中间，甚至当他和查尔斯大叔已经再次坐下来对体育和政治问题进行谈论时，他们还依然围在他身边。尽管父亲曾经告诉过他，有很多现代赛跑能手都是由迈克·弗林训练出来的，可是每当他低头用细长的脏手指卷香烟时，斯蒂芬总是忍不住要看看他这位被皱纹和胡子茬儿布满的教练的脸，有时更是带着同情心去看他那双毫无生机的蓝眼睛。这双眼睛有时会忽然从他手上的工作分神,突然看向远处的蓝天,而他发肿的长手指这时也就停下了卷烟的动作,却让那些松散的烟丝再次回到烟口袋。

回家时,查尔斯大叔时常会去教堂,因为斯蒂芬够不着那里的圣水池,实在是太高了,那老人便时常将自己的手伸到水池里,之后将圣水轻盈地洒在斯蒂芬的衣服上和门廊前的地上。在祷告时,他总是大口呼着气,在一方红手绢上跪着,大声朗读那本书角已变得黑黢黢的祷告书,下一面书的第一个字都在那本书的下角重印着。尽管斯蒂芬的虔诚度远远没有他高,却也非常虔诚地在他身边跪下来。他时常觉得难以理解,他的这位叔祖为什么每次祷告都那么认真,究竟是为了什么事。可能他是在为身陷炼狱的灵魂祈祷,或者是想要幸福地死去,再或者可能是他在请求上帝把他在科克港挥霍掉的那一大笔财产赐给他。

一到星期天,斯蒂芬和他父亲,还有他的这位叔祖时常一起去散步。尽管那老人脚上有鸡眼,可是却走得很快,时常一口气可以走十或十二英里。他们走的那条路上有一个分叉口,就是斯蒂洛根那个小村子,到这以后,他们要么走向左边的都柏林的山区,要么沿着戈特斯汤路走到丹卓姆,之后,再从桑迪福德回家。不管是在路上,还是在路旁某个昏暗的酒店前站立时,他的父辈们时常会就他们感兴趣的一些话题进行谈论,爱尔兰政治、芒斯特以及他们家过去的历史等,斯蒂芬对这些都非常感兴趣,有时他不太理解,就不停地念着,直到可以把它们完全记住。那些谈话让他开始初步了解这个现实世界。好像要不了多久,他自己也要融入现实世界的那种生活中,所以,他现在正在私底下慢慢准备着,准备接受他觉得他迟早要承担的重大责任,尽管他现在还只能依稀了解那种责任的性质。

到了晚上,他的时间就自由了。他时常会把一本破烂的《基督山伯爵》的英译本拿在手里读。小时候，他不管听到或碰到什么恐怖的不合理的事，他的脑海里就会出现那个心情阴暗的复仇者的形象。晚上，他会在客厅的桌子搭一个岛上的奇特的岩洞，所需材料是一些印花纸、纸花和颜色纸，以及一些巧克力的外包装纸——金银纸。而最后因为觉得这些东西一点意义都没有，而一把撕碎时，马赛、阳光下的藤蔓，以及美茜蒂丝[1]的形象就会出现在他的脑海里。

在布莱克罗克镇外向山区延伸的路上，有一座白白的小房子，周围的花园里种满了蔷薇：他时常告诉自己，还有另一个美茜蒂丝住在那所房子里。每次出门或回家的路上，这所房子都会被他当作计算路程的标志：在他的印象中，他已经经历过很多冒险活动，实在是太神奇了，其程度和那本书中所描写的场景不相上下。在故事快要结束的部分，他自己的现象也出现了，只是那时他已经垂垂老矣，略显凄凉地和美茜蒂丝在月光下面的花园中站着，因为她一直没有答应他的求爱，所以他表现得很难过，说：

——小姐，我从来都不吃麝香葡萄。

他和一个名叫奥布里·米尔斯的孩子一起组织了一个冒险集团。奥布里把一支口哨拴在一个扣眼里，还把一个自行车车灯挂在腰间的皮带上，其他人就只好把一根短棍插在皮带上，以作为匕首。斯蒂芬曾经读过拿破仑所说的要朴素的观点，故意不打扮自己，所以当他还没有对下级军官下命令，和他们一起探讨问题时，反倒觉得自己很伟大。这个集团时常去骚扰一些老太太的花园，或者去城堡那边，在崎岖、长满野草的岩石上互相打仗，等到他们一脸疲惫地跑回家时，他们的鼻孔里满是海滩上腐烂植物的味道，手上和头发上也被海上的沉船留下的发臭的油污味沾满。

---

[1]　美茜蒂丝是《基督山伯爵》中的人物。——译者注

　　奥布里和斯蒂芬都和一个送牛奶的人认识，他们时常一起坐在一辆奶车上跑去放牧奶牛的卡里克迈因斯。工人们在挤奶时，这两个孩子就轮流骑在那头极易驾驭的母马上，奔跑在田野里。可是当秋天到了，母牛被赶回家时，但凡看一眼斯特拉德布鲁克的牛棚、那发绿的臭水坑、稀牛粪和热气腾腾的湿草料，斯蒂芬就会觉得无比肮脏。在阳光四溢的牧场上，表面看去那么美丽的牛群如今却让他倍感龌龊，即便是它们挤出的奶，他都想避而远之。

　　今年九月份并没有让他觉得多么麻烦，因为他家已经想好不让他再去克朗戈斯了。当迈克·弗林去医院以后，他也没有再去公园里练跑步了。奥布里也已经去学校了，每天晚上他都只有两三个小时的自由活动时间。因此，他们那个集团也就消失了，晚上不再出去胡乱骚扰或去山崖边打仗了。斯蒂芬有时和晚上送牛奶的车一起活动，路上的晚风让他暂时忘却了龌龊的牛棚，他也不再厌恶奶牛身上的细毛和送奶人大衣上的草籽儿。每当车子停在一家门前时，他总想偷看一眼一间收拾得干干净净的厨房或灯光迤逦的大厅，看一眼那家的女仆是如何把那奶罐抱在怀里，以及怎样关上门的。他想，假如他有一双温暖的手套，口袋里装满随他吃的姜汁饼干，那每晚赶着牛车去给人送牛奶便变成了一件快乐的事情。可是，他在公园里跑步时曾让他突然心慌气短的那种不好的感觉，以及当他的训练者埋头去用他那龌龊的长手指卷烟卷，他不由得忐忑不安地看着他布满皱纹和胡子茬儿的脸面时所得到的那种直接印象，现在更让他觉得自己前途未卜。他隐约察觉到他父亲的事遇到了问题，而他们之所以不再送他去克朗戈斯学习也正是基于这个原因。一段时间以来，他已经察觉到家里发生了一些变化。他原以为有些事情会一直那样，而如今正是那方面的变化，反复让他那幼小的心灵受到冲击，让他对人世的理解也发生了变化。他觉得有时也会让他那阴暗心灵的志向也受到冲击，很明显，并不想找到什么出口。当他听到母马的蹄子在大石路的车道上发出嘚嘚声，身后的奶罐摇晃着发出叮咚声时，他的心也被一种和外在世界同样的黑暗蒙住了。

他的脑海里又出现美茜蒂丝的身影，他不停地咀嚼着她的形象，也觉得一种奇特的紧张的感觉弥漫着他的全身。有时他觉得全身发热，所以使得他一到傍晚时分，便一个人沿着那条安静的通道闲逛。那些花园里的安宁气息和来自窗口的柔和的灯光都可以抚慰他那紧张的心灵。他很讨厌孩子们玩耍时的叫嚣声，他们那愚不可及的讲话声让他觉得自己和所有那些孩子不在一个频道上，现在他的这种感觉更严重了，甚至超过他在克朗戈斯上学的时候。他根本没有游玩的兴致，他希望到现实生活中去寻找在他心灵中一直存在的那些虚幻的形象。他不知道在哪里可以把它找到，也不知道找的方法，可是，他却总在一种预感的引领下前行，并告诉他不需要他做什么努力，有一天这个形象自然会来找他的。他们似乎很早就见过面一样，早就约好了一个见面的地方，那地方可能是在某一扇大门前面，可能是在某个私密之处。他们将在那里某片黑暗和安宁的包围中单独见面，而在那个柔情四溢的时刻，他自己的形象也会发生变化。他会突然消失在她的眼前，变得神秘莫测，之后眨眼间又变成另一个形象。在那个不可捉摸的时刻，他身上便完全没有了羞怯和不成熟。

一天早晨，门口停了两支黄色的大车队，车上的人全都一窝蜂地跑到屋里搬东西。从前院搬了各种家具出来，一直搬到门口的大车上。路上处处是乱草绳和绳子头。东西都放好以后，那些车便沿着大路赶走了：斯蒂芬从火车车厢的窗口上看到它们慢慢驶向梅里昂路，因为他和他的红着眼睛的母亲那时已经在火车车厢里坐着了。

那天晚上客厅里的火一直都不旺，迪达勒斯先生把拨火棍挑在炉架的横档上支着火，想让火大一些。查尔斯大叔待在一间没有地板、家具也少得可怜的房间的犄角里休息，他们家里人的画像就在他旁边的墙上靠着。被车夫们踩脏的地板上映照着桌上昏暗的灯光。斯蒂芬在父亲旁边的一个踏脚板上坐着，听着他漫无边际的冗长独白。一开始，他几乎不怎么懂他父亲说的话，后来他逐渐听懂，有人在和他的父亲唱对台戏，一场战斗一触即发。他还意识到，他必须加入到这场战斗中，他得负起某种责任来。他的心情很郁闷，因为他要快速从布莱克罗克温馨的生活离开，从那阴暗多雾的城市的一段行程穿过，还要搬到他们现在要搬去的那几间寂寥的住房。他的心灵再次被一种直觉，一种预感占据。他现在也知道了仆人们整天在大厅里窃窃私语的原因所在了，也知道他父亲为什么老是背着炉火站在火炉边了，直到查尔斯大叔不停地叫他坐下来吃饭时，他依然大声说个不停。

——我想再做点事情，可是我发现我根本无计可施，斯蒂芬，老伙计，迪达勒斯先生用力捅着那要熄灭的火说。我们还是有希望的，我的儿子。耶稣基督作证（上帝原谅我吧），根本没有，怎么能说一切都结束了呢。

都柏林让他的心情变得复杂、亢奋。查尔斯大叔已经神志不清了，再让他出去跑腿已经不太合适了。因为新住处缺乏秩序，所以，相比在布莱克罗克，斯蒂芬现在有了更多空闲时间。一开始，他总是喜欢害羞地在广场边逛来逛去，或者最多走到邻近的街道上去。可是后来，当他比较了解这个城市的地形以后，便勇敢地沿着它的一条中心线一直往下走，一直走到海关附近。他在船坞和码头上畅通无阻地溜达，一脸好奇地盯着被黄色泡沫铺满的水面上漂移的大群浮标看，看着成群结队的码头工人，穿梭个不停的车辆和蓄着胡子、打扮得坏坏的警察。码放在堤岸边的大堆货物被从轮船上吊举出来，看到这些东西，他觉得生活太开阔了，也太神奇了，他心中的那种曾经让他在傍晚时分在不同的花园间寻找美茜蒂丝的紧张心情再次被激发出来。在这新的繁忙的生活中，他也许幻想过他到了另一个马赛，可是因为这里没有五光十色的天空，没有酒店前沐浴在阳光中的藤蔓，让他觉得有些可惜。在他看向码头、河上和低低的天空时，他隐约觉得有些气愤。可是，他仍然天天四处闲逛，似乎真的要找一个一直想离他远远的什么人。

他和他的母亲曾经一起去拜访过他们的亲戚。尽管他们从为了庆祝圣诞节而装饰得特别华美的店铺走过，可是他的心情始终是郁闷的。他之所以烦恼，原因是多方面的，有近因也有远因。他很懊恼自己因为太年轻，而被很多愚昧的盲目的感情俘获，也懊恼自己因为环境的变化而完全改变了对身边的世界的看法，让自己的前景变成卑微和不可捉摸。可是，他的懊恼并不能让这种前景有所改变。他耐心地把他看到的一切都记录下来，尽可能让自己不被当前事物俘虏，而只是暗自品尝那令人烦扰的滋味。

在姨母的厨房里，他找了一把没有靠背的椅子坐下来。一盏带罩的灯挂在炉火前一面油漆得非常光亮的墙壁上，他姨母正就着灯光看一份晚报。她长久地注视着报上一个笑意盈盈的人的照片，同时意味深长地说：

——这就是美丽的梅布尔·亨特[1]！

一个满头鬈发的小姑娘踮起脚尖跑过来，看到那张图片以后，柔柔地说：

——她在哪里啊，泥里面？

——她在演一出哑剧，小乖乖。

那孩子把头靠母亲的袖子上，盯着那张图片看，似乎在痴迷地说道：

——美丽的梅布尔·亨特！

她的眼神一直停留在那双严肃又好像带有嘲讽神态的眼睛上，

---

[1]　当时一位演员的名字。——译者注

似乎她也被那张图片吸引了，她用崇敬的语气小声说道：

——可以说她不是个伟大的美人吗？

一个扛着一小筐煤从街上踉踉跄跄地走进来的男孩子正好听到她说的话。他赶紧把煤放下，三步并作两步跑到她身边来。他用又红又黑的手指把报纸的一角抓住，同时将她推向旁边，嘴里嘀咕着说他看不见。

此刻，他就在一所历史悠久、窗子昏暗的住宅里高处那间逼仄的早餐间里坐着。火光跳跃，窗外无边的黑暗已经在河面上聚拢。一位老太太正在炉火前忙着烧茶，她边烧茶边用低低的声音讲述牧师和大夫说的话。她也说到他们看到的她最近以来的改变，以及她的一些怪异的行为。他坐在那里听得很认真，他的心却已经随着从煤坑、拱门和甬道穿过，从崎岖的通道和起伏的山洞穿过，延伸向前的一条条极其危险的道路飞走了。

忽然，他发现门口似乎有个什么东西。一个吊在半空中的骷髅似乎出现在黑漆漆的门洞里。一个非常瘦弱的人出现了，很明显，他是听到火炉边的谈话过来的。门口有个人哭着问道：

——是约瑟芬吗？

正在炉边忙得不亦乐乎的老太太兴奋地回答道：

——不是，埃伦，这是斯蒂芬。

——哦……哦，晚安，斯蒂芬。

他在回答她时，门口立刻出现一张傻呵呵笑着的脸。

——你是想要什么东西吗，埃伦？站在火边的老太太问道。

可是，她却没有回答她，只是说：

——我以为约瑟芬来了，我以为约瑟芬就是你，斯蒂芬。

她一连重复了好几遍这句话，接着便怯懦地笑出了声。

现在，他在哈罗德十字街举办的儿童集会上坐着。他变得愈发寡言少语了，几乎不怎么参加孩子们的游戏。那些孩子们戴着从各种游戏中赢得的战利品，吵闹个不停，活跃不已，尽管他也想加入到他们中间，可是他总觉得在那群戴着无边小礼帽和宽边帽的欢乐的孩童中，自己实在是有点格格不入。

可是，当他把他的一首歌唱完，待到一个角落时，他却尝到了独处的好。那天晚上，一开始让他觉得无聊和虚伪的快乐，如今却可以对他起到抚慰的作用，它从他的各种感官轻松掠过，将其他所有人的眼睛挡住，不让他们看到他奔腾在血液中的悸动，因为这时从一对对旋转着的舞伴越过，她在一片欢快中，正时不时偷瞄他在的角落。怜爱、指责、关注，激动着他的心。

一直待在娱乐厅的孩子们也开始把衣服穿在身上：晚会结束了。她往肩头披了一条头巾。当他们一起走向街车时，她的头巾周围汇聚了她嘴里吐出的温暖、香甜的气息，在四周飘动。她的鞋在光滑的路面上时不时发出动人的声音。

这是最后一趟街车了。驾车的高瘦的枣红马也对这一点心知肚明，在清澈的夜景中，它们不停地摇晃着脖子上的铃铛，要人们当心点。车上的售票员和车夫在交谈，他们在蓝色的灯光的映照下不时点头。几张车票胡乱扔在大部分空着的座位上。马路上没有人来人往。宁静的黑夜，只听得到高瘦的枣红马时不时彼此蹭蹭鼻子、摇动铃铛所发出的声音。

他们好像在听什么，他站在更高一级台阶上，她则在他下面站着。他们交谈时，她不止一次爬到他那步台阶上，不过很快又下去了，也有那么一两次，她到他身边站着，很长时间竟然忘记下去了，可是后来还是下去了。他的心如同涨潮时的浮标一样来回跳动着，她的眼睛从头巾下对他所说的话他都可以听到，而且，他知道在某一段不太清晰的过往，不明白是在现实中还是在梦境中，她的眼睛的倾诉他已经听到了。他看到不停地摆弄着她的各种装饰、她美丽的衣服和腰带，以及她的黑长袜子，而他知道，他已经无数次拜倒在这些东西面前了。可是，在他的思想中却有一种声音响起，把他跳动的心脏发出的喧哗声压住对他说话，问他有没有打算把他一伸手就可以接过来的她的这份礼物接过来。印象中，那一天，艾琳和他一起在那家旅馆前面的广场上站着，看着侍者升旗，阳光照射下的草坪上，有一只来回捕狐的猎狗，突然，她却笑着离开了那条蜿蜒的下坡。现在和那会儿的场景一模一样，他没精打采地站在那里，似乎自己只是静静看着眼前这片景色的人。

——她肯定也希望我抱着她，他这样想道。因此我上了这辆车，她也就跟着上来了。在她爬到我这步台阶上时，我可以轻松地把她抱住，不会被人发现。我可以抱着她，还可以亲吻她。

可是，他根本没有这样做。当他独自一人坐在那辆无人的街车上时，他两眼无神地看着起棱的地板，一下子撕碎了手里的车票。

次日，他一连在那间家具极少的房子的桌边坐了几个小时，一支新钢笔、一瓶新墨水和一本新的绿色练习本放在他面前。惯性使然，在第一页的头上，他写下了耶稣会的那个座右铭的简写字线：A.M.D.G.。在那一页的第一行，有一首他正准备要写的一首诗的标题：献给"E-C-"。他知道这样写没错，因为他在拜伦勋爵的诗集上看到过与之相似的题目。当他把这个题目写下来，并画上一根装饰线以后，他又开始幻想了，还在那个本子的封面上画下了不同形状的图形。他看到在那次圣诞节宴会上的探讨过后，他第二天一早在布雷的一张桌子边坐着，想在他父亲的通知单存根的背面写一首和帕内尔有关的诗。可是当时，他的头脑竟不愿意涉及这个主题，为了把那种思想从头脑里清除掉，在那张纸上，他写了很多他的某些同学的姓名和地址：

罗德里克·基克汉姆
约翰·劳顿

安东尼·麦克斯威尼

西蒙·穆南

如今看来，他又将面临失败，可是，想到过去的那件事，他愈发有信心了。在这个过程中，所有他觉得毫无价值、平庸的事情，都消失在他的眼前。那辆街车的任何痕迹他都看不到了，车上的人和那些马匹也看不到了，甚至他和她的形象都变得模糊起来。那首诗只是提到那天的晚上和那令人惬意的微风以及那透露出少女气息的明月。在那些诗里的主人公安静地在那光秃秃的树下站着的时候，某种难以言说的悲哀却在他们的心中深藏着，而到最后应该说再见的时候，尽管其中一人有些犹疑，可是依然热情地拥吻了。在这以后他在诗稿的脚下写了 L.D.S[1] 几个字母，之后把那个本子藏起来，马上向他母亲的卧室跑，对着镜子仔细打量着自己的脸。

可是，他终于不能再过这种长久以来的安适生活了。一天晚上，他父亲带回来很多消息，在吃晚饭的时候，他不停地说着。斯蒂芬原本一直很期待他的父亲回来，因为那天晚上家里要吃羊肉羹，而他知道只要他父亲在，他肯定会被要求用面包泡那肉羹吃。可是，因为只要有人提到克朗戈斯，他就觉得舌头上似乎结了一层厚皮，所以他也不再想要吃那肉羹了。

——就在广场旁边那个街角上，迪达勒斯先生第四次说，我完全是碰巧和他遇到了。

——那么我觉得，迪达勒斯太太说，他肯定可以帮忙的吧，我是说，有关到贝尔迪维尔去的事。

——当然没问题，迪达勒斯先生说，我不是已经告诉过你们，

---

[1] 拉丁语 "Laus Deo Semper" 的缩写，意为 "永远感激上帝的恩惠"。——译者注

如今他已是在大主教一级的人物了吗？

——我从来就没有想过送他到基督教兄弟会去，迪达勒斯太太说。

——让基督教兄弟都去见鬼吧！迪达勒斯先生说，你还是觉得应该送他到臭帕迪或狗米基去吗？不，既然起初和他打交道的就是耶稣会的成员，那么，还是让他就一直和他们待在一起吧。很多年以后，他是会有益于他们的。你要想找到一份差事，就必须依靠他们那些人。

——他们那些人还很富有，对不，西蒙？

——非常富有，这样跟你说吧，他们都过着奢华的生活。你知道他们在克朗戈斯吃的是什么吗，简直跟喂斗鸡一样，实在是太好了。

迪达勒斯先生把他的盘子推到斯蒂芬面前，让他吃掉里面剩下的东西。

——现在，斯蒂芬，他说，你也该做点什么了，小伙计，这段时间你过得太舒服了。

——噢，我可以肯定地说，他现在一定会好好学习的，迪达勒斯太太，尤其是如果他可以和莫里斯待在一起的话。

——哦，我的老天，我将莫里斯都抛到脑后了，迪达勒斯先生说。啊，莫里斯！过来，你这个糊涂虫！你知道，我准备送你去一所学校，让他们教你写好人字，我还要买一块一便士的漂亮小手绢给你，让你把鼻子擦干净。你说那是不是很好玩？

莫里斯朝他父亲笑笑，又对着他的哥哥笑笑。

迪达勒斯先生朝眼睛里塞了一个眼镜片，之后鼓起眼睛看着他的两个儿子。斯蒂芬安静地吃着面包，完全不搭理他的父亲。

——说真的，迪达勒斯先生最后说，那校长，或者说大主教还跟我说了有关你和多兰神父的事。你真是太冒失了，他说。

——哦，他可没有说，西蒙！

——不是说他说，迪达勒斯先生说，可是他跟我说了事情的原委。你知道我们只是随便聊几句，可是后来越聊越深入。更何况，你想他是告诉我谁会在那家公司里谋得一份差事？可这个我改天再跟你说吧。啊，我刚刚告诉你们，我们只是亲切地交谈着，他问我，我们这儿的这位朋友如今还戴眼镜吗，接下来就跟我说了整件事情。

——他还很气愤吗，西蒙？

——气愤！他可不！一个很有格调的小伙计！他说。

迪达勒斯先生效仿那位大主教假模假式的语气。

——多兰神父和我，当我在晚餐桌上告诉大家这件事时，多兰神父和我都笑得前仰后合，你自己还是当心点吧，多兰神父，我说，否则的话，小迪达勒斯会送你十八大板的。我们在一块儿可真是笑惨了，哈！哈！哈！

迪达勒斯先生看着他的太太，用之前的语气说：

——从这里你就可以发现他们对待那些孩子是什么态度了。哦，终生做个耶稣会员，做个外交家！

他又模仿那位大主教的语气说：

——我是在吃饭的时候跟他们说这件事的，多兰神父和我，还有我们所有人都开怀大笑，哈！哈！哈！

马上就要开始降灵节的游艺晚会了，从化妆室的窗口朝外望，斯蒂芬看到一个小小的草坪上横拉着不少绳子，上面满是具有中国风情的灯笼。他看着参观的人走下房前的台阶，走向剧场。身穿晚礼服的管事和一些年事已高的贝尔维迪尔三五成群地在剧场门口站着，非常绅士地引领参观者进剧场。他在一盏明亮的灯光下看到一个神父的笑脸。

为了让讲台和圣坛前有一些空地，圣餐台被移走了，前几排的板凳也挪向了后边。很多木棒和瓶形棒靠墙立着，哑铃胡乱放在一个角落里，在堆积如山的运动鞋、汗衫和用棕色纸胡乱包裹着的一些背心中间，有一个皮面的高大木马，等到体育表演结束以后，它就会被抬到台上去，和优胜者站在一起。

因为一直以来，斯蒂芬精于写作的名声都传扬在外，所以，他成为游艺会的秘书，在第一部分节目中他没有扮演什么角色，可是在第二部分节目的一个话剧中，他却担当一个主演的角色，演一个荒诞不经的教育家。因为他身材刚好、表情严肃，所以才让他演这个角色，现在贝尔维迪尔学校，他已经是二年级学生，而且是身高第二高的。

从舞台上跑下来十几个身穿白色灯笼裤和背心的小伙子，从圣器室穿过跑向小教堂。很多活跃的老师和同学都在圣器室和小教堂里等着。那个秃头的胖少校正在对木马的跳板进行试验。那个身穿长外衣的瘦瘦高高的年轻人正站在一旁饶有兴味地观看着，他是特技表演演员，他用的道具是瓶形棒，此刻，他那个银白色的瓶形棒已经从他的口袋里探出头来。在另一队准备登台时，木哑铃发出的虚无的梆梆声传入大家的耳畔。又有一会儿以后，那个过分亢奋的级长把一群孩子像赶鸭子似的赶出了圣器室，他如同飞鸟一样用力扇动着他的法衣袖子，同时不停地催促着走在后面的孩子。教堂的另一头，一小队那不勒斯农民正在练习舞步，有些把胳膊举过头顶，做着旋转的动作，有的把纸花做的花篮拿在手里晃个不停，弯腰行礼。在教堂讲坛的另一边更加昏暗的角落里，一位身穿宽大的黑裙子的老太太正在地上跪着。她起身以后，大家看到还有一个身穿粉红色衣服，戴着卷曲的金色假发和一顶旧式草帽的姑娘在她旁边，她的眉毛画得黑黑的，脸上满是脂粉。看到这个小姑娘的形象，教堂里的人们都发出一阵阵惊叹声。一位级长笑着颔首，走向那个昏暗的角落。他边朝那位胖老太太行礼，边微笑着说：

——你身边这位到底是一位美丽的小姑娘，还是一个精致的瓷娃娃，塔隆太太？

接下来，他弯腰仔细打量着那张满是脂粉的、笑意盈盈的脸，不由着尖叫出声：

——不对，我可以肯定地说，我相信这就是小伯蒂·塔隆！

斯蒂芬正在窗口站着，他听到了那位老太太和那神父开怀大笑的声音，还听到了他身后那些学生都往前挤，去看那个马上要登台跳草帽舞的那个小男孩时发出的惊讶的声音，他不由得觉得心烦意乱。他把面前的窗帘放下来，跳下他站着的板凳，从小教堂走出去。

他从校舍里走出来，来到花园边的一间棚子里。观众们低沉的嗡嗡声从对面剧场里传出来，同时还有士兵乐队的管弦乐声突然传过来。剧场在玻璃屋顶放射出来的灯光的映照下，和节日方舟真是太像了，在其他房舍所形成的小船中停靠着，那吊着灯笼的细绳便好像是把它系着的缆绳。剧场的一个小门突然被打开了，射出一道强烈的光线，一直延伸到草坪那边。一阵高亢的乐声突然从那方舟中传出来，那是一支华尔兹舞曲的前奏：当那扇旁门再次关上时，在外面他还模模糊糊可以听到那乐曲的节奏。一开始，那乐曲是柔和的，带一点哀伤的曲调，给他带来一种莫名的情绪，而他那一天之所以觉得忐忑不安，就是因为这种情绪，而他刚刚之所以觉得心烦意乱，也是因为此。他这种忐忑如同声浪一样从他心里倾泻而出。在流动的音乐的声浪中，那方舟继续前行，在它身后是挂着灯笼的缆绳。接下来一阵好像是轰隆隆的小炮声，把乐曲的节奏都打断了。这是哑铃队上台时来自观众的欢呼声。

在离棚子很远的另一头，临街那边，一点猩红色的火花在黑暗中乍现。他走向那火花，一股淡淡的香料的味道扑鼻而来。两个孩子正站在门口抽烟，他还没有靠近他们，就听到赫伦的说话声。

——我们尊贵的迪达勒斯来了！一个带着浓重喉音的声音叫道。让我们欢迎这位踏实的朋友！

这欢迎最后结束在一种冷漠的笑声中，赫伦行了一个额手礼，之后就把他的手杖放到地上。

——是我来了，斯蒂芬说，站在那里盯着赫伦和他的朋友看。

那个人他从来没有见过，可是，借着香烟发出的红光，他可以看清这是一张微笑着的、面无血色的脸，身穿着外衣，戴着一顶硬壳帽，个子很高。赫伦根本没有介绍他俩认识，只是说：

——刚刚我正在跟我的朋友沃利斯说，如果今天晚上你扮演校长那个角色时，可以模仿一下我们的校长，那肯定会让人捧腹大笑。绝对是一份精彩纷呈的笑料。

赫伦想在他的朋友沃利斯面前模仿一下校长有着浓重学究气的说话声，可是，学得一点都不像，于是，他自己先笑了，要斯蒂芬模仿一下。

——来吧，迪达勒斯，他催促道，你可以学得非常像。如果有谁挺（听）不进教汤（堂）的声音，那就让他当一（异）教秃（徒）和酒秃（徒）吧。

沃利斯表现出很生气的样子，于是，他停止了模仿，沃利斯的烟嘴突然堵塞住，抽不了了。

——这烟嘴儿真是太差劲了，他说，同时把烟嘴拿下来，皱眉打量着它。它时常这样，动不动就堵住了。你抽烟用烟嘴吗？

——我不抽烟，斯蒂芬答道。

——那是，赫伦，迪达勒斯可是一位五好青年，不抽烟，不去市集，不调戏女孩子，这样的事他从来都不干，或者说，什么也不干。

斯蒂芬摇头看着这个一直和他作对的表情变化万千的对头的

脸，他的嘴特别尖，就像鸟嘴一样。他时常感到纳闷，文森特·赫伦[1]怎么长着一张像鸟一样的脸，同时取的名字也和鸟一样。他的前额上有一束颜色很淡的头发，和鸟的凤头也很像，前额窄小，两只鼓鼓的、离得很近的眼睛下面是一只细小的鹰钩鼻，眼睛颜色特别淡，一眼看去好像一点表情都没有。在学校里的时候，他们这两个对头曾经是朋友。不管是在教室里还是在小教堂里，抑或是在做完祷告以后吃饭时，他俩都在一起。因为一年级的同学看上去都太笨了，他们根本看不上。事实上，在那一年的学校里，斯蒂芬和赫伦是最优秀的学生。他们总是一起去校长办公室，请校长放一天假，或者请他原谅某个同学。

——哦，说到这儿，赫伦突然说道，刚刚，我看到你们老头子进去了。

斯蒂芬的脸上马上没有了笑容。只要提到他的父亲，不管是老师还是同学提起，他本来安静的心情就会遭到破坏。他忐忑不安地等待着，想听听赫伦还会说些什么，可是赫伦却只是用胳膊肘推推他，好像包含极大的深意地说：

——你可真是一只狡诈的狐狸。

——你为什么会得出这样的结论，斯蒂芬说。

——所有人都认为你是个非常正经的孩子，赫伦说，可是，我觉得你完全就是一只狡诈的狐狸。

——我可以问你这句话是什么意思吗？斯蒂芬极其客气地说。

——当然可以，赫伦答道。我们看到她了，沃利斯，我们看到她了，对吧？她可真漂亮。而且，还有强烈的好奇心。斯蒂芬扮演什么角色，迪达勒斯先生？斯蒂芬不想唱歌吗，迪达勒斯先生？你们老头子透过眼镜，一直盯着她看，因此，我想你的秘密已经被你们老头儿发现了。天知道，要是换作我，我才不在意呢。她可真好

---

[1]　赫伦的原文是heron，意为"苍鹰"。——译者注

啊，对吧，沃利斯？

——还不错，沃利斯平静地说，又叼上了他的烟嘴。

赫伦就这样当着一个陌生人的面说这些话，斯蒂芬突然觉得很生气。他觉得一个女孩子关心他，或者看上他，都不是一件有意思的事。那天一整天，他脑子里一直盘旋着在哈罗德十字街车的台阶上和她说再见，以及那情景给他带来的悸动以及他因此写下的那首诗。那天一整天，他都在想再见她一次，因为他知道她肯定会来看戏的。他的心中再次填满过去的那种焦躁不安的情绪，和那天晚会时的情况一模一样，可是现在他没有时间写一首诗，以把他的这种情绪发泄出来。孩提时代两年的成长和两年所掌握的知识让他现在不同于以往，他不能再像那样宣泄自己的情绪。那天一整天，他的心中都流淌着一种沉闷的柔情，之后，又逐渐退至一些阴暗的通道中，他觉得这一切都无聊透顶，直到最后那位级长开玩笑的声音和那个男扮女装的孩子更让他突然觉得烦躁起来。

——因此你应该承认，赫伦继续说，这次我们一定把你抓住了。自那以后，你想再在我面前装什么圣人就不可能了，这一点是毫无疑问的。

又是一阵冷漠的微笑从他嘴边发出来，之后和刚刚一样，他弯腰用他的手杖轻轻打了一下斯蒂芬的小腿肚，似乎是戏谑性地指责他。

斯蒂芬已经不生气了。现在他既不觉得兴奋，也不再感到害怕，他只是希望这些戏谑的话语早点终结。他也并不气愤那套他觉得非常愚蠢的谈话，因为他知道，他说的这些话并不会给他头脑中存在的那些惊险的遭遇带来什么风险，于是，他也和他的对手一样，露出虚伪的笑容。

——如实交代吧！赫伦再次说道，再次用他的手杖敲了一下他的小腿肚。

他原以为对方只是和自己开玩笑，可是，和前一次相比，这次打得要重多了，斯蒂芬觉得腿上像遭到了针扎，有些灼热的感觉，可是也察觉不到什么疼痛感，紧接着，似乎是为了配合他这位朋友的兴致，他乖巧地弯腰背诵《忏悔词》。这一插曲结果倒也还不错，因为他这风马牛不相及的回答，赫伦和沃利斯都笑得前仰后合。

原本斯蒂芬只是随口说些实诚的话，可是当他正说着时，他的脑海里突然闪现出一个偶然的记忆，让他不由得想到过去发生过的场景，那时他也看到赫伦笑意盈盈的嘴边有一对残忍的隐约的酒窝，觉得同样是那根手杖打到他的小腿肚上，而且同样指责的话也在他的耳边响起：

——如实交代吧。

那事发生在他入学第一个学期接近尾声的时候，那时他在第六班。因为他的天性太敏感了，他一直被那种平庸的生活方式所折磨，让他苦恼不已。因为都柏林的生活太压抑了，他也觉得紧张而颓废。过了两年梦幻般的生活以后，他发现自己好像进入了一个全新的世界。这里的所有人和事都对他产生着深刻的影响，让他失望或带给他某种诱惑，可是不管是诱惑，还是让他失望，他的心里总是觉得难受、不安。在学校里，但凡是可以利用的空余时间，他都会阅读反抗性特别强的作家的作品，作品中的那些嘲讽之词和激烈的语言，会让他的头脑一直处在亢奋的状态，直到后来在他自己粗制滥造的作品中淋漓尽致地表现出这种亢奋的心情。

写点这类的文章就是他一星期的主要活动，每逢星期二他离开家去学校时，他总是会把路上发生的事情当作一种预兆，来对他自己的命运进行判断，有时他决定和前面的某个人比赛走路，快步行走，看在抵达某个目标之前能不能走到那个人前面去，或者他非常谨慎地在人行道上沿着方砖缓慢行走，之后以此来依据推断那一周的作文能不能排在榜首。

有一个星期二，他向胜利奔去的道路忽然被残忍地打断了。英文老师塔特先生指着他，直截了当地说：

——这孩子在他的作文中对异端邪说进行宣扬。

整个教室里安静极了，塔特先生也没有继续说下去，只是用他的手在大腿中间摸索着，使得他浆得硬硬的衬衫领子和腰部发出嚓嚓的响声。斯蒂芬都不敢抬头。这是一个寒风瑟瑟的春天的早晨，他的眼睛还有些不舒服，东西都看不太清楚。他发现自己失败了，被人抓住了，也发现了他的思想和家庭的卑微，同时他发现他向上翻着的粗糙的衣领让他的脖子很不舒服。

塔特先生终于笑了两声，班上的学生紧绷的神经放松了一些。

——可能你自己并不知道，他说。

——在哪里？斯蒂芬问道。

塔特先生把他在两腿中间乱掏的手抽出来，摊开他的作文卷。

——这里。就是和创世主的灵魂有关的那几句。呃姆……呃姆……呃姆……啊！没有可能越来越靠近，这就是异端邪说。

斯蒂芬小声解释道：

——我是想说，永远不能达到。

这代表着他妥协了，塔特先生很高兴，他把作文卷折起来交给同学们递给他，同时说：

——噢……噢！达到，那又是另一个问题了。

可是，全班同学并没有因此放心。下课以后，尽管没有人再在他面前提起这件事，可是他可以察觉到周围的人似乎都等着看好戏。

在他被当面批评几天以后的一个晚上，他拿着一封信走在德拉蒙康德拉路上，突然一个声音响起：

——站住！

他回头，看到他班上的几个同学迎面走向他。刚刚是赫伦在叫，旁边是他的两个随从，分别走在他两边，同时晃动他的手杖给他们的脚步打节奏。他的朋友博兰在他旁边走，一脸笑意，而纳什却在离他几步远的后面，因为跟不上节奏，他大口大口呼吸着，并不停地摇晃着他那满是红头发的大脑袋。

这些孩子刚进入克朗里夫路，就开始谈论起一些作家和他们的作品，说他们正在读的书，还有他们的父亲的书架上陈列着多少书等等。听他们说这些，斯蒂芬不由得有些讶异，因为在他们班上，博兰是远近闻名的傻瓜，而纳什则是有名的懒鬼。其实他们在谈了一阵他们分别最喜欢的作家以后，纳什便说他觉得最伟大的作家是马里亚特船长[1]。

——你简直是在胡说，赫伦说，你问问迪达勒斯，最伟大的作家是谁，迪达勒斯？

斯蒂芬发现他提问时所用的口吻是嘲讽性的，他说：

——你们是说散文作家？

——没错。

——我觉得是纽曼[2]。

——你是说红衣主教纽曼？博兰问道。

——没错，斯蒂芬答道。

纳什那张满是雀斑的脸笑得更开怀了，他回头对斯蒂芬说：

——你喜欢他吗，迪达勒斯？

——哦，很多人说评价纽曼的散文风格首屈一指，赫伦告诉另外那两个人，当然他不是一位诗人。

——最好的诗人是谁呢，赫伦？博兰问道。

——坦尼森勋爵，毫无疑问，赫伦回答道。

[1]　19世纪初英国一海军军官和作家。——译者注
[2]　约翰·亨利·纽曼（1801-1890）：英国传教士，后被罗马天主教堂任命为红衣主教。——译者注

——哦，没错，坦尼森勋爵，纳什说。我们家就有一本他的诗集。

这时斯蒂芬把他自己发的保持沉默的誓言抛到了脑后，突然开口说道：

——坦尼森也算诗人！咳！他那都是一些顺口溜！

——哦，算了吧，赫伦说。所有人都知道坦尼森是伟大的诗人。

——那么你说最伟大的诗人是谁？博兰问道，同时用胳膊碰了碰他身边的人。

——当然是拜伦，斯蒂芬答道。

在赫伦的带动下，他们三人一齐大笑。

——你们笑什么？斯蒂芬问道。

——笑你，赫伦说。拜伦是伟大的诗人！他的诗只是写给一个没接受过教育的人的。

——那他一定是非常伟大的诗人喽！博兰说。

——把你的嘴巴闭上吧，斯蒂芬说，大胆转向他那边。你们所知道的诗，只是你在校园的石板上写的，之后被直接扔掉的那些东西而已。

其实，据说博兰在校园里的石板上确实写过两行诗，是对他的一个同学骑着一匹小马回家的场景进行的描述：

> 泰森骑马到耶路撒冷去，
> 他摔下来，把他的亚历克·卡弗泽伦摔伤了。

他这几句话让他的那两个随员沉默了下来，可是赫伦继续说道：

——无论如何，拜伦是个异端分子，而且还违背了道德。

——我才不管他是什么人，斯蒂芬气愤地叫道。

——你不管他是不是一个异端分子？纳什说。

——你怎么知道他是不是？斯蒂芬叫道，你这辈子就只是读过一些翻译的东西，哪看过什么书啊，还有博兰也是。

——我知道拜伦不是什么好人，博兰说。

——来呀，把这个异端分子抓住，赫伦叫道。

斯蒂芬很快就被他们抓住了。

——那一天塔特已经让你很惊慌了，赫伦继续说道，他把你作文里的异端邪说指了出来

——明天我再去跟他说，博兰说。

——你尽管去吧，斯蒂芬说，我就担心你压根不敢说。

——不敢？

——就是。你会吓得屁滚尿流。

——你老实点！赫伦大声说，又用手杖敲打斯蒂芬的腿。

这表明他们要发起进攻了。纳什把他的胳膊扭向后面，博兰却把扔到水沟里的一根长长的白菜根捡起来。斯蒂芬接连被那个手杖和那个长有疖疤的白菜根敲打，胡乱挣扎着，最后退至一个铁丝网连成的篱笆旁边。

——你承认拜伦是坏人。

——不可能。

——赶紧承认。

——我不承认。

——承认。

——不承认，不承认。

经过一番激烈的挣扎，他终于逃脱了。打他的那几个孩子跑向琼斯路那边，还不忘对他露出嘲讽的笑容，而他因为眼睛里蓄满了泪水，踉踉跄跄地往前走，边哭边用力把自己的拳头握紧。

他好像还在那些大笑的同学面前背诵《忏悔词》，那些可诅咒的插曲至今都让他难以忘怀，让他心痛不已，可是他奇怪的是，对于那几个曾让他无比痛苦的人，而今他却一点恶意都没有。他一直记得他们的残忍和胆怯，可是在回忆那些场景时，他再没有生气过。尽管他在书本上看到过对激烈的爱和恨的描述，可是如今看来都显得有点虚无。甚至那天晚上他一瘸一拐地回家时，他也觉得有一种力量像把熟透的果子的果皮剥去一样，从他身上把那种忽然发作的生气的感情剥去了。

他和那两个同伴依然在棚子的尽头站着，听着他们无所事事地闲聊，或者听听来自剧场的阵阵欢呼声。她和别的观众一起，正在那里坐着，可能正在等他登台。他试着回想她的相貌，可是，却总也想不起来。在他的印象中，她头上包着一块头巾，就像戴着帽子一样，还记得她那双黑眼睛好像在激励她的同时，又让他退缩。他不知道她是不是也和他一样，总是会想起他。接下来，他躲开另外两个人的眼睛，偷偷把一只手的指尖放在另一只手的掌心上，小心碰了碰。可是，她的手指在碰到他的手时，明显要轻多了，也要稳多了。突然间，他对于她的手的记忆如同一股潮水从他的头脑和全身流过。

一个孩子顺着棚子的屋檐跑向他们，他激动极了，已经跑得气喘吁吁了。

——哦，迪达勒斯，他大叫着，多伊尔可对你大发雷霆了。你赶紧进去化妆，准备登台，抓紧时间。

——他马上就来，赫伦用一种长长的、高傲的语气告诉送信的孩子，他愿意去的时候自然会去的。

那孩子转身对赫伦再次说道：

——可是多伊尔已经很生气了。

——能否请你把我最好的问候转达给多伊尔，说我情愿他的双眼是瞎的吧？赫伦答道。

——那么行吧，我现在就去，斯蒂芬说，对于这类荣誉，他一点兴趣都没有。

——我才不去呢，赫伦说，让他见鬼去吧，我才不去呢。怎么能随便打发一个人来叫一个有身份的学生呢？还大发雷霆呢，真是的！在他那个伟大的破戏里，你愿意扮演一个角色，就已经是看得起他了。

最近在他的这个对头身上，斯蒂芬发现这种喧闹的友情并没有让他本人百依百顺的习惯有所改变。对于那种过分激烈的情绪，他从来不相信，对于这种友情的真实性，他也持怀疑态度，他觉得这些都会让人悲哀地预感到成年以后的场景。这些提出的所谓和荣誉有关的问题与其他与之类似的问题一样，他觉得都不值一提。以前，当他的思想用力去对它的那些难以捉摸的形象进行追逐，后来又对这种追逐感到犹疑时，他总是会听到他的父亲和他的老师们劝导他，让他无论如何要做一个君子，无论如何要做一个好的天主教徒。如今听起来，他们的声音都显得太单调了。在刚开始运动会时，他听到了另一种声音，告诉他要变得强健、健康，而当学校里有了挽救民族危亡的运动时，另一种声音在他的耳旁响起，让他一定要对自己的国家忠诚，让它的语言和传统有所提升。他早已在俗世中遇到一个世俗的声音，一定会叮嘱他通过自身努力，让父亲曾经的地位再现，而同时他学校里的同学们的声音又告诫他对人一定要讲义气，要对别人的过错进行遮掩，要为别人求情，还要尽量让学校多放几天假。他之所以会变得犹豫，就是因为这些听上去非常单调的声音。他关注那些声音只是在某一时期，可是如果他再也无法听到那些声音，离那些声音远远的，独自一人待着或者和一些爱幻想的朋友们待在一块儿，他却只会觉得兴奋。

在圣器室里，有一个白白胖胖的耶稣会会员和一个身穿破旧蓝衣服的中年人，此刻，他们正在一个盘子里调油彩和白粉。那些已经化妆完毕的孩子们都极其尴尬地站在那里，或四处活动，谨慎地用手指东捅捅西摸摸。有一个来学校参观的年轻的耶稣会会员在圣器室中间站着，有节奏地晃动着，两只手一直插在口袋里面。他小小的脑袋上面有一头油光水亮的红色的鬓发，才刮过的脸和他那洁净的法衣和擦得锃亮的皮鞋看上去倒是挺和谐的。

斯蒂芬在那里看着那个扭动的身躯，非常想知道这位神父为什么露出嘲讽的笑容，这时他却突然想到在他还没有来克朗戈斯上学以前，父亲曾经这样跟他说过，通过一个耶稣会会员的穿戴，你可以对他的人品进行判断。同时，他察觉到父亲的思想和这位穿着考究、一直微笑的神父的思想之间存在某种相同的地方。他还发现对于那神父的身份来说，这里的场景甚至会亵渎那圣器室本身：这里的安宁都被大声地交谈和玩笑声打破了，即便是这里的空气也被煤气灯和油彩发出的难闻的味道所填满。

一个中年人在梳妆打扮自己，他先是给自己画上皱纹，然后把脸画得黑一块蓝一块，他漫不经心地听着那个又矮又胖的年轻会员念叨着，要他更大声地说话，更清楚地说话。他可以听到乐队正在演奏《基拉尔尼的百合花》，还知道幕布很快就会被拉开了。他一点都不紧张，可是他觉得他现在要去扮演的那个角色让他脸上实在挂不住。偶然想到的几句台词便让他已经涂满油彩的脸变红了。他看到在一群观众中间，她庄严而极具诱惑力的眼睛正在看着他，那眼神立刻打消了他的所有疑虑，一下子坚定了他的意志。他似乎暂时拥有了另一种独特的个性，他周围的激动的心情和跃动的气息也对他造成了深深的影响，他一肚子紧张的心情也发生了变化。有那么一瞬间，他觉得自己好像又把童年时代的衣服穿在了身上：当他和其他演员们一起在舞台的一边站着时，他也和大家一样，觉得很高兴，在欢笑声中，两个强健的神父又赶紧把刚落下的幕布拉了上去。

很快，他就来到明亮的煤气灯照耀的舞台上，开始在一片昏暗的布饰前面表演，只有数不清的面孔出现在眼前的一片空虚中。他觉得好惊讶，这个他排练时觉得兴味索然且不着调的剧本，到了表演时分却突然鲜活起来，好像这个剧本自身开始了表演，而他以及那些和他一起登台表演的演员们只是为了给它提供一点点帮助而已。当最后一场结束幕落下时，他听到一阵阵掌声响起，他从旁边的幕布的一个缝隙看过去，那个让他的表演神奇起来的人出现在他的眼前。突然，太多模糊的面孔消失了，人群三五成群地走出去。

他快速从舞台上离开，把舞台上那套矫揉造作的表演抛开，从小教堂穿过，径直跑向学校花园。如今这出戏已经结束了，他迫切想要进行某种新的尝试。他快速奔跑，似乎是为了赶上这新的时机。剧场的门都打开了，观众也走空了。在他设想着把那只方舟拴住的缆绳上，还飘着为数不多的几只灯笼，漫不经心地发着微光。他快速从花园里爬到台阶上面，迫切希望他要追赶的人快速消失，他费尽九牛二虎之力从门厅中拥挤的人群中挤过去，站在那里看着离开的人群，向他们致敬，并从和他们握手的两个耶稣会会员面前经过。他心神不宁地随着人群往前走，假装步履匆匆的样子，也隐约察觉到他走过去后，人们议论他那扑着白粉的头发。

他走到台阶上面，看到第一个灯柱下面，他的家人正在等他。他看了一眼，发现那里的人没有一个是他不熟悉的，于是又气愤地跑下台阶。

——我要送个信到乔治街去，他急匆匆对父亲说了这么一句，也许我要在你后面回家了。

他的父亲还没有来得及提出任何问题，他便穿过马路，快速冲到山下。他自己也不知道要走往哪个方向。在他心灵的眼睛的注视下，他心中的自豪、希望和欲望像遭到碾压的花草，透露出让人烦躁的气息。他那倍受摧残的自尊心、残破的希望和被碾压的欲望，在他的胸中风起云涌，他快速走向山下。在他一脸忧郁的眼睛面前，他胸中这股郁结的气逐渐飘到上面，从他的头顶飘过，直到之前的空气又回到之前的清澈和寒冷。

他的视线依然被一层薄雾遮挡，可是他的眼睛已经好多了。过去总会有一种力量会突然让他把心中的怒火忘掉，如今又有一种与之相似的力量让他不再那么急躁。他站在那里，抬头看着陈尸馆昏暗的门廊，之后又看到他旁边一条满是碎石的小巷。那条小巷的墙上有洛特马特几个大字，同时，一股臭味弥漫过来。

那是马尿和烂稻草的味道。他心想，这味道闻起来倒还不错。它可以平静我的心灵，如今，我的心情已经很安宁了。我必须回去了。

斯蒂芬再次挨着他父亲坐在皇家桥一辆火车车厢的角落里。他正和他父亲一道去科克。当火车从车站出发时，他脑海里浮现出之前对什么都感到惊讶万分的孩子心性，以及他到克朗戈斯去读书那一天发生的所有事情。如今不管什么都引不起他的惊讶之情了。他看到身边掠过越来越暗的大地，看到每隔四秒钟就有一根沉默的电线杆划过他的窗口，看到只有几名安静的路警守护的灯光闪烁的小车快速被抛到邮车后面，之后，像举着火把比赛跑步的人把火星抛下一样，在黑暗中摇曳了几下就彻底没有踪影了。

对于父亲所说的科克的情况，以及他小时候发生的一些事情，他根本没有兴趣听。当他说到某个已经去世的朋友，或者当他突然想到他们这一次为什么要去科克时，他就不再说话了，而是重重地叹息了一声，或者从口袋里把酒瓶掏出来喝一口。斯蒂芬装作认真聆听的样子，可是那些话完全不会让他产生任何同情心。他所说的那些已经去世的人，除了查尔斯大叔以外，他一个都不认识，而查尔斯大叔的形象最近也慢慢消失在他的记忆中了。无论如何，他知道父亲的财产很快就会被拿到拍卖会上去，事实上这是把他自己的一部分所有权剥夺了，所以，他觉得这个世界其实把他的所有梦想都残忍打碎了。

当列车抵达马里博罗车站时，他已经进入了梦乡。当他醒来时，火车已经从马罗站开过了，他父亲也蜷着身子躺在了另外一张椅子上。周围的山村、寂寥的田野和屋门紧闭的村舍，都笼罩在黎明前的一派冷光中。看着清冷的山野，时不时会有他父亲低沉的呼吸或睡梦中忽然转动的声音响起，使得睡眠的可怕好像也在极大地诱惑他。身边模糊的已经进入梦乡的乘客让他感到一种莫名的害怕，似乎他们也许会对他造成伤害，所以，他希望白天尽快到来。因为从车厢门口的缝隙吹过来的冰冷的微风一直蔓延到他的脚边，所以，他做出的祈祷事实上开始于一阵寒战，而终结于一连串没有价值的、只是为了配合火车一直不变的节奏而发出的声响。那无声无息的电线杆每隔四秒钟就上演一次急速的音乐。因为这种急速的音乐，他没有那么害怕了，随即靠在身边的窗棂上慢慢睡着了。

当他们坐着一辆带篷马车从科克穿过时，时间还早，之后，在维多利亚旅馆一个房间里，他又接着睡了一觉，暖暖的阳光透过窗户照进来，马路上传来行人来往如织的声音。他父亲正站在一个梳妆台前认真打理着他的头发、脸和胡子，他伸长脖子望向身旁的水罐里，然后把水罐倒向自己身边，以看得更清楚一些。他在这样做的同时，用一种奇怪的腔调轻柔地哼着下面的歌：

> 只是纯真
> 让年轻人一时心欢，
> 所以我爱，我不能再
> 盘桓在这里。

没办法医治的痛苦，当然，
便只能忍受下去，当然，
所以我决定好了
到美洲去，不再回来。

我的爱她像鲜花一样美，
我的爱她匀称、柔美，
她就像上乘的美酒，
味道正劲。
可是如果它变得冰冷，
如果它没有香甜的气息，
它就像凋谢、死亡，
像山谷中的露水。

　　窗外阳光四溢的温暖的城市盘旋在脑海里，父亲断断续续串联各种奇怪、哀愁的小调的轻柔的颤音在耳边回响，斯蒂芬的头脑里彻底没有了先前夜里烦恼的迷思。他快速爬起来把衣服穿好，当他父亲停止唱歌的那一刹那，他立刻说道：
　　——相比你过去唱的所有那些大家唱，这首歌都要好听得多。
　　——你是这样认为的？迪达勒斯先生问道。
　　——这首歌我很喜欢，斯蒂芬说。
　　——这是一首很老的歌了，迪达勒斯先生说，用手把他两边的胡须卷起来。啊，米克·莱克唱的那一版你应该听听才对，可怜的米克·莱西！他唱起来可真是九曲回环啊，我可唱不出来那样的，就像你们唱歌时喜欢用的那种花腔一样。那孩子可真是个唱大家唱的厉害角色。
　　迪达勒斯先生点了一些煎饼作为早点，吃饭时，他不停地向那个侍者打听当地的新闻。但凡提起一个人的名字，他们的谈话时常就会岔到一边，因为这位侍者脑子里想的，不仅是如今这位拥有财产的人，还是他的父亲迪达勒斯先生或者甚至他的祖父。

——啊，我多么希望皇后学院还在啊，迪达勒斯先生说，因为我想让我的这个小家伙也去见识见识。

马尔堤边生长的树木现在都已经开花了，他们来到皇后学院的校园里面，在一个特别嘴碎的工友的带领下，我们从方形的广场走过。可是当他们从一段石子路走过时，每走十来步，他们都要停下来一会儿，因为那位工友总是要站住回话。

——啊，你刚刚说什么来着？可怜的大肚汉已经去世了？

——没错，先生，去世了，先生。

只要他们停在路上，站在他们两人身后的斯蒂芬都觉得极其别扭，因为他完全听不进去他们的谈话，觉得心浮气躁，直想赶紧继续往前走。当他们从那个广场走过以后，因为烦躁，他像得了热病一样。他很不理解，在他眼里，他父亲是一个很灵活，且疑心病很重的人，如今为什么会遭到一个满口阿谀之人的蒙骗。现在，他觉得他一大早还认为很动听的那种特别的南方口音也变味了。

他们来到解剖示范室里面，在那个工友的帮助下，迪达勒斯先生在那些桌子上寻找自己名字的缩写。斯蒂芬在较远的地方停下来，示范室的空气太压抑了，还有那里所弥漫的那种特别枯燥的庄重的研究的气息，都让他的心情更加郁闷了。他在一个昏暗的脏污的桌面上看到好几个用小刀刻上去的胎儿字样。他突然想到以前的事情，他周身的血液都开始翻涌：他好像觉得此刻他身边围着很多过去的学生，而他却极力想离他们远远的。尽管父亲讲过很多有关他们生活的具体情况，可是他却从来没有理解过，如今竟因为桌面上刻下的这两个字而突然鲜活地在他的眼前出现。一个肩膀很宽、留着小胡子的学生正一脸庄重地刻那几个字母。其他学生要么站在他身边，要么坐在他旁边，笑着看他一刀刀地刻。有一个人推了推他的胳膊。那个身穿宽大的灰衣服和一双棕黄色皮鞋的大个学生眉头紧皱，把脸转向一边。

有人在叫斯蒂芬，他立刻从示范室的台阶跑下去，希望尽可能远离这些他看到的景象。低头看一眼他父亲名字的缩写，他不由得用双手把发红的脸遮住。

当他从那个方形广场穿过去，走向学校门口时，他的眼前不时涌现出那两个字和那番场景。从前他认为的只有他自己思想上才有的一种悲哀的毛病的踪迹，现在竟然在外在世界中找到了。他不由得觉得吃惊极了。如今在他的心头又聚焦了过去那些恐怖的幻梦。它们也是快速而疯狂地从一些虚无缥缈的言辞中突然在他的眼前出现的。他很快妥协在它们面前，让它们从他的思想领域肆无忌惮地扫过，让他的思想境界下降，可是他一直对它们来自哪里存疑，它们是不是从一个会带来神奇幻境的洞穴而来，而且，当它们经过他的头脑以后，他一直很恭敬地对待别人，却不耐烦地对待自己。

啊，没错！那里一定有一些出售私酒的食品店！迪达勒斯先生大叫道。你时常听我说到那些私酒店，对不对？斯蒂芬。只要哪里记了我们的名字，我们就会跑去那里，很多次都是这样，一大群人，其中有哈里·皮尔德、小杰克·蒙顿和鲍勃·戴斯，以及莫里斯·莫里亚蒂，还有一个法国人，以及汤姆·奥格雷迪和我今天早上跟你说过的米克·莱西，还有乔伊·科贝特和坦太尔的心善的约翰尼·基弗斯。

马尔堤畔树上的树叶一直摇个不停，在阳光下小声说着什么。一队身穿法兰绒衣服和运动装的年轻人走了过去，他们是板球队员，其中一人还拿着一个长长的绿色的柳条筐。一个由五人组成的德国乐队正在旁边一条宁静的街道上，对着一些街头的流浪儿和百无聊赖的专门给人跑腿的孩子们演奏，他们身上的制服已经很旧了，所用的铜管也很旧了。一个戴白帽子、系着围裙的女仆在窗边给花浇水，在阳光的照耀下，那窗台似乎是用石灰石打磨而成的。一阵钢琴声从另一个开向露天的窗口传过来，弹出的音符越来越高，直到最高音部分。

　　走在父亲身边的斯蒂芬听着那些他已经听过无数遍的故事，他父亲年轻时曾和他一起找乐子的那些人的名字反复从他父亲的嘴里说出来，如今他们已经遍布全国各地，或者已经不在人世了。他心中涌起一股淡淡的愁思，他不由得叹了一口气。他想到他自己在贝尔维迪尔时那种无法言说的地位，一个快乐无忧的孩子，一个畏惧自己权力的领袖，自豪、敏感、多疑，持续地对抗着自己卑微的生活和迷乱的思想。他觉得他面前那些脏污的桌面上刻的字迹实在是太扎眼了，似乎是在嘲讽他肉体上的无能和无意义的热情，并让他因为自己过去的那种癫狂和卑鄙的放荡生活而厌恶自己。喉咙里还没有来得及咽下去的口水似乎也散发出酸苦味，难以下咽。他的脑海更是逐渐被那股淡淡的愁思所占据，所以他暂时把眼睛闭上了，在黑暗中慢慢前行。

　　父亲的说话声仍然响在他的耳畔：

　　——当你自己开始开辟出一方新天地时，斯蒂芬——我可以肯定地说，要不了多长时间，你应该独自去闯荡了——无论如何要记得，无论你做什么，和你同行的人只能是一些正人君子。我告诉你，我年轻时可是生活得很好的，和我打交道的都是一些有头有脸的正派人物。我们每个人都可以做点什么。这个人的嗓子很好，那个人是个好演员，另一个可以唱几首动听的滑稽歌曲，又一个会划船或会打小网球，此外还有些人会讲故事等等。我们总有消遣、娱乐的方式，尽情享受生活，而这是有益于我们的。可是我们都是些正人君子，斯蒂芬——最起码我希望如此——此外，我们还是些特别真诚的爱尔兰人。我希望今后和你打交道的也是那种人，一些有脸面的人。我现在跟你说话，是把你当作一个朋友。对于一个儿子一定要对自己的父亲感到畏惧的说法，我是持否定态度的。不，我是像你爷爷在我年轻时对我的样子在对待你，我们更像是兄弟，而不是父子。我一直都记得，我抽烟第一次被他逮住的场景。有一天，我正站在南台尽头和几个和我年纪相仿的小伙子在一起，当然，我们都自以为自己是多么伟大的人物，因为我们每个人嘴角上都叼着一个烟斗。突然间，老头子来了。他沉默不语，甚至都没有停下来看看我。可是，第二天正好是个星期天，我们俩一起出去散步，在我们快要走到家门口时，他把他的雪茄烟盒掏出来，说——来来，西蒙，我今天才知道你也抽烟或抽烟斗。——当时我尽可能表现出没事的样子。——假如你确实想抽点好烟，他说，你可以试试这盒雪茄。这是昨天晚上一位美国船长在昆斯敦送我的。

听到他父亲的说话声，斯蒂芬不由得笑开了怀，而那笑声更像在哭。

那时候，他是科克最好看的男人，这点可以得到上帝的验证，的确如此。只要他走在街上，就会让很多妇女对他行注目礼。

他听到他父亲喉咙里发出一个巨大的响声，把他的啜泣强行咽了下去，他不由得一时冲动，又把自己的眼睛睁开。这时阳光忽然进入他的视线，他头顶上的天空和云彩不由得变成一个奇幻的世界，一团团昏暗的浮块夹杂在一片片闪烁着深红光线的湖泊一样的空间中。原本他的头脑就觉得很困倦。店铺前面招牌上的字迹他基本上都要看不清了。因为他自己的那种生活方式太恐怖了，他好像已经让自己离开了现实的界限以外的世界。要想让他受到现实世界的触动，可以与他沟通，就必须让他在现实世界中听到来自他内心的疯狂的回声。俗世和人的呼唤已经不能打动他，他已经感知不到夏日、欢乐和友情的呼唤，他父亲的说话声也让他觉得颓废。他把下面的话一遍遍重复着，已经快要分不清这些思想都是他自己的了。

——我是斯蒂芬·迪达勒斯。我正走在我父亲身边，他的名字叫西蒙·迪达勒斯。我们现在在科克，在爱尔兰的科克。科克是一个城市。我们在维多利亚旅馆里住。维多利亚和斯蒂芬和西蒙。西蒙和斯蒂芬和维多利亚，都是一些名字。

突然间，他不再清楚地记得儿时的事情。他竟然想不起来过去某些感人至深的时刻。只有一些人的名字涌入他的脑海，丹特、帕内尔、克莱恩、克朗戈斯。一个衣箱里放着两把刷子的老太太曾经教过一个孩子地理，之后他就被送到远离家的学校里去，他接受了他的第一次圣餐会，还用他的板球帽吃过稀薄的果酱。在校医院的小床上，他曾经看到过持续闪烁的火光，梦到自己已经不在人世，梦到身穿金线条黑斗篷的校长给他做弥撒，还梦到自己被埋在石灰路旁教堂里的小墓园中。可是，那时他还活着，帕内尔死了。教堂里并没有给死者做弥撒，也没有送葬的队伍。他还活着，可是他像沐浴在阳光下的银幕上的影像一样不见了。他已经没有了存在，或者远离存在的范畴，因为他已经消失了。想想真是太奇怪了，他竟然就这样从存在中逃出来了，并不是因为死去，而是因为消失在阳光下，或者在宇宙中的什么地方找不到方向，彻底被人抛在了脑后。更让人不解的是，他竟然看到自己的矮小身躯：一个身穿灰衣服的孩子，腰间还扎着腰带，再次短暂出现在他眼前。他的双手在两边的口袋里扎着，他的两膝被带松紧口的裤腿紧紧包裹着。

在他父亲的财产快要被拍卖的时光里，斯蒂芬很乖巧地跟在他父亲身边，穿梭在满城的酒吧间。迪达勒斯先生总是重复着同一件故事——他是科克大学毕业的，这三十年以来，他一直在都柏林努力想把他的科克口音，以及他身边的这位彼得·皮卡卡法克斯[1]是

---

[1] 只是随意嘲讽而已。——译者注

他的大儿子摆脱掉，可是他只是都柏林的一个寂寂无闻的人，不论所讲述的对象是市场上的商贩，还是酒吧间的侍者，抑或是向他讨钱的乞丐，都是如此。

那天一早，他们就从纽科姆咖啡店动身了。在咖啡店里，迪达勒斯先生的茶杯总是和放茶杯的碟子相撞。斯蒂芬只能有意搬动椅子或咳嗽几声，以把他父亲头一晚肯定狂饮过的丢人表现掩盖住。可是，让人觉得遭到侮辱的事一件接一件，市场上商人们都虚伪地笑着，他父亲不停地招惹那些卖弄风情的酒馆女招待，还有，他父亲的朋友们又讲一些奉承和激励的话给他听。他们告诉他，他很有他祖父当年的威严做派，迪达勒斯先生表示认可，他说，他尽管和他祖父很像，可是却不如他祖父好看。他们尽可能把他谈话中的科克口音挑出来，并要他承认相比里费河，利河要美丽多了。他们中有一个要考一考他的拉丁文，要他把迪莱克塔斯的一段文章翻译一下，并问他这两句话应该怎么说：是说 tempora mutantur，nos et mutamur in illis，还是 tempora mutantur，et nos mutamur in illis。此外还有一位身体非常结实的老人，迪达勒斯叫他约翰尼·卡什曼，这位老人问他哪里的姑娘最美，是都柏林的还是科克的，这让他恨不得找个地缝钻进去。

——他天生就不是那样的人，迪达勒斯先生说。不要理他，他是一个安静的、擅长思考的孩子，对于那些无聊的事，他才懒得分神呢。

——那么说他就称不上是他父亲的儿子了，那个小个子老人说。

——这我可说不好，真的，迪达勒斯先生说，愉悦地笑出了声。

——你父亲，那个小老头儿告诉斯蒂芬，他年轻的时候可是科克城胆子最大的调情高手。这个你知道吗？

斯蒂芬把头埋得低低的，把目光放在酒吧间的砖地上。

——啊，这些东西你可千万不要告诉他，迪达勒斯先生说，上帝自然会告诉他的。

——当然，我不可能教导他任何东西，我已经是给他当祖父的年龄了。而且，我已经是祖父了，那小老头儿告诉斯蒂芬，这个你知道吗？

——你真的是祖父了？斯蒂芬问道。

——当然啊，那个小老头儿说。我已经有两个活蹦乱跳的小孙子了，你看，就在节日水井那边。啊，我问你，你看我有多大年龄？我印象中，你爷爷曾经穿过一件红外衣骑马去打猎，那会儿你还没出生呢。

——是的，可能你在想象中看到过，迪达勒斯先生说。

——我一定看到过，那个小老头儿又说了一遍。不只是这样，我甚至对你的曾祖父老约翰·斯蒂芬·迪达勒斯都还有印象，他可真是个暴脾气的人。你听听，你说我记得的事有很多吧！

——那一共是三代——四代了，在座的另一个人说。这样说来，约翰尼·卡什曼，那你快一百岁了。

——啊，我实话跟你说吧，那个小老头说，今年我才只有二十七岁而已。

——我们的年纪完全是由我们的感觉来决定的，约翰尼，迪达勒斯先生说，喝了你们面前的酒，我们全部再来一杯。来，蒂姆或汤姆，或者无论你叫什么名字，给我们每个人再来一杯。天哪，我觉得我现在才刚刚十八岁呢。这是我的儿子，他的年龄还不到我的一半，可是无论什么时候，不管做什么，我都要比他强。

——说话不要这么绝对，迪达勒斯，我想现在你应该靠后了，那位一开始就说过话的先生说。

——不，有上帝作为见证人！迪达勒斯先生肯定地说。我可以

和他比赛唱一支男中音的歌，或者我可以和他比试一下，从一扇有
五道杠的大门爬过去，或者我可以到荒郊中去，和他比一比追逐猎
狗，就像三十年前我和克里的一个年轻人比试一样，那会儿我是第
一名。

——可是现在他一定会超过你，那个小老头儿说着，用手敲打
着自己的前额，之后把杯中的酒一下子喝光了。

——是啊，我只期盼他可以和他的父亲一样，做一个好人，我
能说的都说完了，迪达勒斯先生说。

——假如他是个好人，一定会做出一番成绩来的，那个小老头
儿说。

——感谢上帝，约翰尼，迪达勒斯先生说，我们已经活了这么
多年了，可从来都没有害过人。

——而且做的好事还不少，西蒙，那个小老头儿一脸严肃地
说，感谢上帝让我们一直活着，还做了不少好事。

斯蒂芬看着三个酒杯被举了起来，看到他父亲和他的两位关系
密切的朋友为往事干杯。因为财产上的差异，或者性格上的不同，
他和他们分道扬镳了。相比他们，他的思想好像还要古板一些：它
以一副清冷的姿态盘踞在他们的斗争、快乐和忧伤之上，就如同光
观望着年轻的大地一样。曾经热烈过、激荡过他们的生命和热情好
像都跟他没关系了。与人打交道的快乐他不知道，粗放的男性的健
康的活力他不明白，父子之道他更是不懂。他的心灵中只有冷漠、
残忍、一丝感情都没有的情欲。他的童年已经死了，或者已经不复
存在了，他可以欣赏单纯的欢快的心灵也随之一起消失了，一直以
来，他都只是像不毛的月球一样，飘荡在人生的海洋上。

你之所以那么面无血色，是不是因为
天天爬行在天空中，观望大地，

这孤单的生活已让你太腻味了？

　　他反复背诵着雪莱的这几行诗，不由得害怕起这广袤的不属于人类的循环活动和人类的束手无策的悲惨境遇的轮流，完全把他自己作为一个人的、可是一点意义都没有悲伤给忘了。

　　斯蒂芬的母亲、弟弟和他的一个表弟都在福斯特广场的一个角落里等着，只有他和他父亲爬到台阶上面，来到有几个苏格兰卫兵放哨的长廊。他们来到大厅，在柜台前面站定，斯蒂芬把爱尔兰银行总经理开出的一张三十三镑的支票拿出来。这是他的论文在展览会上得到的奖金，不久出纳员就付给他纸币和硬币。他装作满不在乎的样子把钱放到自己的口袋里面，任由那个和他父亲聊天的和善的出纳员在柜台后面和他握手，并表示希望他有个远大的前程。他很不耐烦他们之间的交谈，一刻都不想再待在这儿了。可是，那位出纳员一直不去接待其他的顾客，却告诉他，他此刻正生活在一个大变革的时代，现在最重要的就是让一个孩子受到金钱可以买到的最好的教育。迪达勒斯先生在大厅里四处张望，连屋顶都不愿放弃，一直不愿意离开。斯蒂芬催他走时，他却告诉他，此刻他们站的地方就是曾经的爱尔兰国会下院所在地。

　　上帝保佑！他极其虔诚地说，想想当时的一些人，斯蒂芬、希利·哈钦森、弗莱德、亨利·格拉顿、查尔斯·肯德尔·布希，再看看如今我们的这些贵族，他们可都是国内外领导爱尔兰人民的人啊。唉，上帝作证，他们压根都不想和他们一起在十英亩大的一块土地上死去。不会的，斯蒂芬，小伙计，我只能遗憾地说，他们的生活实在是太舒服了，就像在欢快的六月的晴朗的早晨四处闲逛一样。

　　银行周围吹来凛冽的寒风，在泥泞的路边站着的那三个人都已经冻得瑟瑟发抖，连眼睛都开始流泪了。斯蒂芬看着穿得很少的母亲，想到几天前，在巴纳多的窗口，他看到过一件售价二十个几尼的斗篷。

——好了，都办好了，迪达勒斯先生说。

——我们最好去吃顿饭，斯蒂芬说，去哪儿好呢？

——吃饭？迪达勒斯先生说，嗯，我想我们最好，你说什么来着？

——找个比较实惠的地方，迪达勒斯太太说。

——去安德登饭店？

——好的，找一个比较安静的地方。

——走吧，斯蒂芬接着说，价钱高一点没事。

他踩着碎步激动地走在所有人前面，满面笑容，他们也都尽量跟在他后面，看着他匆忙的样子都不由得露出了笑容。

——你得像一个有出息的样子，镇定一点，他父亲说，我们又不是出来参加一千米跑步来了，对吧？

斯蒂芬的那笔奖金就这样轻松地在一个短暂的欢快的季节花掉了。大包大包的罐头、糖果和干果等不停地从城里寄过来。每天，他都开出一个菜单，以供全家人食用。每晚他都要带着三四个人去剧院看《英戈马尔》或者《里昂贵妇》。他的大衣口袋里一直都装的有维也纳巧克力，随时准备请客人吃，裤兜里还塞着不少银币和铜币。他给所有人都买了礼物，彻底打扫了一遍他的住房，制订了各种计划，把书架上的书也全部收拾了一遍，每天拿起一些价目表来看，并拟订了一个他们一家人的共和国名单，名单上的每个人都担任了职务，还给自己家人开设了一个贷款银行，并敦促愿意借款的人找他借款。这样一来，他就可以给人开收据、算利息，他觉得这很让人开心。实在是闲得无聊了，他就坐到街车上四处闲逛。之后，这欢乐的季节终于画上了句号。装着粉红色油漆的油罐里面已经什么都没有了，他的卧室里的护墙板却还没有漆完，而且处处还有一些油皮翘起来。

他们家再次回到从前的样子。他母亲也找不到理由来苛责他随便把他那笔钱花掉了。他自己也再次回到了从前的那种学校生活，他所有奇特的幻想都碎了一地。共和国完全倒台了，贷款银行在损失了一笔钱以后也彻底倒台了，账目都结清了，他给自己的生活拟订的所有规章如今也失去作用了。

他那些理想真是太愚昧了！他设想过筑一道严肃而优雅的堤坝，把身外的那些龌龊生活的潮流阻挡在内，同时以正当行为、现实利益和新的父子关系的准则为依据，也用它来把他内心时不时散发出来的强大的潮流的冲击阻挡在外。所有一切都失去了意义。他所建立的堤坝不久就被内心和外界的洪流漫过了。两股洪流又开始了新一轮的争斗，地点就在那被漫过的堤岸上。

他也明确意识到，自己与世隔绝的生活一点意义都没有。他既不能更深一步迈进他向往已久的生活，也不能将他和母亲、弟弟、妹妹离心的那种让人忐忑的耻辱和愤恨清除掉。他觉得他和他们的血统好像不一样，他和他们只是一种神秘的寄养关系、寄养的孩子和寄养的弟兄。

他迫切想要对一直在他心中存在，让世上所有的一切都显得毫无价值和一点都不重要的那种激烈的思慕进行安慰。他一点都不担心自己会犯下严重的罪恶，哪怕他的生活变成一系列无意义的逃避和虚无，他也一点都不在意。对于他心中一直存在的那种甘愿沉浸在罪恶的野性的欲望，好像已经无法在世上找到什么神圣的东西。他不无嘲讽地回忆着自己秘密的放荡不羁的生活的卑鄙细节，在那种生活中，他的快乐其实来自冷漠地亵渎所有会诱惑他的形象。他一直在被他扭曲的外在世界的形象中生活。一个他白天觉得非常温婉大气的形象，到了晚上以蜿蜒的睡梦的形式走向他时，她的脸色就变了，变得奸诈、淫荡，还可以从眼睛里看到兽性的快乐。只有当次日一早，他还隐约记得头一天晚上那阴沉的狂欢和特别炽烈的卑鄙的犯罪感时，才会被一丝痛苦包围。

他再次开始过着闲散的生活，在含情脉脉的秋日黄昏中，他在不同的街中游荡，就像多年前的黄昏，他曾经将布莱克罗克的安静的街道都跑过一遍一样。可是，如今再也没有什么东西可以让他产生美好的感情了，过去那种干净的前院花园或者来自窗口的温暖的灯光已经不复存在了。他心中的情欲有时会短暂消失，哀怨的柔情取代了那让他精神磨损的激烈情绪时，他的记忆里才会再次闪现出美茜蒂丝的形象。通往山边小道旁的白色小屋和满是玫瑰花的花园再次出现在他的眼前，他还会回想起他们多年前曾经相互隔绝并有各自的生活经历以后重新相会在花园里的月光下时，在面对她时，他会做出的那种伤心又自豪的拒绝的样子。每当那种时候，他的嘴边就会不自觉涌现出克劳德·梅尔多特那柔情的话语，会暂时抚慰他紧张的心灵。一种充满柔情的预感让他一直渴望的那次幽会出现在他的脑海里，而且虽然现实残忍，他的如今和当年的期盼之间有了一道不可逾越的鸿沟，他也依然记得他一直幻想的、到时候他的柔弱、胆怯的感觉会再次消失的那次神圣的幽会。

这样的时候转瞬即逝，让人恼火的欲火再次开始燃烧。当他把那些诗句念完以后，他的脑海中却突然冒出一种难以出口的呐喊和难以言说的粗鲁词句，强制他必须说出来。他的血液开始翻腾，他不停地走在阴暗的街道上，时不时看向阴森的小巷和门洞，迫切想要听到点什么声音。他就如同一个受伤的野兽一样到处游走，小声呻吟着。他迫切想和另一个类似于他的人一起去犯罪，强制性要求另一个人和他一起犯罪，并和她一起感受一下犯罪的快感。他觉得有个模糊的形体正从黑暗中走向他，让他无法拒绝，他的全身充满了那柔和又低声的形体，就像水流一样。那低语声如同一群睡梦中的人发出的梦呓一样，把他的两耳都塞满了，那柔和的水流让他的整个存在都未能幸免。当他忍受着它的浸透和它给他带来的痛苦时，他的手开始痉挛，牙关紧咬。在大街上他把双臂伸出去，要把那个想逃离他身边，又反复挑逗他的正慢慢消失的瘦弱的形象抱在怀里：一直哽在喉头的呐喊，现在终于说出来了。它就像在地狱里饱受摧残的人群所发出的绝望的呼喊，从他的胸口喷涌而出，最后却如同一阵乞求声慢慢消失，那是一种要求将一切好坏都舍去的呐喊，那喊叫只是他在小便池旁湿漉漉的墙壁上所看到过的、任意涂鸦的一些卑鄙无耻的话的回音。

　　他已经进入了一个包括很多逼仄又肮脏的街道的迷宫中。从肮脏的弄堂里有一阵阵豪放的欢呼声、粗鲁的争吵声和醉汉拖长的歌声传来。他毫不害怕地往前走，心想他是不是来到了犹太人的区域。街头走过一群群身穿鲜艳服饰的妇女和姑娘们，她们四处拜访，看起来很是闲适，而且还散发着浓烈的香水味。他突然开始颤抖，眼冒金星。透过朦胧的视野，他在雾蒙蒙的天空的背景上看到了像圣坛烛火一样的黄色的煤气灯光。一群群男女聚集在各家门前和门里灯光璀璨的大厅中，似乎准备举行某种仪式。他现在来到了另一个世界：经历了几个世纪的睡眠，他突然清醒了。

　　他安静地在街道中间站着，心狂跳不已，似乎在强烈撞击着他的胸膛。走过来一个身穿粉红色长袍的妇女，仔细端详着他的脸，把手搭在他胳膊上开心地说：

　　——晚上好，亲爱的威利！

　　她的房间里灯光不够亮，可是却很温暖。床边有一张宽大的安乐椅，上面坐着一个大大的洋娃娃。为了让自己看上去不那么紧张，他特别想说点什么。他看着她把她的袍子脱掉，并发现她骄傲又有些难为情地摇动着她那香水四溢的头。

　　他安静在房间中央站着，她走向他，一脸严肃又不失愉悦地和他拥抱。她浑圆的手臂把他搂得紧紧的，而当他看到她那严肃又安静地看着他，觉得她平和而温暖的胸脯起伏不定时，却突然放声大哭起来。在他充满喜悦的眼睛中闪烁着快乐又安慰的泪水，他一个字也没说，把嘴唇张开了。

她用她那让他觉得周身一阵颤抖的手抚摸了一下他的头发，叫他小流氓。

——吻我一下吧，她说。

他特别想吻她，可是却怎么也无法低头。他情愿和她紧紧拥抱，任由她轻柔地抚摸他。躺在她怀里，他觉得自己变得自信、刚强了，无所畏惧了。可是，他怎么也无法低头去吻她。

突然，她的手扬了一下，他的头被迫低下来，两人的嘴唇贴到了一起。从她抬起的眼眸中，他知道她为什么这样做了。这一切都让他迷醉了。他把眼睛闭上，把自己的身心完全交给她。他现在只能感觉到她那温柔的嘴唇带来他的某种压力，其他一切都消失了。和他嘴唇紧贴的嘴唇似乎压在他的脑海里，它似乎是一种对某种不甚清楚的语言进行传达的工具。他在那两对嘴唇之间感觉到一种前所未有的害羞的压力，相比罪孽，那压力更加让人心情沉重，可是和声音和气味相比，那压力又要温柔得多。

三

在过完一个特别无趣的白天以后，十二月的傍晚迅速来到了，他透过教室的方形窗子，两眼无神地望着外面，肚子在不停地叫着，对食物发出渴求。他期待那天晚上可以吃到烧肉、萝卜和胡萝卜、焖土豆和浇着撒过胡椒面的浓郁的肥羊肉。他的肚子和他商议，尽量多吃点吧。

那会是一个昏暗而神秘的晚上。天会黑得很早，在那处处是肮脏的妓院里，黄色的灯光随处可见。他将在那些街道中蜿蜒前行，怀着一种来自害怕和快乐的恐惧越绕越近，直到他最后突然来到一个黑暗的角落。那时那些娼妓已经收拾好了，走出她们的住宅，因为她们才睡醒不久，都一脸懒散的样子，不停地打着哈欠，整理着鬓发上的发针。他将安静地走过她们身边，等待着他的意志突然做点什么，或者等着她们那温软的肉体突然召唤他那对罪孽痴狂的灵魂。可是，当他随处闲逛寻找呼唤时，他那让他受伤和受辱的一切却被那受到情欲控制的感官敏锐地感知到了。出现在他眼前的是一张光秃秃的桌上的一圈葡萄酒的泡沫，或者一张两个士兵并排站立的照片，或者一张各式各样的节目单。出现在他耳畔的是那声调足够长的土味欢迎话：

——咳，伯蒂，你在想什么呢？

——是你吗，小鸽子？

——十号房间。弗雷什·内利正在等你呢。

——晚上好，我的丈夫！只在这待一会儿吗？

他草稿本上的那个方程式开始把一条越来越宽的尾巴展开，上面还有很多像孔雀尾巴一样的眼睛和星星。当那些它的指数构成的眼睛和星星不见了以后，它又慢慢消失了。那乍隐乍现的指数是时而睁开时而闭上的眼睛，那时而睁开时而闭上的眼睛却是才出生或已然消失的星星。那星辰不停地闪耀着，让他疲倦的心灵一会来到它的边缘，一会来到它的中心，与此同时，还有一阵音乐声从远处传来，和他向内或向外的活动相结合。那是什么乐曲？乐声愈发近了，它的歌词浮现在他的脑海里，那就是雪莱有关月亮孤单地游荡在天空中，一脸疲惫而苍白的那首只剩下片段的诗。星星开始碎成一片一片，一片由微小的星辰所组成的云彩在太空中翻起。

另一张纸上出现更加细微的光线，他写在那的另一个方程式也开始延展开来，一条越来越宽的尾巴也显现出来。这是他那打算接受不同经历的灵魂正展开不同的罪孽，把它自身燃烧着的星星的火焰延展向外，之后再缩成一团缓缓消失，直到让自己的光和火焰都熄灭殆尽。它们已经熄灭了，整个混沌的宇宙都被一片寒冷的黑暗填满。

他的灵魂被一种寒冷又澄澈的冷漠所掌控。当他首次进行狂放的罪恶活动时，从他的身体里涌出一股生命的热浪，因为这一出格行为，他曾经还害怕他的身体和灵魂会受到伤害，而事实上并没有这样，那段生命的热浪把他的躯体抬了上去，等到退潮时又将他带回来。他的躯体和灵魂没有受到任何伤害，可是却有一种阴郁的平静出现在两者之间。他的热情已经在那个混沌的世界中消失了，他完全不关心，可以说对自己非常冷淡。他多次犯下严重的罪孽，而且屡教不改，他知道，就仅凭第一次罪孽，他就会一直遭到上天的指责，而接下来所犯的罪孽则会让他的罪过和对他的处罚层层加重。他的罪孽在他余下的时间、工作和思想中都无法赎清了，清洗罪孽的圣水也无法再清洗他的灵魂了。他给乞丐布施，可是对于他们的祝福，他却不敢接受，他最多可能也只能希望依靠这样的布施让自己得到某种程度的神的谅解。他早就对神不虔诚了。如今他已然知道，自身的毁灭才是他的灵魂所强烈追求的东西，所以祷告还有什么意义呢？某种洋洋得意的感情和某种可怕情绪甚至都没办法让他在夜里对上帝做一次祷告。尽管他知道，上帝完全有力量在他睡着时把他的生命夺走，而且，在他还没有来得及要求原谅之前，把他的灵魂带到地狱里面。他得意于自己的罪孽、他对上帝的完全没有敬意的害怕都让他明白，他已经过于严重地冒犯了神，如果只是依靠他对全能的上帝的虚假崇敬来把他的罪孽全部或部分洗清，已经是不可能的事了。

——那么现在，恩尼斯，我承认，你也有一个脑袋，就像我的手杖一样！你是想说什么是不尽根，你完全不清楚？

因为回答不对，同学们再次向他投来鄙视的目光。他既不在别人面前感到害怕，也不感到惭愧。一个周日的早晨，他从教堂门口走过，一脸漠视地看着那些光头站在教学外面的崇敬上帝的人，里外共四层，从精神上来说，他们的确是在教堂里参加弥撒活动，而他们其实什么也看不到、听不到。他们这种傻傻的虔诚和他们涂在头上的低廉头油让人直想吐的味道，都让他离他们对着祈祷的那个圣坛远远的。和其他一样，他也在邪恶的伪善面前妥协了，可是却非常怀疑他们那种他随意可以嘲讽的单纯。

在他卧室的一面墙上贴着一张纸，可以证明他在贞女圣玛利亚教会学校担任过班长。一到周六早晨，所有教会的人都聚集在教堂里举行一次小型祈祷仪式时，他都会被安排到圣坛右边一个铺着软垫的跪榻上，在他的带领下，一群孩子开始念诵祷告中的答词。他并没有因为占据这个位置而觉得难受。有时，他也会从心底涌起一种冲动，很想挺身而出，告诉所有人，他没有资格占据这个位置，之后从教堂离开，可是，每次只要他抬头看一眼他们的脸，他便不这样想了。对先知进行歌颂的那些圣歌中的形象强烈地抚慰了他那空虚的自尊心。他的灵魂完全被圣玛利亚的荣耀控制了：甘松油、没药和乳香代表着她尊贵的血统，那晚花的植物和晚花的树木意味着上千年以来，更多人开始崇拜她。当祷告快要结束，该他念诵一段祷告词时，他却换了一种温柔的声调，想用那动听的音乐来对他的良心进行安抚。

> Quasi cedrus exaltatasum in Libanon et quasi cupressus in monteSion. Quasi palma exaltata sum in Gades et quasi plantatio rosae in Jericho. Quasi uliva speciosa in campis et quasi poatanus exaltata sum juxta aquam in plateis.Sicut cinnamomum et balsamum aromatizans odorem dedi et quasi myrrha electa dedi suavitatem odoris.[1]

他的罪孽已经让上帝不再青睐他了，并让他离罪人的渊薮越来越近。他似乎正受到她的眼睛那温柔的同情之情的注视。她的荣光，那来自她瘦弱的肌体的神奇光彩，并不会让靠近她的罪人自惭

---

[1]　拉丁语：我的高尚如同黎巴嫩的雪松和锡昂山头的翠柏。我的超逸强过杰里科的玫瑰园和约旦河畔的棕榈，我比田野中的橄榄优美，我和路旁与伴着清泉的梧桐一样清高。就像陈年桂皮和娇嫩的凤仙，我散发出香甜的气息，也像精选的没药，我散发出迷人的芳香。——译者注

形秽。假如有时他也觉得需要把自己的罪孽抛弃，进行忏悔，那股推动力事实上也只是他想成为一个效力于她的骑士。假如在肉体的疯狂发作的情欲下，他的灵魂完全消失了，再次害羞地进入他的皮囊时，再次非常仰慕那令人愉悦、带给人天堂福音和安慰的晨星作为其象征的人儿，那也只是在两片温柔的嘴唇再次小声把她的名字念出来时，而在那嘴唇上，很明显还可以听到那卑鄙的话语的余音，还可以闻到一次放荡的亲吻的味道。

这真是太怪异了。他思考了很久，想要知道为什么，可是教室里越来越黑了，他的思绪完全被席卷了。钟声响了。老师把下一课该做的加法的减法的练习题画出来了以后，就走出去了。

斯蒂芬旁边坐着的赫伦开始不着调地哼唱着：

我的特别高尚的朋友邦多巴斯。

刚才跑到院子里的恩尼斯说：
——来自议院的那家伙要去找校长了。
坐在斯蒂芬后面的一个高个子孩子搓着手说：
——太好了。我们有一个小时的时间可以刷掉。他肯定要两点半以后才会回来。到那时，你可以再问他教义问答上的一些问题，迪达勒斯。
斯蒂芬靠在椅背上，边懒散地画着画，边听身边的人交谈，只有赫伦时不时打断他们：
——把嘴巴闭上吧，你们。不要老是吵吵了！
还有一种奇怪的情形。那就是当他严格遵守教堂的教规，让自己来到一种混沌意识的安静中，进而让他更清楚地感受到自己将受到上帝的处罚时，一种酸涩的欢快情绪却在他的内心升腾起来。圣詹姆斯曾说过，只要犯了十戒中的一条，就相当触犯了所有条，他一直以为这是一种夸大之词，直到他开始自己慢慢在黑暗中摸索。从情欲的罪恶种子中，有可能滋生出所有难以原谅的罪孽，像对自己洋洋自得，以及鄙视别人，想用钱买到不法快乐的欲望、对于别人犯下的更大罪行，而自己却没能犯下而生出的怨恨情绪、对上帝信徒的诋毁性的抱怨、对美味食品的贪恋、因无法实现自己想要的宗旨而压抑在心中的怒火，还有那来自精神和肉体的懈怠，而最后在自己整个存在的泥塘中淹没，等等。

　　他坐在板凳上，安静地看着校长那看上去既灵活又粗糙的脸，而他却一直在想他此刻遇到的这些怪异的问题。假如一个人年少时期偷了别人一英镑，后来用那一英镑收获了一大笔钱，那么他应该给失主返还多少钱呢？只是他偷的那一英镑，还是把那一英镑多年来根据复利计算理应得到的利息都加上去，抑或是他的那一大笔钱？假如一个外行人在给人行洗礼时，祷词都还没有说出来，就洒掉了水，那么那个孩子算不算受过洗礼呢？用矿泉水给人行洗礼可以收获同样的效果吗？第一段神恩圣谕允许感情上不堪一击的人进入天国，而第二段圣谕却又说温顺的人将拥有土地，这究竟是什么情况？假如耶稣基督的圣体和圣血、圣灵和圣光只在面包中存在，或只在酒中存在，那么在举行圣餐时，用两片面包和酒又是什么用意呢？所有圣化过的面包是不是都包含着耶稣基督所有的圣体和圣血？还是只包含他的圣体和圣血的一部分？假如已经被圣化的酒因为遭到质变，成了醋，面包也霉变了，那作为神和人的耶稣基督是不是还在它们之中存在呢？

　　——他来了！他来了！

　　一个在窗口坐的孩子看到校长从屋里走出来了。所有人都打开教义问答本，所有人都低下头去看那本书，一点声响都没有，校长进来以后，坐在讲台上。斯蒂芬后面的一个高个子轻轻踢了他一下，示意他提出一个高难度的问题。

校长没有让大家就教义问答本上的问题进行探讨，而是双手交叉放在桌上，说：

——星期三下午将开始纪念圣弗朗西斯·泽维尔的静休节，对他进行纪念的正式节日是星期六。这静休节将持续三天，从周三到周五，周五下午祷告结束以后，开始听大家忏悔。

如果有哪个孩子要进行特别忏悔，最好不要去换衣服就来。弥撒将开始于周六早晨九点，那时还要举行全校的圣餐会，周六放一天假，可是因为周六和周日都放假，所以不要以为周一也放假，不要犯这种错误。我想你这个什么都不怕的家伙极易犯这种错误。

——我吗，校长？为什么，校长？

校长露出严肃的笑容，全班孩子们的脸上都掠过一阵欢快的笑声。斯蒂芬因为害怕像一朵枯萎的花一样慢慢凋谢了。

接下来，校长严肃地说：

——我想你们是比较了解圣弗朗西斯·泽维尔的，他是你们学校的守护神。他在一个历史悠久的知名的西班牙家庭出生，你们一定还记得，他是圣伊格内修斯的首批忠诚信徒中的一个。他们是在巴黎遇到的，那时圣弗朗西斯·泽维尔还在巴黎大学任职。当时，我们的荣耀的教会建造者的所有思想都是得到了这位年轻的贵族和学人的接纳。当然，你们也知道，后来他被圣伊格内修斯派到印度去传教也是他自己愿意的，从非洲到印度，再到日本，他给很多人行过洗礼。据说，在一个月内，他曾经给一万名耶稣的崇拜者行洗礼。据说，因为在给那些受洗的人行洗礼的时候，他总是把左臂高高举起，并超过他们的头，所以，他那只胳膊失去了知觉。当时，他很想去中国，到那里给上帝再争取更多的灵魂，可是不幸的是，在桑希安岛上，他因为热病死了。圣弗朗西斯·泽维尔真的是一位非常伟大的圣徒！一位上帝的勇敢的战士！

校长停顿了一会儿，之后晃动着双手接着说道：

——他的意志非常坚强，只用短短一个月时间，他就为上帝赢得了一万个灵魂。他完全称得上一位真正的征服者，在我们教会对每一个人时常所做的教导：ad majorem Dei gloriam！面前是问心无愧的。他在天堂中享有无上的权力，你们一定要牢牢记住这一点：他有能力让我们不那么难过，有能力让我们得到我们想要得到的一切，只要我们的祈祷是对我们的灵魂有利的！更关键的是，假如我们犯罪了，他有能力让我们得到上帝的恩赐，允许我们忏悔。圣弗朗西斯·泽维尔真的是一位非常伟大的圣徒！是一位了不起的拯救灵魂的人。

他把他那摇晃的双手放到自己的前额上，用一双漆黑的严厉的眼睛环视着所有听众。

在那片安宁中，愈发浓重的夜色因为他眼中的黑色火焰而发出一片棕黄色的火光。斯蒂芬的心已经彻底萎缩了，就如同沙漠里一朵觉得大风沙就要到来的小花一样。

——只要你把最后的几件事牢牢记在心里，那你就不会犯罪了——这些话，我亲爱的基督面前的小兄弟们，是来自传道书第七章第四十节。以圣父、圣子和圣灵的名义。阿门。

斯蒂芬在小教堂最前排的板凳上坐着。阿纳尔神父在圣坛左边的一张桌子旁边坐着。他披着一件厚重的外套，面无血色的脸拉得老长，他说话的声音因为受风湿病的影响时断时续。他的眼前又突然出现这位他从前的老师的形象，让斯蒂芬的思想也再次回到克朗戈斯的生活中去：那宽大的被孩子占满的操场；那方形水坑；那石灰铺面的大路旁的小坟场，他自己就曾经梦到自己的坟墓就在那里；他生病时在校医院床上躺着时所看到的火光，还有迈克尔兄弟难过的脸，等等。当他心中再次出现这些记忆时，他的心好像又变成了一个孩子的心灵。

——我们今天，我的亲爱的基督面前的小兄弟们，暂时把繁杂的俗世的纷争抛开吧，欢聚在这里，完全是为了对一位最伟大的圣徒进行纪念和崇敬，那位印度人的信徒，也就是守护你们学校的神圣弗朗西斯·泽维尔。一年又一年，我亲爱的孩子们，超过你们所有人，甚至超过我所能记忆的。每年，在他们的守护神的节日之前，这个学校的孩子们都要齐聚在这个小教堂里，举行一年一度的静休活动。时光流转，同时也有各种变革的出现。甚至发生在近几年的变革，你们大部分人都还记得吧？很多几年前在这里前排坐的孩子们，现在可能到很远的地方去了，可能到了炎热的热带地区，可能正担任着什么重要职务，或者在学校里任职，或者正在烟波浩瀚的大海上航行，或者也可能受到伟大上帝的召唤，已经到另一个世界去了，已经全部交付了他们在人世的责任。可是虽然一年年过去了，有好的变革，也有坏的变革，这个学校里的孩子们却一直都记得，一直对那位伟大的圣徒进行纪念，每年在圣母教堂规定的纪念他的节日的前几天，他们都要举行静休节，以世代传诵这个天主教的西班牙的伟大儿子的名字和声誉。

　　——我们现在所说的静休二字是什么意思？以及为什么不管从哪个方面来说，我们都认为它是有益于所有想要在神前过真正基督教生活的人？我的亲爱的孩子们，一次静休意味着一个人将暂时把人世间的所有烦恼忘掉，把整天工作着的世界中的所有烦恼忘掉，以便可以对我们的良心进行仔细检查，对神圣的宗教的秘密进行认真思考，并对我们活在这个世上的意义进行更好的理解。我准备利用这几天时间让你们好好想想有关我们的最后四件大事的问题。就像你们在教义问答中所看到的，那四件大事就是死亡、最后审判、地狱和天堂。在这几天中，我们一定要尽可能深刻地理解它们，那么，通过深刻地理解这些东西，我们就可以让我们灵魂收益良多。我亲爱的孩子们，你们一定要记住，我们来到这个世界，只是为了那唯一的一件事，那就是让上帝的神圣旨意得以实现，并对我们自己的永久灵魂加以救赎。其他的一切都是没有意义的。救赎自己的灵魂是我们必须要做到的。假如一个人最后将不再拥有他的永生的灵魂，那么即便他拥有了整个世界，对他也是没有任何好处的。啊，我亲爱的孩子们，请相信我说的，在这个可悲可叹的人世间，这样一个重大的损失是弥补不了的。

——所以我要你们，我亲爱的孩子们，从你们的头脑中驱逐尘世间的所有问题，无论是有关学习的还是有关享乐的，抑或是有关个人志向的问题，以便集中你们的所有注意力，来对你们灵魂的处境进行研究。可能我已经不需要再提醒你们了，在静休的这几天中，我们希望所有的孩子都可以过一种宁静的、虔诚的生活，都可以离所有粗鲁的不正当的享乐活动远远的。当然年长一些的孩子更应该注意遵守这些规定，我还对我们圣母教会和其他一些打着神圣的天使的旗号命名的教会的级长和其他职员提出了特别要求，都要给他们的同学起到带头作用。

——所以，让我们把这个纪念圣弗朗西斯的静休节尽量过好吧。希望在你们今年的学习中可以体现出上帝降福于人类的旨意。可是最为关键同时也是至高无上的是，要让这次静休节变得无比难忘，即便是多年后，你们想起来还会心生眷恋，可能那时候你们到了其他地方，在与之完全不同的环境中生活，可是希望你们到时回想起这次静休节时，会觉得无比快乐和感恩，感谢上帝让你们有机会以这次静休节为契机，让你们今后的基督教生活变得虔诚、可尊敬、热情。假如即便是现在，这也不是不可能的，如果你们中间有某个可怜的灵魂，因为难以言说的不幸不再拥有上帝的神恩，陷入某种罪孽中，这时向上帝发出祈求，那么这次静休节将一下子改变他那可悲的灵魂，我是非常愿意相信的。我祈求上帝看在他忠诚的仆人圣弗朗西斯·泽维尔的功勋上，让这个灵魂走上真诚的忏悔之路，并希望上帝和那个灵魂将在今年圣弗朗西斯节的那次神圣的圣餐会上得到和解。不管是对正派的人，还是对不正派的人，不管是对圣徒，还是对犯罪的人，我都希望这次静休节会让我们永生难忘。

——帮帮我吧，我的基督面前的亲爱的小兄弟们，把你们的虔诚拿出来，把你们自己对上帝的热情拿出来，用你们真诚的表现来给我提供帮助吧。把所有俗世的思想都从你们的头脑中消除掉，只是把最后几件事放在心上，那就是死亡、审判、地狱和天堂。按传道书上说的，如果有谁把最后这几件事记住了，那么他就不可能走上犯罪的道路。如果有谁把最后这几件事记住了，他的一言一行都不会放松。他一定会生活得很幸福，即便是死也会死得其所，他相信而且深知假如在尘世间牺牲了什么，那么在另一个世界中，在永恒的天国中，他会得到更多补偿。

——我的亲爱的孩子们，我真诚地希望，你们所有人都可以拥有这样的幸运，以圣父、圣子和圣灵的名义。阿门。

当他和几个沉默寡言的朋友回家时，他觉得他的心好像被一层浓雾迷住了。他傻傻地等待着，希望可以拨开那雾，再把它所遮掩的一切都显现出来。他一点胃口都没有，胡乱扒拉了几口饭，吃完以后，也没有收拾那油腻腻的盘子。他起身来到窗口，把嘴边积存很久的残渣擦掉，并用舌头舔干净嘴唇。看起来，如今他已经变得和牲畜差不多了，吃过东西以后还要用舌头舔嘴了。这算是到了终点了。他的心灵中升腾起一种细微的恐惧感。他把脸紧紧贴在玻璃上，看向外面愈发昏暗的街道。他看到很多人影穿梭在昏暗的光线中，这就是生活。他的心头沉甸甸的，因为都柏林的名字的那几个字母，互相粗鲁地推搡着。他的灵魂愈加肥大了，最后变成一大团油脂，它同时被沉重的恐惧感所包围，愈发深地坠入了恐怖的黑暗中，而他自身的那个肉体却兴致索然，惭愧地站在那里，通过他的黑眼睛看向外面，在一个牛神 [1] 的眼中显得束手无策、烦乱不已，可是却还是人。

次日，死亡和审判降临，所以，他那原本已经被颓废的绝望所包围的灵魂又开始活跃了。当一个教士用他那嘶哑的声音把死亡注入他的灵魂以后，原本那细不可闻的恐惧感就变成一种巨大的精神恐慌。他深刻体验到了死亡的痛苦，他觉得他的四肢已经被死的阴冷所浸透，并逐渐延伸至他的心脏，他觉得他的眼睛已经被死的阴影慢慢蒙住了，头脑中心处的光亮也慢慢熄灭了，他觉得最后一次的汗水已经出现在他的皮肤上，他觉得已经离死亡不远的四肢的钝感，觉得他说话的声音愈加粗放，而且时断时续，最后变得一个字都说不出来，他觉得他的心脏跳动越来越慢，直到最后几乎一点动静都没有了，他的呼吸，他那可怜的呼吸。那可怜的人的精神，正发出嘤嘤的哭泣、沉重的叹息，在他的喉咙中发出咕咕噜噜的声音。一点办法都没有！一点办法都没有！他——他自己——他曾经妥协的肉体如今正在死亡的路上。把它埋葬了吧。将它放到一个木匣子里面，并用钉子固定住，那个尸体。请几个人过来把它抬到房子外面去吧，将它扔到一个长方形的坑穴中，让它与世隔绝吧，把他埋到墓穴里面，任由它腐烂吧，让它成为那些到处乱爬的蛆虫以及鼓着大肚子的老鼠的食物吧。

当朋友们还眼含热泪在床边站着时，上帝已经审判了罪人的灵魂。在他意识残留的最后一刻，他的灵魂面前会再次出现他历经过的整个俗世生活，肉体早在他思考以前就已经死了，那灵魂便心惊胆战地站在审判台前了。一直以来都以和蔼著称的上帝，现在将公平以待。他一直都苦口婆心地劝导犯罪的灵魂，让它去忏悔，尽可能地表示会饶恕它。可是那段时间已经成为历史，人们在那期间犯罪、享乐、嘲讽上帝、嘲讽上帝的神圣的教堂对他们的劝告、他们

---

[1]　泛指天主教之外信奉的神灵。——译者注

丝毫不在意上帝的威严、对他的命令置若罔闻、欺骗同胞、接二连三地犯罪，而不向任何人坦陈自己曾经犯下的罪恶。可是那段时间已经成为历史，现在轮到上帝发话了，他是不会被人所蒙骗的。不管哪种罪过都隐藏不住了，无论是违背上帝旨意的狂放罪行，还是让我们可怜的腐烂的灵魂蒙受最大羞辱的罪行，无论是小过失，还是大罪行，都是如此。到了这时，即便你曾经是了不起的帝王、将军、最杰出的发明家或者学识最渊博的人都没有了意义。所有人在上帝的审判席前都是平等的。他将对好人进行奖励，对坏人进行处罚。只需要一瞬间，就可以对一个人的灵魂进行审判。当一个人的肉体死亡以后，只需要一刹那，就可以称量好他的灵魂。如此一来，这次特殊的审判就结束了，那灵魂要么被送到美好的天国，要么被送到炼狱，要么被哭叫着送到地狱。

事情到这里还没有完结，还必须在人的面前彰显出上帝的正义。这次特殊审判结束以后，还会有一次普通的审判。那是在最后的末日到来的时候，末日已经快到了。天上的星星会全部落到地球上，就像风吹落了树上的无花果一样。太阳这个整个宇宙的最强烛光也会变得黑漆漆的。月亮变成了血红色，整个太空就如同一个持续向前的画轴。天使长迈克尔，那天堂居民的王子，在天空的映衬上荣光尽显，也给人特别恐怖的感觉。他两只脚分别站在海里和陆地上，用他的天使长的号角公告棕黑色的死神来了。整个宇宙都充斥着天使的三声号角声。现在和过去都存在时间，可是将来便没有时间了。在最后一声号角响起过后，宇宙间所有人的灵魂都会奔向耶和沙法山谷，有穷的，也有富的，有亲切的，也有单纯的，有聪慧的，也有愚蠢的，有善良的，也有可恶的。在那个高高在上的日子里，所有曾经生存过的灵魂，所有将来还要诞生的灵魂，亚当的所有儿女，都将汇聚在一起。看吧，高高在上的审判官已经来了。自此以后，什么卑微的上帝的羔羊将不复存在，什么亲切的拿撒勒的耶稣也将不复存在，什么悲哀的人也将不复存在，什么友善的牧人也将不复存在，上帝已经在云端里表现出来了。他是强大的力量和威严的代表，身边有由天使组成的九个歌唱队，其中有天使、天使长，还有二级天使和六翼天使，他们将全能的上帝、永恒的上帝围在中间。上帝发话了：即便是在太空最遥不可及的地方，甚至在无底的深渊里，都可以听到他的声音。他是高高在上的审判官，对于他的裁决是无处申诉的。他叫来了公正善良的人，让他们进入天国，进入到给他们准备的永恒的幸福世界。他把那些恶毒的人抛开，并严厉地告诉他们：离我远远的，你们这些该死的东西，你们到给魔鬼和他的随从准备的永不熄灭的地狱之火中去吧。哦，这会多么深重地折磨那些可怜的罪人啊！朋友被迫和朋友分离，孩子被迫和父母分离，丈夫被迫和妻子分离。那可怜的罪人把手伸向尘世间曾经爱过他的人、伸向他们的天真的虔诚曾遭到他的耻笑的人、伸向曾经规劝他，想让他走上正道的人、伸向友善的弟兄、伸向可爱的姊妹、伸向曾经真切热爱过他们的父亲和母亲。可是为时已晚：看到这些可怜的理应遭到指责的灵魂，善良的人都把脸转向一边。在所有人眼前，这些灵魂现在都将它的可诅咒的邪恶的本性显露出来了。哦，你们这些虚伪的人；哦，你们这些涂脂抹粉的黑心肝的人；哦，你们这些笑脸面对所有人，可是内心却是一片罪孽的臭烘烘的人们，到了这个恐怖的时间，你们将如何是好呢？

这一天会来的，肯定会来的，也势必会来，那就是死亡和最后审判日。人都有一死，而且死者将受到审判，这是不容改变的事实。死是一定的，可是死的时间和方式却是不一定的，一个人可以因病死去，也可以因为某种意外死去，可能在你还完全没有做好准备的时候，上帝的儿子会突然出现在你的面前，所以，请你随时做好准备吧，应该看到你无论何时都有可能死去。我们所有人最后的归宿都是死亡。我们的俗世生活的最后分界线的一个恐怖的门洞，

是由人类的祖先的罪行带到人世间来的死亡和审判，那个门洞朝未
可知和未可见的世界延伸而去，每个灵魂都要独自从那个门经过，
只有自己的善行才能对他起到一点作用，任何朋友或兄弟或父母或
师长都不能给他帮忙，他只有独自一人、颤颤巍巍地从那个门穿
过去。让我们的头脑中一直存在这种思想吧，那我们就与犯罪无缘
了。对于一个犯罪的人来说，死亡会带来可怕，可是对于一个一直
走在正轨上、尽职尽责、一直都将早祷和晚祷铭记于心、时常参加
神圣的圣餐会、做过不少好事的人来说，它却是上帝的一种恩赐。
死亡并不会给一个虔诚的相信上帝的天主教徒、一个善良的人带来
恐怖。英国伟大的作家艾迪生在临死时，还派人叫来罪恶的年轻的
沃里克子爵，让他好好看看一个基督徒是如何安静地面对死亡的。
只有像这样虔诚的相信上帝的基督徒才能在心中告诉自己：

啊，坟墓，你的胜利在哪呢？

啊，死亡，你能给人带来痛苦吗？

这所有的话都是说给他听的。上帝的所有怒气所指引的都是他
的卑鄙的秘密的罪孽。他敞开的良心已经遭到传教士的刀的镌刻，
如今他已经察觉到他的灵魂正逐渐腐烂在无限的罪孽中了。没错，
那传教士没错。如今该上帝发话了。像一只野兽在自己的窝里躺着
一样，他的灵魂在自己罪孽的深坑里躺着，可是天使的号角声却将
它驱逐出罪孽的黑暗，让他回到光明世界。天使带来的世界末日到
来的消息，迅速为宁静打破了。世界末日的风从他的头脑吹过。他
的罪孽，那在他的想象中眼睛像明珠一样的娼妓，如今在狂风中奋
勇向前，像无比害怕的老鼠一样乱叫着，缩在一撮鬃毛下。

当他从广场穿过，走向家的方向时，他那正烧得滚烫的耳朵听
到一个小姑娘快乐的笑声。相比天使的号角，那脆弱的快乐的声音

带给他的冲击更大，因为不敢抬头，他只得边走边转头去看那黑暗中的乱树丛。他饱受创伤的心中涌出一股羞辱之情，他的整个存在都被浸透了。他的眼前出现埃玛的形象，那羞辱之情被她的眼神一扫射，再次从他内心喷涌而出。她不知道的是，在他的思想中，他曾经是如何侮辱她的，他像野兽一样的情欲是怎么把她的单纯摧毁了的！这是一个孩子的爱情吗？这是骑士的风流吗？这是诗吗？在他鼻子下面，他的不羁行为的各种卑鄙的细节似乎都在散发着难闻的味道。那些他曾经藏在火炉的烟道里面而弄得处处是烟尘的图片，他当着众人的面前拿出来不停地看着，对那上面放荡无耻的淫荡图形止不住地欣赏，而让自己的思想和行为继续走在犯罪的道路上。他那些被猿猴一类生物和眼睛像明珠一样的妓女充满的恐怖的梦境，他兴奋地忏悔自己罪行的长信，他曾经一连很多天都把那些信带在身边，目的就是趁着夜色将它扔到广场角落的草地上、破烂的门边或某个篱笆脚下，等着某个碰巧路过的少女，偶然间发现它，并将它捡起来看。太疯狂了！太疯狂了！他真的有可能做这些事吗？一时间，他的心头汇聚了各种下流的记忆，他觉得自己的额头冷汗直冒。

当他摆脱了这羞辱带来的痛苦以后，他尽量让自己被无能包围的卑贱的灵魂再次挺身而出。上帝和圣母离他实在太远了：上帝太过于伟大、严苛，而圣母又过分圣洁、神圣。可是他的脑海中出现这样的场景，在一片辽阔的土地上，他和埃玛肩并肩站着，温顺地眼含热泪，亲吻着她的衣袖。

在那安宁的夜空下的一片宽阔的土地上，在淡蓝色的天空中，一团白云飘向西方，他们俩，两个犯罪的孩子，正并排站在一起。尽管他们的罪行只是两个孩子的罪行，可是对上帝的威严来说却是严重的亵渎。可是这没有让她受到侵犯，她的美绝不是看一眼就会带来灾祸的俗世的美，而是象征着晨星的美，而且也和晨星一样闪耀、让人愉悦。很明显，她看他的眼神里并没有指责的意义，也没有遭到冒犯的神态。她将他们二人的手放到一起，双手交握，告诉他们的心灵：

——携起手来吧，斯蒂芬和埃玛。在天堂里，这时正是最好的傍晚。你们曾经犯过错，可是你们一直都是我的孩子。这是一颗心在爱慕另一颗心。携起手来吧，我亲爱的孩子们。你们将一直幸福地生活在一起，你们俩的心会一直相爱。

从窗帘下射进来一股股红的光线，整个小教堂都被照亮了。在最后一个窗帘和窗棂的缝隙间，一道光线直直照射到圣坛上雕花的烛台上，就像一把利箭一样，那烛台瞬间闪烁出动人的光彩。

小教堂顶上、花园里、学校里，处处都在下雨。这雨将一直安静地下下去，地上的水会越来越高，将所有花草和丛林都淹没，树木和房屋也将浸泡在水中，纪念碑和山顶也会被淹没。所有生命都会悄无声息地死去：飞鸟、人、大象、猪、孩子们。在彻底被淹没的世界的浮渣中，所有生物的尸体将会安静地漂浮在上面。这雨将持续四十个白天和黑夜，直到整个地球表面都浸泡在大水中。

这是可能的，怎么就不能呢？

——地球已经把自己的灵魂无限放大了，把自己的嘴张大了说出这些话，我的耶稣基督面前的可爱的小兄弟们，是来自《以赛亚书》第五章第十四节。以圣父、圣子和圣灵的名义。阿门。

这神父把一块没有链条的表从他的袈裟里面的一个口袋里掏出来，他安静地看一眼那表的针盘，然后无声无息地放在面前的桌上。

他开始用一种平静的语调继续说道：

——亚当和夏娃，你们知道，我亲爱的孩子们，是我们人类的始祖，你们应该还有印象，上帝创造我们的目的在于填补因为撒旦和他的叛乱的侍从们堕落以后在天空所留下的残缺。我们都听说过，撒旦的父亲是光明且有力量的一个天使晨曦，可是他堕落了。他堕落了，天空中三分之一的神灵也随之和他一起堕落：他和他的叛乱的随从都被扔到地狱。我们也无法说清楚他到底犯了什么罪。神学家们觉得他犯的是骄傲之罪，是在一刹那间闪现的一种罪恶思想：non serviam[1]。这一刹那便足以让他毁灭：因为这一刹那的罪恶，他对上帝的威严造成了侵犯，于是他被上帝赶出天堂，被永远扔到地狱里面。

　　——当时上帝已经把亚当和夏娃造出来了，让它们在大马士革平原上的伊甸园里生活，那是一个阳光满地，有着无数茂盛植物的可爱的花园。那里的大地盛产果实，所以，他们的生活很富足，飞鸟和走兽都愿意服侍他们。对于我们的肉体时常会经历的病痛，他们完全不知情，他们没有病，没有贫穷，也没有死亡：一个伟大的善良的上帝为他们做了他可以做到的一切，可是上帝却对他们提出了一个要求，那就是一直听他的命令，不能去偷吃禁果树上的果实。

　　——天哪，我亲爱的孩子们，后来他们也堕落了。尽管那魔鬼是晨曦的儿子，曾经是一个有着无限荣光的天使，如今却变成了具有蛇这种生物界最奸诈的一种生物的外貌的恶魔。他对他们生出妒忌之心。他这个失败的伟大的神，怎么可能容忍人这种用泥土做成的生物把他因为自己犯罪而必须永远放弃的遗产给占领呢？他走向那女人，也就是他们两人中弱势的那一方，不停地向她说动人的甜言蜜语，当然，这些甜蜜的言辞都是有毒的，并承诺她说啊，这会多么严重地亵渎上帝啊！

　　——假如她和亚当把那禁果吃了，他们就可以变成神，不，变成上帝。在这个天下第一号骗子的阴谋面前，夏娃终于妥协了，她把那苹果吃了，还给了亚当一个，亚当竟然不敢拒绝她。撒旦的像毒剑一样的舌头发挥作用了。自那以后，他们堕落了。

　　　　[1]　拉丁文，指下文"我不伺候了"。——译者注

——之后，上帝的声音便在那个花园里出现了，他要处罚他创造的人。于是那对犯罪人的面前出现了天堂里神灵的首长迈克尔拿着冒火的长箭，他们被赶出伊甸园，来到人世间，来到被疾病和斗争、残忍和失望、劳苦和艰辛所包围的世界上来，通过自己的劳动糊口。即便到了这时，上帝还是非常仁慈的。因为同情我们可怜的堕落的祖先，他承诺他们，到了一定的时间以后，他会派一个神下来给他们赎罪，让他们再次成为上帝的孩子，并可以继承天国。而那个神，那个堕落的为人赎罪的人，就是那高高在上的、永恒的三位一体的第二个位，即上帝的独生子。

——他来到了。他的母亲是圣母玛利亚，一个纯洁的处女。他在朱迪亚的一个破旧的牛棚里出生，三十年以来，都过着贫穷的木匠生活，直到他应该去完成他的使命的时候。到那时，对人类的爱会填满他的心灵，于是他走了出去，叫所有人都来倾听他的新的福音。

——他们听了吗？没错，他们听了，可是并没有人理睬。他们用绳子把他绑起来，就像绑一个罪犯一样，并将他视为一个处处行动的强盗，他们打了他五千皮鞭，把荆棘做的王冠戴到他头上，让一些犹太游民和罗马的士兵拖着他游街，把他的衣服扒光以后绑在绞架上，长矛扎伤了他的身体两侧，我们的主的伤口一直向外渗水和血。

——即便在那时，在那痛苦万分的时刻，我们的善良的赎罪者依然非常同情人类。可是就在那里，在卡尔法里山上，他修建了神圣的天主教教堂，并承认要用它把通往地狱的通道堵住。他在古老的岩石上建立教堂，并将神的祝福赐给它，给它准备下圣餐和各种牺牲，并且承诺只要世人愿意听从他在教堂里说的话，他们依然可以进入永恒的生活。可是假如当他做了所有努力以后，他们依然走邪恶之道，那么最后依然会被抛下地狱这个永恒的折磨。

那传教士的声音越来越低了，他停顿了片刻，双手合十，可是不久又分开，然后继续说：

——现在让我们用尽全力想一想吧，在正义感的驱使下，遭到冒犯的上帝会让那些应该受到永恒处罚的罪人住在哪里呢？地狱是一个逼仄、黑暗和臭味熏天的监牢，这个魔鬼和被上帝舍弃的灵魂的住所处处是火和烟，这个逼仄的监狱完全是上帝的旨意，以对那些拒绝接受他的法律制约的人进行处罚。在俗世的监狱中，被关押在里面的犯人最起码还可以活动，虽然他的活动范围仅限于他的地牢的四面墙内，或者监牢的阴暗的庭院内。在地狱里情形就完全不同了。在那里，因为有太多遭到天谴的人，那些囚犯都是摩肩接踵地挤在一个恐怖的牢房里，据说牢房的墙壁厚达四千英里。这些罪犯的手脚都被绑住了，根本无法活动。一位被上帝赐福的圣徒圣安塞母，在一本对地狱情况进行描写的书里曾说，假如一个罪犯的眼睛遭到一个蛆虫的啃咬，他也无法弄开它。

——从外面来看，他们完全置身于一片黑暗中。因为一定要记住，地狱里的火是没有光亮的。就像在上帝的命令下，巴比伦火炉里的火焰已经没有了热量，只剩下光亮一样。也是为了遵从上帝的旨意，地狱里的只剩下温度，没有光亮。这是一个没有止境的黑暗的风暴，燃烧着的石灰岩发出黑暗的火焰和烟。在这里，所有罪犯的身体都挤在一起，之间甚至都没有空气的容身之地。法老们觉得在曾经冒犯过他们的土地的所有灾祸中，黑暗是最恐怖的灾祸。那么我们又该如何形容地狱里的这种不是短时间就会过去，而是将永存的黑暗呢？

——因为恐怖的臭味，这个逼仄且黑暗的监狱里的可怕更加让人忍受不了。很早以前我们就知道，在世界末日的恐怖的烈火净化了整个世界以后，世界上的所有肮脏、废物和渣滓都将流到地狱里面去。因为那为数众多的石灰石一直燃烧所散出的味道也让地狱里臭味熏天，那遭受处罚的人自身也会散发出一种难闻的味道，博纳凡契尔曾经说过，单是一个人身上所散发出的那一点味道就足以熏臭整个世界了。因为这个世界的空气本身，那净化所有的元素一直被禁锢着，也变得非常臭，让人难以呼吸。我们来设想一下地狱里发臭的空气会是什么样的吧。想一想某个肮脏腐烂的尸体一直在坟墓里腐烂、分解，变成一团烂臭的稀浆，想想这样一具尸体却被投放到火里，遭到燃烧着的石灰岩的火焰的吞噬，一股让人窒息的臭味扑鼻而来。再想想那难闻的臭味，因为在那臭不可闻的黑暗中，时常有数以千万计的新的发臭的尸体增加，它也就变得更浓，整个地狱彻底沦为一团腐烂的人堆。想想这所有的一切，对于地狱里的臭味有多么恐怖，你就有所了解了。

　　——可是这种臭味虽然很恐怖，可是对于地狱里的罪人来说，它却不是肉体上所遭受的最强烈的折磨。用火烧是暴君施在加在他的同胞们身上的最大的折磨。你的手指头只要在烛火上放一会儿，你就会觉得疼痛。可是我们俗世上的火源是上帝考虑到人的利益而创造出来的，是为了用它来让人的生命的火花得以维持，为了给他做一些有意义的事提供帮助，而地狱里的火却是完全不一样的，上帝之所以把它创造出来，就是为了对那些不愿意忏悔的人进行处罚。我们俗世上的火因为其燃烧的物质本身更易或更不易燃烧，烧得会比较慢或快，这样一些聪慧的人甚至有时间创造出一些化学药品，以对火的燃烧进行阻滞，可是在地狱里燃烧的那种硫黄质的石灰岩，是专门设计的让它可以一直疯狂燃烧的。不仅如此，我们人世间的火焰，在燃烧某个东西的同时，也毁灭了它，因为越是强烈的火，越会缩短它存在的时间，可是地狱里的火却不同，它的特点是会永久保存它所燃烧的东西。因此虽然它在强烈地燃烧，可是却可以持续燃烧下去。

　　——再来说说我们人世间的火焰，即便它烧得再猛，覆盖面再广，它都是有限的，可是地狱里的火海却是无边无际的。史料上记载，当有士兵问魔鬼本人时，他也必须承认一点，即便将一座大山扔到地狱里的火海，它也会快速被烧光。可是这种恐怖的火焰还不仅仅只从外部对罪人的身体进行燃烧，而且还会让每个被上帝抛弃的灵魂自身也变成一座地狱，那无边无际的火还会从内部燃烧。哦，那些可怜人的命运实在是太恐怖了！他们血管里的血液沸腾着，他们的头骨里的脑髓也在沸腾，他们胸腔里的心脏有火焰在往外冒，狂轰滥炸，他们的肚子里是一团火红的肉酱，他们亲切的眼睛都有火花往外冒，就像烧红的铁球一样。

——可是如果把它的强度当作参照物，那我刚刚说的这种无边无际的火焰的力量和特点就不值一提了，神灵之所以把这种强度创造出来，就是为了用它来对人的肉体和灵魂同时进行处罚。这是一种来自上帝的愤怒的怒火，它不光以自己的活动为仰仗产生作用，而且还是上天报复人的一种工具。就像洗礼用的圣水在将人的肉体洗净的同时，也可以把人的灵魂洗净一样，这惩罚的火焰在对人的肉体进行惩罚的同时，也可以对人的精神进行惩罚。肉体的所有感官都未能幸免，而与此同时，灵魂的每种官能也是一样，都会经历痛苦：呈现在眼前的是一片不可能穿透的完全的黑暗，进入鼻腔的是一种无法忍受的臭味，传入耳畔的是呼喊、号叫和咒骂，进入嘴里的是一种奇臭的东西、麻风病患者的腐肉，和难以言说的让人无法呼吸的臭味，进入我们的触觉系统的是烧得火红的铁棍和铁叉，还有残忍的火焰持续冒着。以各种感官为媒介所经历的各种折磨，那永生的灵魂，在它存在的本质的基础上，将一直在无边的火海上忍受着长久的折磨，这火海的燃烧都是因为全能的上帝的威严遭到损害才有的，更是因为上帝的愤怒的呼吸愈发强烈，而且将一直燃烧下去。

——最后还要想到，因为若干遭到天谴的人挤挤挨挨地站在一起，所以，这种地狱里的折磨愈发严重了。在人世上，一个罪恶的同伴是如此令人愤恨，以至于有些植物，假如将它们和某种会严重伤害它们的东西放在一起，就会似乎在本能的驱使下离它远远的。在地狱里，所有法则都调了个个，什么家庭、国家，什么友情或亲属关系，根本没人会想到。地狱里的罪人都互相大叫着，因为看到身边的人也和自己一样倍受折磨，更加加剧了他们自身的痛苦。他们已经忘了所有人的感觉，巨大的深渊里处处都是受折磨的罪人的叫声。罪人们不停地诅咒上帝、仇视一同受罪的人，还诅咒那些曾经和他们一起犯罪的灵魂。早些间的习俗对弑父者进行惩罚，也就是对用残忍的方式把自己父亲杀死的人进行处罚，采取的方式是用一个口袋把他装起来，然后扔到深海里，与此同时，还会放一只公鸡、一只猴子和一条蛇在袋子里面。制定法律的人就是为了让那个罪犯遭受一种和一些残暴的兽类待在一起的折磨，所以才制定了这样一条在我们如今看来好像比较残忍的法令。可是那些在地狱里遭受非人折磨的人，如果在一同遭受折磨的伙伴中看到曾经蛊惑他们犯罪的人、曾经巧舌如簧地把邪恶的种子撒到他们身上的人、曾经采用阴谋让他们走上犯罪道路的人、曾经用眼神诱惑他们违背道德的人，他们便立刻对他们进行咒骂，而丝毫不顾及自己的嘴唇是何等干枯、喉咙是何等疼痛！那几个不会说话的动物是无法和他们这种气愤相提并论的。面对从前的这些蛊惑他们的人，他们会大声斥责他们、诅咒他们，可是他们却也只能如此了，再也看不到什么希望了：如今再来忏悔已经晚了。

　　——最后让我们再来想想那些遭受天罚的灵魂，魔鬼的同伴们所经历的痛苦吧，无论他们是被诱惑的，还是诱惑他人的，情况都一样。这些魔鬼不仅会通过他们的存在对那些受罪的灵魂进行折磨，还会通过他们的诅咒折磨他们。我们想象不出来这些魔鬼有多么恐怖。锡耶纳的圣凯瑟琳曾经看到过一个魔鬼，所以在一本书上，她这样写道，她甘愿走在炭火铺就的道路上，直到生命结束，也不愿意再看一眼那恐怖的魔鬼。这些原本都有着天使面孔的魔鬼，如今却变得和他们过去无与伦比的美一样可怕了。对于那些被他们拽上毁灭道路的可怜的灵魂，他们只有无尽的嘲讽。而在地狱里，源自良心的呼声，就是从他们这些恐怖的魔鬼而来。你犯罪的理由是什么？你为什么听信了朋友的蛊惑？你为什么违背了你之前所信奉的上帝的所有言行？为什么你没有想办法逃避犯罪？为什么你没有早一点和那个罪恶的朋友绝交？为什么你没有放弃那种淫荡的习惯，那些有违道德的习惯？为什么你没有接受听你忏悔的神父的忠告？为什么你没有在第一次，或者第二次、第三次，甚至第四次、第一百次犯罪以后，对你的行为进行忏悔，马上再向上帝求助，尽管你知道他一直在等你去向他忏悔，把自己的所有罪孽都清除干净？现在忏悔已经太晚了。在过去和现在，时间是存在的，可是到了将来，时间就消失了！到了那时，你可以偷偷犯罪，可以让自己陷入无尽的自傲和懒散中，对所有不合法的东西进行追求，在你的卑劣的天性的诱惑面前臣服，过着像野兽一样的生活，不，甚至还不如野地里的野兽，因为它们最起码只是一些畜生，并没有受到理智的指引。时间过去存在，可是到了将来就消失了。上帝曾经用多种声音和你对话，可是你压根都不听。你不愿意把你心中的骄傲和愤怒彻底清除掉，你不愿意把你通过不正当手段所得到的东西物归原主，你不愿意遵从你的神圣的教堂对你的教导，也不愿意认真完成你的宗教上的任务，你还想和你那些罪恶的朋友在一起，你也不想躲开那些危险的诱惑，那些故意折磨人的魔鬼说的话就是这些，这些话里满是指责和嘲讽、憎恶和仇恨。还有憎恶，没错！因为即便是魔鬼本身，在他们犯罪时，在他们犯下这仅有的一个匹配他们天使本性的罪行，和理智唱反调时，他们，甚至他们这些罪恶的灵魂，也会憎恶那些堕落的人用来侵犯圣灵的神庙并让自己变得卑鄙的那种难以形容的罪行，只想离它远远的。

——哦，我的基督面前的亲爱的小兄弟们，让我们此生都和这些话绝缘吧！希望这种命运我们永远都不会遇到。我说！在那恐怖的最后的清算到来时，我真诚地祷告上帝，希望今天坐在这个小教室里的，没有人会听到高高在上的法官要求他把他的眼睛永远闭上，和一群可怜人被赶走，希望我们中没有人听到他那恐怖的判决：离开我，你这该死的东西，赶紧到给魔鬼和他的随从们所准备的永恒的烈火中去吧！

他经过教堂中间的过道，两腿哆嗦个不停，头皮也止不住地抖动，似乎遭到了鬼怪的手指的触摸。他从楼梯走上去，进入过道，很多外衣和雨衣都挂在过道两边的墙上，那无头、不成形体又时刻滴水的衣服就像受到绞刑的罪犯。但凡移动一步，他都会产生这样一种害怕的想法，可能他已经死了，他的灵魂已经离开了他的皮囊，如今他正头也不回地飞向无限的空间。

他的脚根本没法把地面抓住，他一脸沉痛地书桌边坐着，随意翻开一本书来看。那里每一句话都是针对他来说的。这一切都是真的。上帝是无所不能的。如今上帝可以召唤他去了，而不需要等他自己察觉，当他在这书桌边坐时，就可以把他召唤走了。上帝已经召唤他了。是吗？什么？是吗？因为猛烈的火舌正烧向他，他的皮肉因为痛苦拧成了一团，还因为周围旋转个不停的空气而变得枯萎。他已经死了。没错。他已经受到了审判。一股猛烈的巨浪从他的肉体穿过：这是第一个浪头，紧接着又有第二个。他的头脑开始冒火。之后又是一个浪头。在四分五裂的头颅中，他的脑汁已经开始冒泡了。在他的头颅上冒出来的火焰如同一个花冠，而且像人那样尖叫个不停：

——地狱！地狱！地狱！地狱！地狱！

有人在他的身边说：

——专讲地狱!

——我想这次一定会给你们留下深刻的印象了。

——你说得很对。他真的让我们都吓死了。

——就得这样对待你们这些家伙:足够让你们明白要上进了。

他颓败地在书桌上趴着,他还活着。上帝暂且饶他不死。他依然在他所熟悉的这所学校的世界中生活。塔特先生和文森特·赫伦在窗口交谈、戏谑着,并转头看向窗外凄冷的小雨,不停地摇头。

——我希望天能放晴。我已经和其他几个同学约好骑车去马拉海德的。可是现在路上的水肯定已经很深了。

——也许会放晴的,先生。

他太熟悉这些声音了,再平常不过的交谈,无人讲话时的宁静,以及其他孩子们在安静吃早餐时的宁静、柔和的牛群吃草时的声音,都会极大抚慰他那痛苦的灵魂。

现在还有时间。哦,圣母玛利亚,拯救罪人的人,请帮他说说好话吧!哦,圣洁的处女,请救救他吧。

一开始上英文课时,大家先听读了一段历史。那些王公、朝廷宠臣、大主教等,都像一些悄无声息的幽灵一样飘过他的眼前。他们都已经不在人世了:都受到了审判。假如一个人的灵魂不能得到救赎,即使拥有整个世界又如何呢? 如今他终于明白过来:在他周围有太多生命,他们像蚂蚁一样,互相以兄弟相称,在和平的土地上耕作,他们中的死者都在安静的山丘下长眠。他的一个伙伴用胳膊肘碰了一下他,就像碰到他的心一样:在他开始回答问题时,他听到他的声音被惭愧和懊悔所带来的宁静填满了。

他的灵魂持续堕入那因为懊悔所带来的安静的深渊中。对于那种死亡的可怕,他再也无法容忍了,当他逐渐下沉时,他开始小声祷告着。啊,没错,上帝暂时还不会处罚他,他将在心里忏悔,以期得到原谅。那些在上的、在天堂里的神明一定会看到他是怎样对过去的错误进行弥补的：他一生中的每一时候他都会那样做，只是请不要那么着急。

——所有的人，上帝啊！所有人！所有人！

一个送信的人跑到门口说：所有人都可以去小教堂里祈祷了。四个孩子从教室离开，他还听到其他人从走廊经过的声音。他的心头掠过一阵让人不寒而栗的寒风，那只是一丝很微弱的风，可是，他认真聆听着、安静地忍受着，却好像把自己的一只耳朵贴在心房的肌肉上，觉得它恐惧地缩成一团，并听到它的左右心房持续扩张和收缩。

根本避无可避，他一定要去忏悔，去把他想到过的和做过的事都说出来，一个罪孽接着一个罪孽。怎么说呢？怎么说呢？

——神父，我——

这思想如同一把匕首把他稚嫩的皮肉刺穿了：忏悔。可是他不能在学校的小教堂里说出来。他可以坦率地说出他的所有罪孽，他行动上和思想上的每个罪孽。可是他不能讲给同学们听。他可以在远处某一个黑暗的地方，把自己觉得惭愧的事情都讲出来。他真诚地祈求上帝，不要因为他不敢在小教堂里忏悔而恼火，同时，他沉痛地请求他周围的孩子们的心灵都可以原谅他。

时间慢慢消逝。

他再次在小教堂前排的板凳上坐着。窗外越来越黑了，当白天的光线逐渐消失在暗淡的红色的窗帘边时，他似乎觉得那末日的太阳正逐渐下沉，所有的灵魂都在这里聚集，聆听最后的审判。

——我已经离开了你，我的基督面前的小兄弟们，这些话来自《诗篇》第三十章第二十三节，以圣父、圣子和圣灵的名义。阿门。

那神父用一种宁静、平和的语气开始讲着。看起来，他的脸色很友善，他将两手的手指放在一起，用相对的指尖做成鸟笼样。

——今天早晨，在我们想要把地狱是什么样子的弄清楚的时候，我们曾经用尽全力想要搞清楚，在我们神圣的创世主的精神训练一书中，他所说的地狱的组成是何意。那就是说，我们企图通过我们的想象、我们的理想来畅想那个恐怖的地方具有什么样的特性，以及所有在地狱里忍受痛苦的人所经历的肉体上的折磨。今晚我们将用一点时间来想一下在地狱里会受到什么样的精神折磨。

——定要牢记一点，罪孽是一种有两重意义的罪行，它不仅说明在我们卑鄙的天性的蛊惑下，我们在卑鄙的本能面前妥协了，在野蛮的兽性面前妥协了，又说明我们违背了我们的尊贵的天性的教导，违背了所有纯洁和神圣的东西，违背了神圣的上帝本身。鉴于此，在地狱里，人的所有罪孽都将受到两种不同的处罚，包括肉体上的，也包括精神上的。

——我们要清楚的一点是，有所失的痛苦是所有精神上的痛苦中最让人难以忍受的一种，这种痛苦太强烈了，而它的组成元素原本就大于其他所有痛苦加在一起的痛苦。大家口中的天使医师圣托马斯，也就是教堂里最了不起的医师曾经说过这样一句话，人的理智完全没有了神的光彩，他的爱的感情和上帝的善念是完全背离的，这是最恐怖的上天的谴责。一定要牢记的一点是，上帝是至善的神灵的代表，所以如果把这样一个神灵的爱搞丢了，就会给人带来无止境的痛苦。在现实生活中，这种损失是一种什么样的滋味，我们的理解还不够透彻，可是在地狱里接受处罚的人因为受到了更大的折磨，所以便会对那种损害有多么重要比较了解，他们也会明白，他们完全是因为自己的犯罪行为失去了它，还知道他们不可能再把它找回来了。就在濒临死亡的那一刻，灵魂和肉体的纽带已经断掉了，那灵魂便立刻飞也似的奔向上帝，就像飞向生存的中心一样。一定要牢记的是，我亲爱的孩子们，我们的灵魂一直对和上帝同在有强烈的强求。我们是从上帝身边而来，我们活着全仰仗上帝，我们属于上帝：我们是属于他的，这一点是不可改变的。上帝让每一个灵魂都拥有神的爱，每个人的灵魂都在那种爱中生活。当然是这样。我们的每次呼吸，我们头脑中的每种思想，我们生存的每一个瞬间，都是从上帝的永不消退的善良中来。多亏我们的创世主，我们的灵魂才从无到有得到存在，让生命得以延续，并让他在他的热情中生活。假如一个母亲没有了自己的孩子，一个人没有了家人，一个朋友和自己的挚友分开了，便会让人无比难受，那么试想一下，一个可怜的灵魂被驱逐出至善和至仁的创世主的面前，那又会多么难受啊。那么，这种和至高的善，和上帝永久分开，而且因为这种分离而产生的懊悔，以及清楚地知道这种不能改变的情况：由上帝所创造的灵魂可以忍受的最大的折磨就是这些，poena damni[1]，有所失的痛苦。

——在地狱里受罪的灵魂将遭到良心上的谴责这第二种痛苦，就像死去的肉体会因为腐烂而生蛆一样，因为罪孽所带来的腐烂，无法得到救赎的灵魂也会产生一种无边无际的懊悔，一种良心上的折磨，就像教皇英罗森特第三[2]所说的，这种蛆虫有三重的刺。这种残忍的蛆虫的第一根刺是过去的美好回忆。哦，那种回忆是多么恐怖啊！在那一片把一切都摧毁的火海中，帝王还会想起他宫廷里豪华的阵仗，既聪慧而残酷的人会想起他的图书馆和他研究所用的工具，对艺术痴迷的人会想到他的雕像、图画和其他一些宝贵的东西，纵情于吃喝的人会想到他的盛大的丰盛的筵席、他精致的佳肴和他的上等名酒，守财奴会想到他收藏的宝物，盗匪会想到他以非法方式获取的钱财，喜欢报复的生气而残忍的杀人犯会想到他曾经获得快乐的残忍事迹，那些肮脏、放荡的人会想到他们过去沉醉在其中的那种难以言说的快乐。所有这一切都会印在他们的脑海里，

---

[1] 拉丁文，指下文：有所失的痛苦。——译者注

[2] 指法国皇帝罗达里奥·德贡蒂·底西古，在位时间为12世纪末13世纪初。——译者注

所以懊悔自己犯下的罪孽。因为对于那些灵魂来说，相比他们将在地狱的烈火中长久接受的折磨，这种欢乐会显得太过悲切了。他们会想到就因为自己曾经对某些贱如粪土之物有贪恋、对几块破金属块有贪恋、对虚无缥缈的荣誉有贪恋、对肉体的享受有贪恋、对一点精神上的刺激有贪恋，自己竟然没有福分去天堂，所以该是多么恼怒自己啊。他们很后悔，这是良心的蛆虫的第二根刺，一种对自己所犯下的罪孽产生的过晚和毫无意义的懊悔。这些可怜虫之所以一直无法把他们所犯下的罪孽忘掉，就是因为神的正义，而就像圣奥古斯丁所说的，上帝还会传给他们他自己是如何理解罪孽的，所以就像在上帝眼前一样，在他们眼前出现的罪孽也会显得很丑恶。他们将因为对自己的罪恶过分了解而悔恨不已，可是已经为时晚矣。他们痛哭自己错失的良机。之后就是良心的蛆虫扎在他们身上最深，同时也是最残忍的那一根刺了。良心将告诉他们：你们原本是有悔罪的时机的，可是你们拒绝这样做。你们成长于浓厚的宗教氛围中。你们会得到教学的各种仪式、祝福和宽恕的帮助。上帝的仆从会向你们布道，会给你们指引方向，会原谅你们所犯下的罪。即便你们犯下再严重的罪孽，再多的罪孽，只要你们愿意忏悔、愿意悔罪就没有问题。可是不，你们并没有听从上帝的劝告。对于神圣的宗教和它的传教士，你们极尽嘲讽；对于听你们忏悔的神父，你们避而远之，你们愈发深地陷入罪孽的泥坑中。上帝曾经召唤你们，警告你们，请求你们再回到他身边。哦，太卑鄙、太可悲了！主宰宇宙的人请求你们这些泥土做成的生灵爱他，要你们记住你们的创造者是他，要你们遵守他的法令。可是不，你们拒绝了。当时当你还活着时，只要你淌下一滴悔恨的泪水，你就可以得到的东西，如今即便你还可以哭泣，你可以用你的眼泪把整个地球都淹没，你可以让你那悔恨的泪水变成汪洋大海，那些你原本可以得到的东西也得不到了。如今你再次请求回到尘世中去生活一阵子，好让你有时间悔罪，可是已经来不及了，没有意义了，你已经错过了时机，永远错过了。

——这就是良心的三重刺，它是对地狱里那些可怜人的心脏进行啃咬的毒蛇，那些可怜人心里被地狱一样的愤怒填满了，他们咒骂自己太蠢了，咒骂引领他们走上这条自我毁灭道路的罪恶的朋友。咒骂在生活中对他们极尽诱惑，如今在永恒的折磨中却又对他们极尽嘲讽的那些魔鬼，他们甚至谩骂，尽管他们可以对他的至善和容忍加以鄙视和嘲讽，可是对于他的公正和权力的至高的神灵，他们却是逃不掉的。

——遭受天谴的人将经历一种扩张的痛苦，这是精神上的第二种痛苦。在俗世中生活的人虽然可以犯下不同的罪，可是却不能一时间把所有的罪都犯下，因为就像我们时常可以以毒攻毒一样，一种罪恶也会被纠正，或者把另一种罪恶克服掉。可是在地狱里，却可以反其道而行之，一种折磨并不能把另一种折磨抵消，只会让它的力量越变越强，而且因为和外在的感觉相比，内在的官能更加完善，所以他们感受到的痛苦更为剧烈。就像每一种感官都会经历与之相适应的折磨一样，每一种精神上的官能也会遭受不一样的折磨。想象的能力只会把各种恐怖的形象想出来，感官将只会时而感受到希望，时而感受到怒火，一种比笼罩着恐怖的地狱的外在黑暗更加恐怖的内在黑暗会填满头脑或思想。将这些恶魔的心灵霸占的怨毒本身虽然力量有限，可是却是一种一直扩张下去，并一直存在下去的恶根，除非我们可以想象上帝对人类的巨大罪恶所怀有的各种深深的仇恨，我们才能够对这种邪恶的恐怖程度有所了解。

——相对于这种扩张的痛苦，强烈的痛苦是与它并存的另一种痛苦。地狱是所有罪恶的中心，你们知道的，不管什么东西，只要离中心越近，就更加强烈，越是远离中心，就更加微弱。地狱里的痛苦不能被任何东西缓解。不，甚至之前在大家眼里好的东西，到了地狱也会变成邪恶。在其他地方被视作烦恼之人的慰藉的友情，在那里将变成无边无际的折磨：大家都渴望获得的知识，之前一直被认为最能代表智力的东西，在这里将会变得让人憎恨，甚至其程度还要超过无知：在这里，你将非常痛恨从创世主到树林里最为卑微的植物都希望得到的光明，在人世间，我们的悲痛也许不会持续太长时间，或者不会那么严重，因为人的本性可以通过习惯的力量把它们克服掉，或者因为无法忍受其沉重压力而使之终结。可是在地狱中，是无法通过习惯的力量来克服那些折磨的，因为它们不仅程度非常重，而且还在持续变换形式，每种痛苦，就比如说，在另一种痛苦的火焰下，它可以再次燃烧，而它同时又会加剧让它燃烧的那种痛苦的程度。人性想要通过臣服于它们而躲避这种强烈的千变万化的折磨也是不可能的，因为灵魂一直被邪恶所包围，它也能感受到更大的折磨。折磨的持续扩张、痛苦那令人难以置信的强烈、酷刑的持续变换——所有这一切都来源于被罪人们惹恼的至高的神王的意旨。这些就是人们为了对放荡、卑鄙的皮肉欢乐予以追求，而对神圣的上天予以鄙视所提出的要求，这些也正是为了拯救世人却被恶人作践的上帝的无罪的羔羊抛头颅洒热血所提出的最高要求。

　　——在这个恐怖的地狱中，在所有折磨中，永恒的折磨堪称最高最大的折磨。永恒！哦！真是个恐怖的让人失望的字眼。永恒！什么样的人才能对它有所了解呢？你们一定要知道，这种永恒是痛苦的。即便是地狱里的痛苦的可怕程度都比不上它们，它们会一直持续下去，因为它们天生要一直存在。可是它们将一直存在的同时，它们又非常强烈，以令人难以置信的速度扩张，这点你们是知道的。即使只是长久忍受一只小虫的针刺都让人觉得痛苦，就更不用说长久忍受地狱里那各种各样的折磨了。永远！一直持续下去！不是一年或一个世纪就结束了，而是永远！你们可以想象一下，这该是多么恐怖！海边的沙滩你们时常可以看到。那沙粒该是多细啊！而要想聚成孩子们手里的一把沙子，得需要多少这样细小的沙粒呢？现在你们可以想象一下，有一座高山就是用那种沙粒堆成的，高达一百万英里，从地面直插入云霄，宽达一百万英里，一直向很远的地方延伸而去，而且厚也有一百万英里。再想一下这个包含若干细小沙粒的山峰，还和树林里的树叶、大海里的水滴、鸟身上的羽毛、鱼身上的鳞甲、牲畜身上的毛发、无限的空气中的原子一样成倍增长着，而且是持续不断的，还要想一下每过一百万年，都会有一只小鸟飞到这山上来，用嘴把山下的几颗沙粒叼走。而那只小鸟要想叼走那座山，得需要多少百万个世纪，即便只是把一立方英尺那么一块地方叼走呢？要想把整个山都叼走，得多少千百万年、千百万个世纪呢？可是对于永恒来说，在结束了我们刚刚所说的这个长久存在的时间以后，却也不曾减少一分钟。在永恒那无数亿万年、无数兆万年以后，基本上还没有开始。而假如那座山在都被叼走以后又重新长出来，假如那鸟又来慢慢叼走它，而它又重新长了出来，假如这座山持续这样进行，历经的次数就如同天上的星星、空气中的原子、大海里的水滴、树林里的树叶、鸟身上的羽毛、鱼身上的鳞甲、兽身上的毛发一样多，而在这巍峨的高山历经无数次生长和消灭以后，也仍然不能说永恒已经减少了一分钟：甚至到了那时，在经过了这样一段时间以后，在经过我们只要一想到这就会觉得头昏脑涨的无数亿万年的时间以后，永恒基本上都还没有开始。

———位神圣的圣者（我觉得他肯定是我们的一位前辈）曾经有机会亲眼看见了地狱里的景象。那场景就如同他在一个大大的客厅中间站着，大厅里黑漆漆的，特别安静，只有一只大钟嘀嗒的声音在耳边响起。那嘀嗒持续响着。这位圣者觉得那嘀嗒声似乎一直在对永远、绝不、永远、绝不这几个字进行重复。一直在地狱里待着，不可能到天堂里去；一直被上天的光照排除在外，不可能得到上帝的庇佑；永远在烈火中饱受折磨，遭到蛆虫的啃咬，被烧红的铁棍刺扎，不可能挣脱这些痛苦；一直倍受良心的鞭笞，因为记忆中尘封的往事而气恼不已，黑暗和绝望一直充斥着大脑，不可能逃脱；一直对那些把他们的快乐建立在他们所欺骗人的痛苦上的邪恶的魔鬼加以谴责和咒骂，赐福人类的神灵的一线光辉是不可能出现的；一直在烈火的深渊中呼唤上帝，希望能得到短暂的、哪怕只是一瞬间的喘息时间，可以暂时离这些恐怖的痛苦远远的，不可能得到哪怕是短暂的上帝的原谅；一直陷在痛苦的泥淖中，和所有快乐都绝缘；一直受到天罚，不可能得到救赎；永远、绝不；永远、绝不。哦，这种惩罚是多么骇人哪！这是存在于永恒中的无止境的痛苦，无止境的肉体和精神的双重折磨，毫无希望，没有停顿，这是永恒中的剧烈痛苦，一直变化万千的折磨，一种在吞噬一切的同时，又让被它吞噬的东西一直存在的痛苦，一种在撕裂肉体的同时，又永远带给人无以复加的精神上的痛苦，这种永恒中的每一片刻其实就是一种永恒的悲伤。犯罪的死去的人在无所不能的上帝面前所受到的恐怖的惩罚就这样的。

——没错，上帝是最公平的！因为人只能以人的理智为依据对问题进行考虑，所以就无法理解上帝竟会让一个只是犯下一件可悲的罪孽的人，却要忍受地狱的烈火的无止境的处罚。他们这样想的原因只是他们被肉体的错觉和人的单纯理解所蒙骗了，他们没办法对一种恐怖的罪孽的邪恶程度有真正的了解。他们这样想的原因在于他们不能对哪怕一个小小的罪行也具有如此罪恶和恶毒的性质有所了解，以至于无所不能的创世主知道，假如他只要对这样一种罪孽表示原谅，不处罚他，像一种小小的罪孽、一句谎言、一个生气的样子、一时的故意的偷懒等，他就可以把人世的所有苦难都终结掉，像战争、疾病、盗窃等各种罪行都包括在内。他，伟大的无所不能的上帝也不能这样做，因为一种罪孽无论是哪个层面的，都冒犯了他的法律，而假如上帝不去对冒犯他的法律的人进行处罚，他还叫什么上帝呢。

　　——撒旦和天使中的三分之一也只是因为一件罪恶，思想上一时的骄傲，就从无限尊荣的地位上跌落下去了。亚当和夏娃也只是因为一件罪恶、一时的糊涂就被逐出了伊甸园，而让人类也陷入痛苦中。为了对这一罪恶的恐怖后果进行挽救，上帝把他的独生子派到人间，活得很痛苦，最后死去时也很痛苦，在一个十字架上悬挂了长达三个小时的时间。

　　——哦，我的在耶稣基督面前的亲爱的小兄弟们，我们会对那个善良的赎罪人加以侵犯，让他生气吗？我们会再次对那已经被踩得稀烂的尸体进行践踏吗？我们会吐唾沫到那充满悲愁和热爱的脸上吗？我们也会和那些残忍的犹太人和粗鲁的士兵一样，对为了拯救我们经历着伤悲的恐怖的压路机的折磨的、善良和非常同情我们的恩人加以嘲讽吗？每句犯罪的话都在划伤他那娇嫩的肉体。每个犯罪活动都像一根毒刺深深地扎到他的头脑里面。每个故意接受的丑陋的思想都是在用长矛刺他的神圣的爱意满满的心。不可以，不可以。任何一个人都不能做这种让我们的神王受到伤害的事，会一直遭到永恒的痛苦的折磨的事，会让上帝的儿子再次被钉在十字架上的事，也是嘲讽上帝的事。

　　——我请求上帝因为我的这些普通的话，可以让那些受到上帝庇佑的人的信念更加坚定，可以让处在犹豫中的人的意志更加顽强，可以引领那些走上歧途的可怜的灵魂回到上帝的庇佑中去，假如这样的人还存在于我们中间的话。我向上帝祷告，你们也和我一起吧，让我们可以对我们的罪孽表示悔恨。现在我要你们所有人和我一起跪在上帝面前，在这个破败的小教堂里背诵悔恨的神训。现在，上帝就在那圣体盘中，他心中满是对人类炽烈的爱，正准备对所有痛苦的人进行安慰。放心好了。无论你犯了多少罪，也无论你的罪恶有多么严重，只要你可以忏悔，你就一定会得到原谅。不要让你的嘴被尘世的羞辱所封住，上帝依然是我们仁慈的主，他宁愿看到有罪的人臣服于他，可以继续生活，而不希望他经受永恒的死亡。

——上帝正在召唤你们。你们是属于他的。他是把你们创造出来的人。他用自己独有的方式，也就是上帝才有的爱来热爱你们。虽然你们可能已经有罪于他，可是他依然对你们热情有加。可怜的罪人们，可怜的、虚荣的、正在犯罪的罪人们，赶紧回到他身边去吧。现在时机正合适，现在正是时候。

那神父起身面向圣坛，在逐渐昏暗的光线中，跪在圣体盘前的台阶上。直到小教堂里所有人都跪下来，四周都安静下来。之后他抬起头，无比狂热地背诵着悔罪的祷词。孩子们跟着他一句句地念。斯蒂芬觉得自己的舌头到了上腭上，所以只得埋头在心里祷告。

  ——哦，我的上帝！

  ——哦，我的上帝！

  ——我从内心觉得愧疚——

  ——我从内心觉得愧疚——

  ——因为我冒犯了你

  ——因为我冒犯了你

  ——我对自己的罪孽悔恨有加

  ——我对自己的罪孽悔恨有加

  ——比对任何其他的罪恶都更加痛恨——

  ——比对任何其他的罪恶都更加痛恨——

  ——因为它们惹恼了你，我的上帝——

——因为它们惹恼了你，我的上帝——

——你是那样的值得我们——

——你是那样的值得我们——

——用我们所有的爱来爱你——

——用我们所有的爱来爱你——

——现在我想好了——

——现在我想好了——

——在你的神圣的关怀下——

——在你的神圣的关怀下——

——绝对不会再亵渎你——

——绝对不会再亵渎你——

——并自此开启新的生活道路——

——并自此开启新的生活道路——

晚饭后，他到楼上自己的房间去，想和自己的灵魂独处，每走上一级台阶，他的灵魂好像都要叹息一声。他的灵魂在叹息的同时，也跟随他的脚步前进，从一个昏暗、潮湿的地区穿过。

他站在楼梯口的门前，之后把那个陶瓷的门抓住，快速打开。他不安地等待着，他体内的灵魂已经变得非常萎靡，安静地祷告着，希望死亡不会在他跨过门槛时降临，在黑暗中等待的魔鬼将不足以制伏他。他安静地站在门槛前，似乎一个黑暗的山洞的入口正在前面等着他。很多人的脸，很多眼睛都出现在自己面前，它们都静默以待。

——当然我们都知道，尽管到最后，这事会水落石出，可是他却依然觉得很难让自己尽力去认可精神上的强大威力，因此当然我们也很清楚。

低声细语的很多小脸地安静地等待着：那黑暗的洞窟被低语声

填满。不管是在肉体方面，还是在精神方面，他都觉得很害怕，可是他依然勇猛地抬头，大步向房间里走去。一个门洞、一个房间，那个房间、那扇窗户依然没变。他静静地告诉自己，那些似乎来自黑暗的低语声是毫无意义的。他告诉自己，这只是他自己的房间，如今打开了而已。

他把门关上，快速跪到了床边，用双手把自己的脸蒙住。他的手冰冷，而且很黏，胳膊腿都异常得冷。疲惫的身体、失望的心情都让他焦灼不已，他的思想被完全打乱了。他跪在那里是出于什么原因，他为什么像个孩子一样念诵着晚祷词？他和他的灵魂独处，要对自己的良心进行一下检验，要当面直视自己的罪孽，要回忆一下他是什么时候犯罪的，是怎样犯罪的，当时是个什么情况，要为它们大声哭出来。他哭不出来。他无法将当时的情况完全回忆出来。他只觉得他的身体和灵魂都很难受，他的整个生命，他的记忆、意志、理解和肉体都已经累到失去知觉了。

这都要怪魔鬼，是魔鬼让他的思想被打乱了，是魔鬼让他的良心被蒙蔽了，是魔鬼在攻击他这胆怯的已被罪孽腐烂的肉体，于是他小心翼翼地祷告上帝，请求他原谅自己的无能，爬到床上去，用毯子紧紧包裹住自己，又用双手把自己的脸蒙住。他已经犯罪了，他当着上帝的面，违背了上天的意旨，已经被深深的罪孽所包围，他已经没有资格用上帝的孩子自称了。

那些事怎么可能是他斯蒂芬·迪达勒斯干的。他的良心发出一声叹息，算是给出了答案。没错，那些事是他干的，是他私底下偷偷地干的，而且还干了不止一次，而他因为过于顽固，当着圣体盘的面，当他的肉体里的灵魂已经变得极其腐朽时，竟然还装作很神圣的样子。怎么可能，上帝当时竟没有击毙他？如今他的身边围着那帮和他一起犯罪的混蛋们，他们从各个方向涌向他，对着他呼吸。他想开始祈祷以把他们忘掉，他用力把自己的双臂抱在一起，低头去把自己的眼皮锁住；可是灵魂的感官是根本锁不了的，虽然他紧紧把眼睛闭上，那些他曾经的犯罪场所依然出现在他的眼前，虽然他用力把自己的耳朵捂住，可是他却仍然可以听到。他深深地希望自己听不到任何东西，也看不到任何东西。他的愿望是如此强烈，以至于他的全身都开始发抖，他的灵魂的感官也暂时被压抑住了。可是它们只是压抑了一小会儿，接下来又全部打开，他又可以看到了。

一片立起来的野草、荨麻和一束束蓟草的田野出现在他的眼前。在那一丛丛臭味熏天的脏乱的野草中，可以看到很多歪歪扭扭的罐头盒和一卷卷的干屎。在一片杂草丛生的环境中，燃烧着一点微弱的沼气的光。在那破罐头盒和已经结出硬壳的粪便上，无力飘动着和那光一样微弱而恐怖的一段臭味。

田野上有一些人，他们三五成群在地田野上活动。他们是长着人脸的和山羊形似的人，眉头如同犄角，少得可怜的胡子像橡胶一样，灰灰的。他们奔跑在田野上时，冷漠的眼睛里迸射出凶狠的光，身后还拖着长尾巴。似乎有一种灰色的光从那张冷漠无情的嘴里散发出来，将他们瘦弱的、衰老的脸照亮。他们中有一个人正拉过来一件破旧的法兰绒背心，以把自己的肋骨盖住，另一个人不停地抱怨着，说他的胡子和一丛丛野草缠到了一起。当他们围着田野不停地转圈时，一阵阵柔柔的低语声不时从他们干枯的嘴唇边发出来，他们游荡在野草丛间，长长的尾巴摇晃着。他们慢慢地转着圈，圈子越来越小，越挤越紧，依然有低低的说话声从嘴里发出来。已发霉的稀屎沾到了他们长长的摇摆着的尾巴上，他们用力向上仰着恐怖的面孔——

救命啦！

——他疯了一样把毯子扔掉。那就是他的地狱。他因为罪孽以后会下什么样的地狱，上帝已经展现在他的眼前：臭气熏天，处处是野兽的气味和疠疫，这是放荡的山羊魔鬼的地狱。这也正是他将来要去的！给他准备的！

他立刻翻身下床，他似乎闻到了那股难闻的味道，他的内脏不由得纠结在一起，让他直想吐！空气！从上天而来的气息！他蹒跚着跑向窗口，大口大口喘着气，因为恶心，他差点要晕过去了。站在洗脸盆的他觉得肚子里一阵翻涌，双手把自己冷冰冰的额头抱着，开始大口大口呕吐，把胃里的东西全都吐空了。

呕吐完了以后，他蹒跚着走到窗口，把窗格推起来，靠着窗框，在窗口的一边坐下来。雨已经没下了，点点灯光间飘动着阵阵雾气，在这氤氲着的浓雾中，整个城市好像正用黄色的烟尘给自己打造一个柔软的壳。天空安静极了，微光闪闪，空气格外清新，和浇透阵雨的树丛中的空气一模一样。在这安静、微光闪闪的清甜的气息中，他和自己的心灵达成了一致。

他开始祈祷：

——原本他想让我们披着天堂里的荣耀降临人世，可是我们犯罪了。那时他只能把自己的威严和神光掩盖住，不能随心所欲地来拜访我们，因为他是上帝，因此他不愿意把自己的力量显现出来，每次出现时都表现出很虚弱的样子，之后他让你——一个生灵——代表他，让你拥有和我们相一致的一个普通生灵的普通的外貌和光环。如今，亲爱的母亲，不管是你的脸面，还是你的形态，都会让我们不自觉地想到永恒，你的美和尘世的美不一样，只需看一眼，就会让人置身于危险的境地，而不像代表你的晨星那样赏心悦目，周身都散发着美好的气息，让人联想到天堂的福祉，让心灵变得平和。哦，光明的白昼的使者！朝圣者的丰碑！依然像过去一样引领我们前行吧。在这黑乎乎的夜晚，从荒野里走过，引领我们向我主耶稣走去，带着我们回老家吧。

他的眼眶里蓄满了泪水，他什么也看不见了，他恭敬地抬头看天，哭诉他失去的天真。

傍晚时分，他从家里走了出去，刚一和湿润、阴暗的空气相接触，刚一听到门被带上时门框所发出的声音，他那因为祈祷和哭泣暂时得到缓解的良心再次开始疼痛。忏悔！忏悔！仅仅用眼泪和祈祷来抚慰自己的良心是远远不足的。他一定要在圣灵的侍者面前跪下来，把他一直隐藏的罪孽坦率而懊悔地讲出来。当他再次把街门推开走进去，在街门的脚板和门槛响起摩擦声以前，当厨房里的晚餐再次摆到饭桌上以前，他一定要跪下来忏悔。事实上，这很简单。

他的良心已经不痛了，他从黑暗的街道穿过，快速往前走着。街边人行道上铺路的石块有那么多，那个城市里的街道又有那么多，整个世界上的城市更是很多。可是永恒是无边无际的。他已经犯下了滔天的罪过。虽然只犯了一次，可是那罪孽也是不可饶恕的。竟然在一刹那间就犯下了罪孽。可是为什么会这么快？只需要看一眼或想着看一眼就可以了。你的眼睛一开始其实是看不见的，可是后来看见了，之后就在一刹那间，事情就发生了。可是一个人的身体的那一部分有它自己的知觉吗？还是其他什么情况？那毒蛇，那田野中最狡猾的畜生，当它在某一瞬间突然有了自己的欲望，之后还可以让欲望持续下去时，它一定是有它自己的知觉的。它有感觉、知觉，还有欲望。这件事实在是太恐怖了。人体近于禽兽的那一部分，是谁让他拥有禽兽的认知和欲望的？到底是他自己，还是其他东西在产生作用，比如被一个卑劣的灵魂所掌控的某一种非人的东西？只要想到有个麻木的如同蛇的生命以吸吮它的生命的稚嫩的骨髓为依靠，来让自己的生命持续下去，并以情欲的浆汁为依靠，来让自己生长发育时，他的灵魂便觉得恶心至极。哦，这种情况为什么会出现呢？哦，究竟是什么情况？

他在他思想的阴暗的角落里躲起来，觉得愧对创造一切、创造所有的人的上帝的威仪。太疯狂了！这样的思想在什么人身上有呢？惭愧地在那黑暗中趴着，安静地向他的守护神祷告，请求他用他的宝剑把正在向他小声诉说的魔鬼赶走。

低语声停了下来，这时他已经很明白，在思想、言论和行动方面，他的灵魂没有受到任何胁迫，而是甘愿以他的肉体为媒介，犯了下很多罪行！赶紧去忏悔！他一定要为他的每一种罪孽忏悔。他怎么能当着一个神父的面，把他做过的所有事情都说出来呢？可是他只能这样做。他怎么才能讲清楚所有事情，而自己不羞愧得死掉呢？或者说，他怎么会做了那么多事情，却一点都不觉得惭愧呢？真的是要疯了！赶紧去忏悔吧！哦，那他可能真的会再次恢复自由，成为一个无辜的人！可能那神父会知道的。哦，亲爱的上帝！

他从一条条昏暗的街道穿过去，迅速跑向前，一分钟都不敢耽搁，生怕有点显得他现在不愿意笔直地走向正在等待他的命运，还担心赶到他现正迫切想去的地方。当上帝宠爱一个灵魂，当上帝爱怜地看着它时，它的美简直无与伦比。

马路两边有很多卖花姑娘，面前都摆放着花篮。她们的板结的头皮在额头上披散着，蹲在泥浆里的她们，看上去全无美感。可是上帝正在顾盼她们的灵魂，假如上帝宠爱她们的灵魂，那么她们就会散发出动人的光彩：她们是受到上帝的宠爱的，是被上帝所看到的。

只要想到他竟然会堕落，并觉得在上帝面前，相比之下，她们的灵魂要比他的尊贵，他立刻觉得灵魂被一股伤痛的风凉凉地吹过。那风掠过他吹向前方，一直向无以计数的其他人的灵魂吹过去，那些灵魂都在一定程度上得到上帝的恩宠，他们如同一些可能持续存在，可能快要消失的星星一样时亮时暗。那些发光的灵魂有的将继续存在下去，有的已经快要毁灭了，有的已经不见了，在一股让人苦涩的微风中，它们混合在了一起。可是有一个灵魂遭到了上帝的抛弃，一个很小的灵魂：那就是他自己的。它发出一点微光，不过很快消失了，被大家忘在了脑后，永远消失了。它就以这样昏暗、冷漠、枯燥的方式结束了。

从一大片昏暗、知觉消失、无人生活的土地穿过，他的心头又有了对地域的概念。他周围荒凉的景色太冷酷了，依然是他时常听到的话语声，可是店铺里有煤气灯在燃烧，有鱼虾，有酒精，还有潮湿的锯末发出的味道，以及穿梭的男人和女人。一个老妇人拿着一个煤油罐，正准备横过街。他弯腰询问附近有没有教堂。

——教堂，先生？有的，先生。教堂街那里就有一座。

——教堂街？

她换了一只手拎油罐，好给他指路。当她从她的披巾下面把她那油腻腻的干枯的右手举起来时，他便低下了头，因为听到她的声音，他觉得很难过，又觉得欣慰。

——谢谢你。

——不用客气，先生。

高高的祭坛上的烛光已经没有了光亮，可是在那昏暗的殿堂中，仍然飘动着敬神的香的香味。一脸虔诚的留着胡子的工人们正抬着一个圣坛的顶盖从旁门出去，教堂里的司事边用手比画着，边讲几句话和他们一起搬运。只有少数几个虔诚的信徒还待在殿堂旁边的一个圣坛前面祈祷，或者跪在忏悔间旁边的板凳前。他亦步亦趋地走过去，跪在最后一条板凳边，他很高兴教堂里这么安静，而且那空气也散发着香味。他跪着的那个木板特别窄，也很旧了，在他身旁跪着的那些人都是些地位比较卑微的耶稣教的信徒。耶稣自己也是贫穷家庭出身，曾经在一家木工作坊里干活，锯木板和刨木板。他最先把上帝的天国的福音讲出来时，所面对的也是一些穷苦的渔民，他教导所有人都要温良、恭顺。

他低头抱头，要求自己的心也要变得温良、恭顺，这样他就和那些跪在他身边的人没什么两样了，他的祷告也就会和他们的祷告一样，得到上帝的认可。他跪在他们身边祈祷，可是他觉得很难。罪恶已经玷污了他的灵魂，他不敢像他们一样真诚地请求上帝原谅自己。上帝的意旨太让人难以理解了，他们那些人却正是耶稣最先要召唤的人，那些木工、打鱼的人，做着某种低贱的职业的穷苦的简单的人，他们那些人每天做的事就是搬弄木头、砍削木头，对他们的渔网进行修补。

从过道里经过了一个身材魁梧的人，不由得打扰到了那些忏悔的人。直到最后，他快速瞥了一眼，映入眼帘的却只有一把灰色的长胡子和一身托钵僧穿的棕色的服装。那神父一进入忏悔间，外面的人就看不到了。两个忏悔的人起身向忏悔间走去，随即带上木头滑门，大厅里的宁静随即被一阵细小的低语声打破了。

他血管中的血液迸发出喃喃声，那声音似乎从一个正在睡眠中被召唤去接受最后审判的犯罪的城市而来。微弱的火花纷纷坠落，粉状的灰烬缓缓落下，都落在人们的房屋上。受到惊扰的他们惊醒过来，觉得那被烧热的空气实在太难闻了。

滑门再次被推开。那个忏悔的人离开了忏悔间。远处的那个也被拉开了，一个女人步履轻盈地走进了刚刚那个忏悔人下跪的地方。又有一阵细微的喃喃声响起。

他现在还有时间从这座教堂里离开。他可以起身，把一只脚移到另一只脚前面慢慢走出去，之后从一条条昏暗的街道快速跑过去，跑，持续往前跑。他还有时间不受到羞辱。如果不是这种罪孽，无论犯下其他什么恐怖的罪行也行啊！即便是杀了人！火花纷纷坠落，他觉得身上处处都是，卑鄙的思想、言语和行为。他整个人都被像不停坠落地燃烧着的灰烬一样的羞辱盖住。如今要把它说出来！他那觉得无法呼吸的灵魂会因此无法再继续下去了。

　　那滑门再次被拉开了，从忏悔间的那一边走出来一个悔罪的人。附近的这个滑门又开了，等那个悔罪的人出去以后，另一个悔罪的人就进去了。从忏悔间传出像烟雾一样的低语声。这是那女人的声音：温柔的像雾一样的耳语，温柔和像烟一样的耳语，只持续了一会儿就又慢慢不见了。

　　在椅子的扶手下，他悄悄用力敲打着自己的胸膛，不久，他就要和上帝同在了，就像别人一样。今后，他一定好好爱他的邻人，爱创造他并对他充满热爱之情的上帝。他会和其他人一样跪着祷告，并从中感受到着幸福的滋味。上帝会注视着他的其他的人，并热爱他们所有人。

　　其实很容易就可以变成好人。上帝会把轻盈而美好的轭加在人身上。一个人不犯罪当然是最好的，一直都以孩子的面貌示人，因为上帝对小孩子充满热爱之情，而且愿意让他们围着自己。犯罪真的是一件特别恐怖，而且很伤感的事情。可是对于可怜的犯罪人，只要他们愿意真心忏悔，上帝也会非常仁慈地对待他们。这话真是一点都不假！这才是真正的仁慈，最大的仁慈。

　　那滑门突然又关上了，那个忏悔的人已经从里面走出来了，接下来就是他了。他一脸惧怕地站起来，一脸迷茫地走向忏悔间。

　　这一刻终于到了。在那安宁的、昏暗的空气中，他跪了下来，抬头看着头顶上方的白色的十字架。他的心痛上帝一定是看得见的，他准备一五一十地说出他所有的罪孽。他的忏悔一定会持续很长时间。他到底是一个什么样的罪人，现在教堂里的所有人都会知道了。他们知道就知道吧，这是不可否认的事实。可是上帝已经承诺他，只要他真正忏悔就会原谅他。如今他是真正忏悔了。他双手交握，向那白色的神像举着，虔诚地祈祷，虽然眼前发黑，全身颤抖个不停，他依然没有放弃，在哭泣声中祈祷，并像一个遭到上帝遗弃的生灵一样，不时地摇动着他的头。

——忏悔！忏悔！哦，我忏悔！

伴随着吱呀一声，那滑门被推开了，他的心立刻跳到了嗓子眼。在面前的木格子那边，一位老神父的脸出现在他的眼前，他没有和他面对面，却是靠在一只手上。他用手势请求神父为他祈祷，因为他已经犯罪了。之后他埋下头，一脸害怕地背着忏悔词。当背到最令人叹息的错误的时候，他屏住呼吸，停了下来。

——你上次忏悔是什么时候，我的孩子？

——已经过去很久了，神父。

——有一个月，我的孩子？

——比这个更长，神父。

——三个月，我的孩子？

——还要长，神父。

——六个月？

——八个月，神父。

他已经开始了。那神父问道：

——从那以后，还有什么事情存在于你的脑海里呢？

他开始对自己的罪孽进行忏悔：该去参加的弥撒他没有参加，该做的祷告他没有做，说谎话。

——还有其他的吗，我的孩子？

发脾气的罪、对别人心生嫉妒的罪、爱慕虚荣、爱吃、不懂事等等。

——还有什么其他的吗，我的孩子？

现在只有这个办法了，他小声说：

——我——犯过淫乱罪，神父。

那神父并没有转过来看他。

——对象是你自己吗，我的孩子？

——还有——和别的人。

——和女人，我的孩子？

——没错，神父。

——她们结过婚吗，我的孩子？

他也不清楚，他接连不断地把自己的罪行说了出来，就像从他那已经腐烂发臭的灵魂深处流出来一滴一滴卑鄙的脓血，汇聚成一条罪恶的河流。最后的一桩罪孽也缓缓流了出来，臭气熏天。他该讲的都已经讲完了，他低下了头，整个人都瘫软下去。

那神父一句话也没说。之后问道：

——我的孩子，你今年多大？

——十六，神父。

那神父不停地摸着自己的脸，同时扶着自己的额头靠在木格子上，眼睛依然看着其他地方，用疲倦且苍老的声音清清楚楚地说。

——你还很年轻，我的孩子，他说，我现在请求你一定要把那种罪恶放到一边。那种罪恶实在是太恐怖了，它会让你的肉体受到严重的伤害，也会让你的灵魂受到伤害。很多罪孽和不幸都来源于此。看在上帝的面上，把它舍弃了吧，我的孩子。这是一种卑鄙的行为，一个男子汉是不应该这样做的。你没办法知道这种卑鄙的习惯会让你走向一条什么样的道路，也没办法知道在什么时候它会让你觉得无地自容。假如你还继续这样下去，我可怜的孩子，那么你就会在上帝的眼里失去价值。赶紧向我们的圣母玛利亚祷告，请她给你提供帮助吧，我的孩子。只要你的头脑产生了那种罪恶的思想，你就向我们的受到上帝祝福的圣母祷告吧。我相信你一定会那样做的，对吗？你很懊悔你曾经所犯的所有罪恶，我相信你肯定是那样的。现在你应该在上帝面前发誓，在他的神恩的帮助下，你以后将不会再犯下那种卑鄙的罪恶，进而亵渎上帝了。你非常愿意在上帝面前发誓，对不对？

——我很愿意，神父。

那疲倦又苍老的声音温柔地浇在他那发烧的、战栗的心脏上，那是一种既甜蜜又哀伤的感觉。

——那就这样做吧，我可怜的孩子。魔鬼已经让你走上了不正确的道路。假如他再来蛊惑你，想那样对你的肉体进行玷污，那你就把他赶到地狱里去——他是对我们的主充满憎恨的最恶毒的精灵。现在在上帝面前发誓，从此以后你一定要把那种罪恶，那种极其卑鄙无耻的罪恶舍弃掉。

他的眼睛被眼泪和上帝的原谅的光所蒙住了，那神父为了给他赎罪，还在念祷词，他低头去仔细聆听。他还看到他把手举高高举起，在他的头顶做一个表示原谅的手势。

——愿上帝祝福你，我的孩子。为我祈祷吧！

他在昏暗的大殿的一个角落里跪下来祷告，把自己的懊悔之情都说出来。现在从他已经得到净化的心中。他的祷词如同一朵白色的玫瑰花心中散发出的芬芳一样飞上天。

泥泞的街上昏暗不已，他大踏步地走在回家的路上，他觉得他的全身都被无形的神恩所浸染，使得他的肢体也变得非常轻盈。无论如何最后他终于那样做了。他已经在上帝面前忏悔，上帝已经原谅了他。他的灵魂再次变得神圣而充满荣耀。

只要上帝愿意，即便现在让他死去，他也很高兴。在上帝的照拂下，很高兴可以过一种安宁、高尚和可以容忍所有人的生活。

他在厨房的火炉旁坐下来，因为觉得很幸福，他几乎一个字都不敢说。直到现在他都还不了解，生活竟然可以变得如此安宁和美好。电灯上方因为围了一张绿色的薄纸，所以整个屋子都被柔和的阴影所填满。碗橱上有一盘香肠和白色的蛋糕，架子上还有很多鸡蛋。等明天早晨在学校的教堂里举行过圣餐会之后，就可以把这些东西当作早餐。白色的蛋糕和鸡蛋，香肠，还有热茶。现在看来生活真是太好了！等待他的还有各种生活。

他睡着了，还做了个梦。在梦中，他起身看到已经是清晨了。在一个没有睡着的梦中，他走在安宁的街道上，走向学校。

所有的孩子都已经到了，在各自的位置上跪着。他跪在他们中间，觉得既美好又害羞。一束束芬芳的白色花朵摆在圣坛上。在微光之中，可以看到白色花束中的蜡烛发出了白色的光，是那么澄澈，就像他自己的灵魂一样。

他和他的同班同学们都在圣坛前面跪着，在一排用人手组成的活的栏杆上，他们共同把圣坛上的布扯开。他的手颤抖着，当他听到那神父拿着圣餐盘，给那些参加圣餐会的人挨个递圣餐的时候，他的灵魂也不由得开始颤抖了。

——Corpus Domini nostri.[1]

这能做到吗？他清白地跪在那里，同时又有些害羞，他要把圣餐面包稳稳地放在自己的舌头上，之后上帝就可以以此抵达他那已经得到净化的身体里面。

——In vitam eternam.Amen.[2]

这是截然不同的另外一种生活！一种得到神的庇护的道德和幸福的生活！这所有的都是真的。这并不是一个转瞬即逝的梦，过去的已经成为历史。

——Corpus Domini nostri.

神父把圣餐盘递给他。

---

[1] 拉丁文：我们的主的圣体。——译者注
[2] 拉丁文：在永恒的生命之中。阿门。——译者注

四

通常情况下，星期天都是举行神圣的对三位一体的各种礼拜仪式的日子，星期一是为圣灵举行礼拜仪式的日子，星期二是为守护神举行礼拜仪式的日子，星期三是为圣约瑟夫举行礼拜仪式的日子，星期四是举行圣坛上最能得到神宠的圣餐仪式的日子，星期五是为受难的耶稣举行礼拜仪式的日子，星期六是为受神恩的圣母玛利亚举行礼拜仪式的日子。

每天早晨，他自己的灵魂都会再次在一个神圣的神像前，或某种神秘的仪式上得到净化。他每天做的第一件事就是非常勇敢地、清晰地提出他度过的所有时间的思想或行为，想要主教关心自己，每天一早就参加一次弥撒。他那坚定的虔诚的信念在清冷的早晨的空气的渲染下，更加坚固了。当他和极少几个礼拜的人在旁边的圣坛前跪下来，把自己插着白页的祷告书翻开，和神父一起小声念诵诗词的时候，看着代表《新约》和《旧约》的两支蜡烛间的阴影中的、穿戴整齐的神父，他时常会觉得自己似乎是在那里参加一次地下弥撒。

他每天的生活环境都充满着浓浓的宗教气息，通过向上帝的呼号和祈祷，他非常大方地为许多在炼狱中的灵魂争取到了不少悔罪的日子，如果把那些日子合计到一起，都有好几个世纪了。可是他这样不费吹灰之力就赢得的难以想象的很多年的悔罪期只是让他觉得精神上获胜了，并不能够完全对他祷告时所付出的热情进行弥补，因为他不可能知道，他这样为那些受罪的灵魂代做祈祷，到底可以让他们肉体上的处罚减少多少。他担心在那和地狱之火的仅有的一个差别只是并不是一直燃烧的炼狱之火中，他的悔罪所起到的作用可能也只是微乎其微，所以他必须强迫自己的灵魂每天要进行更多的善举，甚至比上帝的要求还多得多。

当他站在如今的角度上，对他生存所必须完成的任务来划分他的时间，并让划分出的每一个时间都以自己的一个精神中心为核心。他的生活好像离永恒越来越近了，他的所有思想、言论、行动和头脑中的所有思绪好像都可以在天堂中熠熠生辉了。对于这种产生强烈反响的感觉，有时他觉得很清晰，这让他觉得他那忠诚的灵魂好像可以像手指一样把一个巨大的现金自动出纳器的键盘按动，并看到他直接把天堂的财富的数量送进去，可是出现在他眼前的不是数字，而是缓缓上升的香烟的烟柱，或稚嫩的花朵散发出来的味道。

他还时常念诵玫瑰祷词——因为他老是把拆散的念珠装在裤兜里，这样在街上行走的时候他也可以祈祷——那念珠都变得和尘世所有的各种花冠都不同，他觉得它们好像没有名字，也没有味道，没有颜色。每天在神前，他都会把他的三串念珠的祷词念完，以期在神学所要求的三种品德方面，他的灵魂可以日渐强大，一是对于曾经创造他的天上的圣父的信念愈强，二是对于曾经为他赎罪的圣子的希望更甚，三是对于曾经为他牺牲的圣灵的更加热爱。他通过圣母玛利亚，打着她的快乐、忧伤和光荣的神秘仪式的旗号，每天三次向那三个神灵进行他的三重的祷告。

一周七天，他天天都持续祷告圣灵，希望他的七种神恩中的一种可以降临到他的灵魂上，并从他的灵魂中逐步把过去让他堕落的那七种恐怖的罪孽赶走。他请求每一种神恩的降临刚好在他指定的那一天，而且深信它一定会降临到他的身上，尽管有时他也觉得这好像有点奇怪，为什么在性质上竟然要如此清楚地划分智慧、理解和认知呢，以至于得逐个祈求这三者。可是他也深信，等到他的精神生活发展到某一个阶段，这个问题就不再是问题了，到那时他的犯罪的灵魂将不再像从前那么软弱，并得到崇高的三位一体的圣灵的启迪。因为看不见的圣灵居住的地方是那么安宁，所以他更加敬畏、也更加笃定这一点。代表圣灵的是一支温和的鸽子和一阵狂暴的飓风，谁如果对圣灵犯罪，那么是不可能得到原谅的，他是一种永恒的、神秘的神明，每年所有的神父都要像对上帝一样，把绘有火舌的红色的袈裟穿上，给他举行盛大的弥撒。

他大概已经从读过的各种劝人臣服于上帝的书籍中看到了表现三位一体的三个神灵的性质和关系的形象——圣父像对着一面镜子一样，和永恒相对，默默思考着他自己的神圣的神威，因而永恒的圣子就永恒地产生了，接下来，永恒的圣父和圣子中就出现了圣灵——因为这一形象具有神秘的威仪，他觉得这种说法好像更容易让人接受，和那种觉得上帝自从无限的永恒以来，在他出生的几个世纪以前，就已经有热爱他的灵魂在这个世界开始存在的几个世纪以前存在的说法相比。

在舞台上和讲台上，他曾经听人非常严肃地把各种爱和恨的名称讲出来，也曾经看到过不少书非常严肃地把那些名称提出来，可是他一直不明白的是，为什么他的灵魂却前所未有地觉得难以容忍这些名称，也没办法强迫自己心甘情愿地把这些名称说出来。他时常会产生一种短暂的气愤感，可是他从来也不能让那种愤怒变成一种时刻围绕在他身边的情绪，而总是觉得自己不久就要摆脱那种情绪，似乎那只是自己身上极容易褪掉的一层外壳或一层皮。他曾经觉得他的生命里有一种微妙、昏暗、小声倾诉的东西，并激荡起他心中短暂、邪恶的淫欲，这种淫欲时常不会被他所控制，让他的心灵变得淡漠而干净。在他的灵魂中好像仅有的一个可能出现的爱和恨，就是这个。

　　可是，既然从无限永恒以来，上帝自己已经用他神圣的爱包裹着他的灵魂，如今他就不能再否认爱这个现实了。当他的灵魂具有越来越多的精神方面的知识的时候，他觉得整个世界已经慢慢表现出了上帝的神威和爱的巨大。生命已经变成一种神赐，他的灵魂应该对所经历的每一分每一秒，以及每一种感受，哪怕只是向树上悬挂的一片小叶子投去的一瞥，都应该无限称颂和感谢它的创造者。尽管现实世界有那么多实实在在存在的东西，尽管它们是那么复杂，可是对于他的灵魂来说，它只是代表着神威、爱和无所不在的神性。他的灵魂是那么完善和不可辩驳地了解神意的方方面面，他简直难以理解他还有必要再生存下去吗？可是那一定是神的意旨的一个方面，至于有什么目的，像他那样一个相比任何人，他都更严重地冒犯了神的意旨的人，又怎么敢提这个问题呢？因为意识到这永恒的、随处可见的、完善的现实，他的灵魂已经变成非常温顺了，于是它再次承担起通过弥撒、祷告，圣餐和悔罪，来把自己虔诚体现出来的责任，也只有到这时，自从他开始思考爱情这个庞大的主题，他才首次觉得在他心中存在某种温暖的东西，似乎是灵魂本身的新生的生命或某种新的品德。对于他来说，对神圣的艺术感到狂喜的样子、微微分开举起的双手、似乎一个快要昏厥过去的人把嘴唇和眼睛微微张开，都变成了在造物主面前非常恭顺的正在祈祷的灵魂的形象。

　　可是，他早就察觉到精神上的关系可能带来的危险，他要求自己任何时候都要虔诚地对待上帝，不能有丝毫的怠慢，并随时通过强烈的忏悔来对自己罪孽的过去进行清洗，可是他无意让自己进入危险重重的圣洁的地步。他竭尽全力对自己的每一种器官都进行着严格的制约。为了对他的视觉器官进行约束，他制定了这样一个规矩，在街上走路的时候，两只眼睛只能看地，不能看向其他任何方向。他的眼神永远不能看向任何一个女人。有时他也必须通过自己的顽强意志来对它们的活动进行干扰，就像在一句话还没有说完的时候，就得突然把眼抬起来把书合上一样。为了对听觉的感官进行约束，他完全不理会他当时嘶哑的嗓子，他既不唱歌也不吹口哨，而且对于那些让他的神经难受的噪声，比如在砂轮上磨刀，用煤铲在地上踩煤渣，或用数字打地毯等的生意，他也完全不闪躲。他觉得在约束味觉的感官方面会遇到更大的困难，因为他发现他天生并不厌恶那些难闻的味道，无论是外在世界的像粪堆和烧焦油等各种恶臭味，还是他自己身上的各种臭味，他已经对他自己身上的各种气味做过不少奇怪的实验了。最后他发现只有一种气味会引起他的嗅觉的不适，那就是那种存放很久的像人尿一样的腐烂的臭鱼的味道，所以只要有条件，他就一直让自己闻这种味道。为了对他的味觉的器官进行约束，在饭桌上，他严格遵守一套办法，严格执行教育斋戒的规定，而且尽可能让自己的思想不集中，不要去关注任何饭菜的味道。可是，他约束他的触觉的办法才最明显表现出了他的创造发明的才能。他睡在床上的时候从不刻意地改变姿势，坐的时候也一定采取最难受的姿势，对于自己身上任何地方的瘙痒和疼痛，他都带着悔罪的心情忍受着。冬天离火炉远远的，做弥撒的时候，他一直都跪得很端正，除了对福音的那一部分进行宣布以外。擦脸时，他总是不完全擦干脸和脖子上有些地方，以遭到冷空气的侵袭，以及任何时候假如没有数着念珠祈祷，他就一定让自己的双臂僵硬地挂在自己身体的两边，就像长跑运动员一样，而不把它们插在口袋里或背在身后。

　　重犯那重大罪孽并没有对他起到蛊惑作用。可是让他惊讶的是，在长久进行这种复杂的将虔诚和自我约束表现出来的活动以后，他却极易犯下很多丝毫没有价值的孩子的失误。对于克制自己愤怒的感情，他的祷告和斋戒毫无意义，有时他母亲咳嗽一声，或者有人影响了他在上帝面前祈祷，他都会很愤怒。要想把这种冲动抑制住，不因为这种可厌的影响而大动肝火，他时常要动用强大的意志力。过去，他时常发现因为一点小事，他的老师们很生气的样子，像他们扭动的嘴、闭得紧紧的嘴唇和涨得通红的脸，他现在又看到了这些，虽然他曾经用尽力气压抑自己，可是两者相对比之后，他却依然觉得很失望。对于他来说，相比实行斋戒或整日祈祷，让自己的生活和他人的生活交汇到一起的难度要大得多，也正因为他时常没办法做到这一点，所以他对自己有怨气，因此就会有一种精神枯竭的感觉和诸多疑虑出现在他的灵魂深处。他的灵魂曾经经历过一段艰难的日子，那时的圣餐仪式自身好像都变成了干涸的源头。很多让他良心难安的没有悔悟的失误让他的忏悔有了逃避的空间。事实上，他接受了一些圣餐，并不能让他的心情变好，就像他参加的某些神圣的圣餐会快要结束时，他有时得到的那种精神上的沟通所带给他的感受。在参加这种仪式时，他往往会把一本圣阿方萨斯·尼戈写的一直以来都没有得到人重视的破败不堪的书带在身上，那书的字迹已经快看不清了，纸张也发黑了，而且上面黄迹斑斑。在这本书里，赞歌的意象和圣餐参加人的祷告词相互交汇，只要一读这本书，他便好像有这样一种感觉，他的灵魂把一个充满爱的热情和纯洁感受的已经完全凋零的世界召唤来了。一个无声的声音好像在对他的灵魂进行抚慰，跟她说了不少名字和光辉的事迹，跟她说离开这里去寻找婚配，跟她说从阿玛纳和处处是豹群的崇山峻岭中，怀着求偶的心情看向前面，而他的灵魂好像也有一

种无声的声音回复他，并表示愿意把她自己的一切都献出去：Inter ubera mea commorabitur.[1]

对于他来说，这种把自己的一切都贡献出来的思想，是极具危险性的诱惑，因为他现在觉得一种一直存在着肉欲的声音再次影响着他的灵魂，在他祈祷和沉思的时候，那个声音又再次出现在他的耳边。这让他明显觉得自己很强大，因为他知道他如果愿意，他只需要改变一下自己的思想，就可以马上把他做过的一切都推翻。他好像觉得，他光着的脚边正流过来一个缓缓地水浪，而他正等着那无声的、柔弱的浪花和他发烧的皮肤相接触。然后，就在他差不多要和水浪接触的那一刻，就在他差不多要罪恶地认可时，完全通过自己的意志产生作用，或者通过自己大声地尖叫，他发现自己已经离那水浪远远的，在一片岸上站着了。接下来，看到那水浪的银色的边缘已经远离他了，看到它又开始慢慢流向他的脚边，他知道他并没有妥协，自己前面做的并没有白费，于是又非常激动地满意自己的坚强。

在他不止一次从那洪流的诱惑躲开以后，他的心情愈发烦躁，连他自己都不知道，他这样尽心竭尽保护的神圣会不会被一点点侵蚀。如今，相信自己自那以后洁净的信念已愈来愈不清晰，取而代之的是一种模糊的害怕，他觉得在不知不觉当中他的灵魂已经慢慢堕落了。为了让他过去相信正受着神灵庇护的信念得以恢复，他不惜竭尽全力反复告诉自己，只要遇到诱惑，他都曾经向上帝祷告，相信他所祈求的神恩一定会降临到他的身上，因为在那种情况下，上帝也必须满足他的祈祷。因为诱惑时常发生，而且发生时程度很激烈，最后他完全相信，据说圣徒等都曾经经历过各种考验的说法是真实的。频繁和强烈的诱惑足以对他的灵魂的堡垒直到如今还很坚定进行证明，所以魔鬼才持续不断地攻击他。

[1] 拉丁文：意为："让他安卧在我的两乳间。"——译者注

　　每当他时常忏悔自己的各种疑惑以后——说自己祷告时没有专心，说自己在灵魂深处曾经因为一件很小的事情而大动肝火，或者在自己的言语和行动中把自己的固执表现出来，等等——他的忏悔神父总要他再说一遍他过去的罪孽，之后再为他举行赎罪仪式。他只能怀着非常羞愤的心情再说一遍，并再三对那些事情表示悔恨。尤其让他感到羞愤的是，如今的他觉得，无论他过的生活是多么神圣，或者无论在品德方面他是多么的完美，他都永远也不可能完全把过去的罪孽清洗掉。他的心中将永远有一种令人不安的犯罪感：他会忏悔、悔恨，然后得到赎罪，再忏悔，再悔恨，之后再得到救赎，可是不可能出现最后的结果。可能头一次因为他害怕地狱使得他快速做出的忏悔是和上帝的意旨不符的？可能当时因为他只是担心马上要降临的天罚，所以对于他的罪孽他并没有感到真正的难过？可是，他知道，在生活中洗心革面才能证明他的真诚忏悔以及他对自己的罪行深感悲伤。

　　——在生活上我已经洗心革面了，难道不是吗？他这样问自己。

　　那忏悔神父背向着阳光站在窗口，一只胳膊靠在棕色十字窗帘上，当他微微笑着，同时用手摆弄着另一个窗帘的绳子，套圈玩儿的时候，站在他面前的斯蒂芬不停地看着外面屋顶上越发昏暗的长夏的日光，或者看着那神父缓缓移动的灵活的手指。神父的脸都被阴影所笼罩，可是来自后面的马上就要消失的日光却和他深陷的太阳穴和两边弧形的头骨相映照。斯蒂芬也仔细聆听着那神父时断时续的说话声，这时他正严肃而热情地说着一些毫无意义的话题，刚刚结束的假期、国内国外教会学校的情况，以及教师们工作调动的情况。他用一种严肃又不失热情的声音，非常亲切地把这些故事讲出来，而只要他停下来，斯蒂芬总觉得自己有义务提出两个很严肃的问题，让他持续讲下去。他知道这些谈话只是掀开了一个篇章，在思想上他一直等着下面的正文。自从当他得知忏悔神父要来见他以后，他便费尽心思地想他究竟找他有什么事情。当他坐在学校客厅里，长久不安地等着忏悔神父到来的时候，他不停地观望着四面墙上所悬挂的一张张神情闲适的人的图片，看着不同的图片，他的脑子里也出现不同的想象，直到最后，他差不多已经彻底明白了神父这次叫他来的目的了。接下来，当他正期盼因为某种意外的原因，神父可能不能来见他的时候，门把手转动的声音和长袈裟摆时发出的沙沙声却响起来了。

忏悔神父先是说到了多明我会和方济各会教会里的情况，还说到圣托玛斯和圣博纳瓦契尔之间的友情。他觉得方济各会僧侣的服装，实在是太……

看到神父那宽慰的笑容，斯蒂芬也微笑着，他并不想马上表明自己的观点，所以他只是表示疑惑地动了动自己的嘴唇。

——我相信，忏悔神父继续说，在方济各会的僧侣之间一定也在谈论，要把这种服装舍弃掉，也学习方济各会神父的样子把袈裟穿上。

——我想在修道院里这种服装还是会保留的，对吗？斯蒂芬说。

——哦，当然，忏悔神父说，在修道院里当然是可以穿那种衣服的，可是在街上我想穿这种衣服还是不太好吧，你说呢？

——穿这种衣服一定会让人觉得很麻烦，我是这样想的。

——当然麻烦，当然，当我在比利时的时候，我就常常看到他们常年穿这种齐膝盖的衣服，那样子真的是要多滑稽有多滑稽，用比利时语说，他们叫它 les jupes[1]。

他在念这个字的时候，完全把母音吞掉了，差不多听不清楚他在说什么。

——他们怎么称呼它？

---

[1] 按法语译为普通女裤。——译者注

——les jupes.

——哦！

因为神父的脸是完全背光的，他并没有看见他脸上露出的笑容，可是斯蒂芬依然冲他笑了一下，因为当他听到神父低沉严肃的话语时，他好像觉得像神父鬼影一样的浅浅的笑容在他的心灵中快速闪过。他安静地望着眼前愈发昏暗的天空，清凉的晚风以及可能要把他们脸上火烧一般的红晕掩盖住的淡黄色的晚霞，他不由得兴奋极了。

他只要一听到女人所穿的各种服装或者她们用来做服装的各种柔软的衣料的名称，好像就能闻到一种细腻的带着罪孽的香味。当他还是个孩子时，他便一直对驾驭马匹的缰绳全是用柔和的丝带做成的充满想象，所以当他在斯特拉德河首次触摸到非常油滑的皮辔头时，他被吓得不轻。当他第一次颤抖着用手摸一个女人扎乎乎的长袜子的时候，他也觉得很吃惊，因为他过去所了解的所有东西，他几乎已经忘干净了，只记得他眼前的处境的回音或预言的那部分。但是他却不敢想象对于具有娇弱生命的女人的灵魂或肉体，除了存在于轻柔的词句中或玫瑰花一样的环境中，还能存在于其他什么地方。

可是很明显，从神父口中说出来的那句话是虚伪的，因为他知道一个神父不会随便谈论这个问题。他肯定是有其他的目的才会随便这样讲，他还觉得隐藏在黑暗中的那双眼睛一直将目光放在他的脸上。无论他过去在书本上看到，或听人说过耶稣会会员有多么奸诈，他一直都非常坦诚地表示怀疑，因为他觉得他没有经过自身的检验。哪怕他并不喜欢他的一些老师，他也觉得他们好像都是些既聪明又严谨的教士，都是些身体健硕而精神高人一筹的教职人员。他想着他们都是些天天雷打不动地用冷水洗澡，并身穿清凉和冰凉的亚麻布内衣的男人。在克朗戈斯或在贝尔维迪尔，他和他们已经一起生活了那么久，他挨过的打屈指可数，尽管在他看来那两次挨打都有失公平，可是他也知道，有好几次，他本应该受到惩罚的，可是最后却没有。在所有那些年中，他从来没有听到过他的老师讲过一句敷衍的话：他之所以知道那么多基督教的教义，都要感谢他们，他们劝告他过一种高尚的生活，而当他犯下可悲的罪孽的时候，也是在他们的引导下，他才又回到了虔诚的生活中。在克朗戈斯，他一直没有做出什么成绩，原因是那些人的存在让他对自己缺乏自信，当他在贝尔维迪尔觉得自己所处的地位不太清晰的时候，也是他们的存在让他没有了自信。这种感觉一直存在于他的心中，直到他度过最后一年学校生活。他每次都表示服从，或者曾经让那些爱开玩笑的伙伴诱导他把所有违心服从的习惯舍弃。有时，他甚至会怀疑某位老师所讲的话，可是他却从来没有公开声明过这一点。到后来，他觉得他们的某些判断听上去很是天真，可是那也只是让他觉得有些可惜，似乎他正在慢慢离他所熟悉的那个世界远远的，以后再无缘再听到那个世界所使用的语言。有一天在教堂旁边的棚子里，一位神父正被几个孩子包围在中间，他听到那神父说：

——我相信麦考利男爵[1]这个人可能一生都谨言慎行，我是说从来没有刻意犯过什么大罪。

有一个孩子问那神父，维克多·雨果算不算法国最大的作家。那神父却这样回复他，维克多·雨果原本是一个天主教徒，后来却背叛了他的宗教，背叛以后，相比他从前所写的东西，他后来所写的东西真的可以说太没有价值了。

——可是，那神父说，也有很多优秀的法国批评家觉得维克多·雨果尽管毫无疑问是一位伟大的作家，可是相比路易·弗尔约[2]，

[1] 麦考利男爵：生活在 19 世纪，英国作家，政治家，历史学家。——译者注

[2] 路易·弗尔约：法国天主教记者，作家，争强好胜。——译者注

他却少了一种单纯法国风味的风格。

因为神父的暗示，再次出现在斯蒂芬脸上的红晕又慢慢消失，于是他依然安静地望着窗外惨淡的天空。可是他脑海中却升腾起一种让他忐忑的疑惑。他的眼前快速闪过蒙上面具的回忆：他认识那场景和人物，可是他清楚地意识到，对于他们的某些重要性，他并不能够完全理解。他看到他自己在操场上走来走去，观望着在克朗戈斯举行的体育活动，并把自己的板球帽当作容器，把一些稀薄的果酱装在里面吃着。有几个耶稣教徒和几位妇女一起在圆形的跑道上散步。从他头脑中某些遥不可及的山洞里传来在克朗戈斯经常使用的某些特殊语言的回音。

在安静的客厅中，他正专注聆听着从远处传来的回声，可是这时他发现那神父和他说话已经换了一种声音。

——今天我派人叫你来，斯蒂芬，是想和你谈一个很重要的问题。

——哦，先生。

——想想，你有没有觉得你得到了某种神示？

斯蒂把嘴唇微微张开，原本要给出肯定的答案，可是很快又把那个答案咽了回去。神父等着他回答，又继续说道：

——我是说，你有没有觉得在你的内心深处、在你的灵魂中，有一种特别想要加入教会的感觉？认真想想。

——这件事我也不是没有想过，斯蒂芬说。

神父放开手里的窗帘绳，由着它滚到一边，之后两手交握，支撑着下巴，陷入严谨的思考中。

——在像这样一所学校里，最后他又说，总会有一个可能两三个孩子得到上帝的召唤，让他过一种宗教生活。这样一个孩子会有这样的特点，相比其他的同伴们，他要虔诚一些，其他同学都要向他学习。他们都对他很尊重，可能他会被他们同教会的教友们选举出来当级长，而在这所学校里，你，斯蒂芬正是这样一个孩子，你是我们圣母教会的一个级长。可能上帝要在我们这个学校里召唤去为他服役的那个孩子就是你。

神父在一种极大的自豪感的驱使下，说话更加严肃了，斯蒂芬看到这种情况，心跳也加速了。

——接受这样一种召唤，斯蒂芬，那神父说，是无所不能的上帝赐予人最无上的荣耀。在这个世界上，上帝的传教士的权力即便是皇帝或帝王都不具有。而在天上，传教士所拥有的那种权力即便是天使或天使长、圣徒，甚至连圣母自己都不具有。力量的钥匙掌握在上帝的传教士的手上，他有能力让人犯罪，也可以把人的罪孽清除掉，他有能力驱除邪恶，也有能力从上帝创造人的心中把可以用魔力掌控他们的邪恶的精灵赶走。他还有能力，有那种权利，请来伟大的天上的上帝，让他来到人间的祭坛上，借助面包和酒这种载体出现在人的眼前。这种权利是多么伟大啊，斯蒂芬！

当这一段自豪的讲话传入他的耳畔，正好和他自己时常有的自豪的思想产生相通之处，斯蒂芬的脸马上变得暖烘烘的，他曾经不止一次看到自己已经成为一个教士，安静地行使着一种恐怖的力量，这种力量即便是天使和圣徒都敬畏万分。一直以来，他的心灵都非常喜欢偷偷用各种假想来让自己的这种欲望得到满足。他曾经看到他自己变成一位年轻而又安静的教士，快速走到一间忏悔间，朝圣坛的台阶走去，之后把香点燃，双膝跪下，执行了一个教士分内的职责，他很高兴做那些事情，因为它们和现实很像，可是又远离现实。在他所经历的这种冥想的迷迷糊糊的生活中，他曾经对他所看到过的很多神父所用的手势和声调进行模仿。他像某位神父一样，在跪下时微微把身子侧到一边，又像另一位神父一样，在摇动香炉时，动作没有那么用力，在他向听众祝福后又转向圣坛的时候，他也像另一位神父一样，用力甩开他的十字褡。而特别让他兴奋的是，在那些他所想象的不太清晰的场景中，他自始至终身居二把手的位置。他一点都不想成为一个主祭人，因为他觉得他可能不太愿意来结束所有那些寓意不太清楚的仪式，再说他也不想看到自己在那套仪式中随便就身居高位。他很乐意承担更低一点的神圣的圣职，在大弥撒把副主祭的祭服穿在身上，站在远离圣坛的地方，不被大家所关注，把长方形的丝披肩披在肩上，盖着披肩的圣餐盘被他端在手上，或者等到祭祀结束以后，作为副主祭，他身穿金色的主教的法衣在主教下面的台阶上站着，环抱着双手面向会众唱着，Ite missa est[1]。假如说他也曾经想象自己是一位主祭，那只是在他把小时候的弥撒书翻开，看到上面和弥撒相关的图片的时候，在那里的那个教堂里，只有接受牺牲的天使，没有任何其他的崇拜者，圣坛上也光秃秃的，给他当副手的也是一个几乎是他的翻版的助手，一脸稚气。他的意志只有在这些不甚清晰的传神和参加圣餐的各种行动中，好像才和现实真正接触到一起。过去，他要么用沉默把自己的气愤或骄傲掩盖住，或者被迫切想和人拥抱却又不能的痛苦所包围，最起码其中有一部分原因是少了一种他一直要求自己不参加的固有仪式。

现在在这严肃的氛围中，他听到那神父在请求他，他甚至听到了一个更加清楚的让他走过去的声音，提出要让他得到神秘的知识和力量。那样以后他就会明白西蒙·马加斯[2]到底犯了什么罪，以及对圣灵犯了什么罪才是不可能得到饶恕的。对于很多其他人，所有那些在神怒下诞生的孩子所没办法知道的神秘的事情，他都会知道。别人的罪孽、别人的罪孽的渴望、罪孽的思想和罪孽的行为，他都会知道。妇女和姑娘们在昏暗的礼拜堂的忏悔间里无比羞愤地说出来的罪孽，他也会听到。他的灵魂将会一直拥有之前的清白，再回到纯洁的圣坛边。他将把用来对圣餐面包掰开的双手高高举

---

[1] 拉丁文：走吧，一切都结束了。——译者注
[2] 传说是罗马暴君尼禄时代的一位商人。——译者注

起，使其不会被任何罪孽所污染，罪孽也绝对不会让他用来祈祷的嘴唇遭到污染，让他吞下自己的所有天罚，不理会上帝的圣体有没有加在里面。他将一直像初生的婴儿一样纯洁无瑕，所以也将永远保留他那秘密的知识和秘密的权力，而且以最高神灵的祭司梅尔基塞德克的命令为依据，他会一直是一位教士。

——明天早上我打算主持一次弥撒，那位忏悔神父说，让无所不能的上帝可以把他的神圣的意旨透露给你。也让你，斯蒂芬，给你神圣的保护神，那第一位殉道者进行一次九日祈祷。在上帝面前，你的保护神说话是举足轻重的，他可以请求上帝让你不那么糊涂。可是，斯蒂芬，你一定要极其肯定，你确实接受了神示，因为假如事后你发现你并没有得到神示，那么后果将是非常严重的。你一定要牢记，如果你接受了教士的职务，你就将终身是一个教士。你的教义问答也告诉你，一个人一生都只能接受一次神圣的圣旨，因为只要你接受了，在你的灵魂中，他就会留下一个永久的精神上的记号，这种记号是不可能消除掉的。所以提前你一定要考虑好，不能等到事后，这个问题很严肃，斯蒂芬，因为这和你的永恒的灵魂能不能得救有很大的关系，可是还是让我们一起来向上帝祈祷吧。

他把沉重的大厅的门推开，并向他伸出手，似乎在他们的精神生活中，他们已经是亲密无间的伙伴。斯蒂芬来到外面台阶上宽阔的阳台上，一股柔和的晚风吹来，让他的精神为之一振。在芬勒特教堂旁边有四个年轻人并肩大步向前走着，走在最前面的一个人正用手风琴演奏一只活泼的曲子，他们摇晃着脑袋踏着节拍向前走。那音乐就像很多急促的音乐的首段时常会发生的情况一样，很快便进入他的大脑，像一阵巨浪把孩子们修建的沙楼冲毁一样，毫无征兆地马上摧毁了他头脑中神秘而复杂的结构。他在微风中把笑盈盈地脸转过来，看着神父，却在他的脸上看到了马上就要消失的一天的一点情趣都没有的反照，之后他从那神父的手中把他那好像默认某种伙伴关系的相互拉着的手抽了出来。

他从台阶上走下去，从学校大门前看到了那马上就要消失的一天的一点情趣都没有的不真实的反照，这情景终于把他混乱的思绪清除掉了。接下来，他的意识中飘过学校生活的严肃的暗影，那将是一种严肃的、秩序井然的、一点热情都没有的生活，他将要迎接的是一种物质丰盈的生活。他难以想象见习期的第一个夜晚他将怎么度过，也想象不出当他第一天早晨在宿舍醒来的时候，自己会多么错愕。克朗戈斯漫长的走廊上那令人烦躁的气味再次窜入他的鼻孔，那燃烧着的煤气灯发出的小心翼翼地低语再次传入他的耳畔。突然间，他生命的每个部分都被一种忐忑的感觉所笼罩，接下来他发烧的脉搏越跳越快，这时他听到一连串毫无价值的刺耳的话搅乱了他那条理清晰的思绪。他的肺持续向外并下沉，似乎有一种湿乎乎的没有浮力的热空气进入了他的口腔，这时，克朗戈斯浴池肮脏、污浊的水面上浮动着的潮湿、炎热的空气再次窜入他的鼻孔。

伴随着这些回忆，在他步步迈进那种生活的时候，在他的心中快速产生某种程度还要超过教育或虔诚的思想的本能，这是一种微妙的反抗的本能，它让他具有一种力量，让他不愿意再默认下去了。他很讨厌那种既冷漠又严肃的生活。他脑海里已经出现这样的场景，在一个寒冷的清晨，他排队和别人一起去参加一次弥撒，竭尽全力想用祷告声把他来自心底的那种难闻的恶心给压抑住，可是毫无意义。他看到他自己和学校里的会众坐在一起吃饭。他从前所有的那种不愿意去陌生人家里去吃喝的那种顽固的羞怯感，现在去哪儿了？那种让他一直觉得自己在所有方面都不同于他人的精神上的优越感，现在去哪儿了？

耶稣教会神父斯蒂芬·迪德勒斯。

在新的生活中，他将要使用的名称通过文字的形式映入他的眼帘，接下来一张没有轮廓模糊的脸或只是一种脸的颜色出现在他的脑海中。这颜色越变越淡，后来越变越浓，变成了浓淡不定的，像红砖一样的土红色。在深冬的早晨，他时常在神父们刚刮过的腮帮上看到的那种光泽就是这样的吗？这张脸没有眼睛，脸色阴暗且虔诚，明显透露着愤怒。曾经有一个耶稣会的神父，有些孩子用长下巴颏儿称呼他，有些孩子用狐狸将军称呼他。这是不是就是他那张脸的鬼魂出现在他的头脑里面了呢？

那时他正从加德纳街耶稣会的会址走过，心里隐隐约约想到，假如他接受那个教职，那他的住房将来就不知道在哪了。接下来他又想到刚刚那些想法实在是太枯燥了，想到他的灵魂一直远离为他设想的一个修行之所，想到这么多年来严格地遵守规矩、完全服从的生活竟然对他没什么约束力，现在只是一个明确的、难以弥补的行动在对他产生威胁，要在一定时候，把他的所有自由永久剥夺掉。现在在他的记忆中又出现了那神父反复劝他接受那和教职一起的，让人引以为傲的教会的权力和神秘的力量的那些话，可是他的灵魂并不想去听那些话，更不用说欢迎它了，他知道他曾听到的那些规劝的话，如今却变成一种四处传播的故事了。他永远也不会以一个神父的身份出现在圣体盘前，晃动着香炉。他注定会躲避所有社会或宗教上的职务。那神父所说的那一套明智的做法根本不能让他的心有丝毫的触动。他注定要凭借一己之力去弄清楚明智的做法应该是什么样的，或者在历经了世界上的各种阴谋以后，自己去把别人的英明做法学过来。

这世界上的各种阴谋就是它的犯罪之路，他一定会堕落的。如今他还没有堕落，只是时候还没到而已。要一直不堕落确实有很大的难度。如今他已经觉察到了，他的灵魂正安静地往下堕落，正如我们将来某个时候肯定会发生的情况一样，持续往下滑，可是还没有堕落，现在还没有堕落，可是已经离堕落不远了。

他从托尔卡河上的大桥走过，再次转过脸来，冷冷地看了一眼那圣母的神龛，那颜色已经褪去的蓝色的神龛，像只小鸟一样，在那个长得像火腿的贫困的村舍中间的一根旗杆上面蹲着。接下来，向左拐，他来到了去往他家的一条胡同里。烂菜叶淡淡的酸臭味从河岸边高地上的菜园子里飘来。想到他父亲家那种混乱的情况，这种保持固定的植物一般的生活却会赢得他的灵魂，他不由得露出了笑容。接下来，因为想到寂寞的长工在房子后面菜园子里干活，他们曾经给他取了个帽不离头的诨名，他不由得又笑了一声。在第一阵笑声停下来以后，因为想到那帽不离头干活时的场景，他竟然又笑出了第二声，这是完全违背他的意愿的。在干活时，他总是要先把天上四面的方位观察好，然后才非常可惜地把铁锹蹬进园子里的土壤中。

他把廊子上没有门闩的门推开，从一条一无所有的走道走向厨房。他的一群兄弟姊妹正围坐在一张桌子旁边。他们刚刚喝完午茶，只有一些玻璃罐和果酱罐里还残留着一些冲过第二遍的茶底。桌上随处是面包皮和带糖的饼干，因为浸泡在撒在桌上的茶水里面，这些东西都变成了棕黄色。茶水填满了桌上的一个个小坑，一把象牙把已经破碎的餐刀插在一个已经吃得只剩下一小半的卷饼上面。

透过窗户和开着的门，照进来那快要消失的一天的蓝灰色的安静而伤悲的余光，把斯蒂芬心中突然涌现的尴尬的悲痛掩藏住，并悄无声息地缓解了。一直以来他们无法得到的东西，现在——众弟兄中的长兄，却轻而易举地得到了。可是透过那傍晚的安静的余晖，他却发现他们脸上非常平静。

他向他们走过去，也坐在了桌边，问他们父亲和母亲去哪儿了。他们中有一个告诉他说：

——去那个到那个看那个房子那个去了。

又要搬家！在贝尔维迪尔，他时常遭到一个名叫法龙的孩子的盘问，为什么他们老是搬家。现在当那个问话人的傻笑声再次出现在他的耳畔时，他的额头快速被一阵鄙视的乌云遮住了。

他问道：

——我们为什么老是搬家？我想我这样问问总归是可以的吧？

——因为那个房……那个东……那个要……那个要……赶我们走。

他的最小的一个弟弟——坐在远离火炉的地方——唱起了《每当夜深时分》这首歌。接着其他人也开始唱，直到最后，所有人组成了一个合唱队。他们往往会连续唱几个小时，一首歌接着一首歌，一首曲子接着一首曲子，一直唱下去，直到太阳落山，直到天空中飘过第一片黑色的夜云，夜晚到来。

他安安静静地等了一会儿，然后也跟他们一起唱。他不无难过地发现，实际上有一种疲惫的情调隐藏在他们那脆弱而单纯的歌声里。甚至在他们进入生活以前，他们好像已经非常厌倦那条路了。

他听到这合唱队的歌声从厨房里传出来，回荡在空气中，声调越来越高，逐渐和世世代代的孩子们的合唱队相互交融，在那无数的回声中，还有一个一直重复着的疲倦而令人难受的回声响起。好像在进入生活以前，他们都已经非常厌倦这生活了。他还有印象，这种情味纽曼在维吉尔的不完整的诗行中也听到过：让我们如同造化本身的声音一样，将孩子们的痛苦、疲倦尽情地表达出来，之后又总保持那种希望的心情吧，她的所有人不管在什么时候都共有这样的经历。

他不能继续等下去了。

他在拜伦酒馆和克隆塔夫教堂之间走来走去，一开始走得很慢。在那一片片修补痕迹特别明显的人行道上，他缓慢地向前走着，让自己的脚步和诗行中的每一个降音相符。他父亲和丹·克罗斯比一起去询问和他上大学有关的事，现在已经过去了一个小时了。这整整一个小时，他的脚步就没有停下来过，等待着：可是现在他已经等得没有耐心了。

他快速赶去一家酒店，他的步子迈得很大，生怕被他的父亲叫回去。很快，他就从警察兵营边的那个拐角处转过去了，他终于不用担心父亲叫他了。

没错，他母亲并不同意他那一套想法，从她那紧张的沉默中，他可以明白她在想什么。可是相比他父亲的骄傲神态，她的这种不信任更令他动容，他无情地想到，他早已看到，事实上，在他母亲看来越加世故和顽强的灵魂所具有的信仰已经没有那么强了。在他心中慢慢产生一种模糊的仇视情绪，如同一片云彩一样，让他对她不忠的思想变得不甚清晰，可是等到这情绪再次掠过，他的大脑又清醒过来，而且开始孝顺她的时候，他却隐隐约约地但也不无可惜地发现，第一个裂痕已经在他们的共同生活中出现。

上大学！那样说来，他是偷偷地从守护着他的童年处境的那一排岗哨溜走了，他们一直要求他和他们住在一起，这样他们才能约束他，根据他们的意愿行事。在得到某种满足后产生的骄傲，如同一排又宽又缓的浪头，把他高高举起。如今他还看不清他为此而生的目的，引领他逃出一条看不见的道路，而如今它却又对他发出召唤，将一条新的冒险的道路铺开在他的面前。他好像听到一段阵发的音乐的音调，不是跳上去变成一段夜曲，就是降下来变成减四度和弦，之后又跳上去变成一种乐调，再降下来变成第三大调，那神情就如同夜半森林中的三条火舌的火焰，火焰持续跳动着，一会高一会低。这似乎是妖姬的音乐的序曲，没有固定的形式，也没有开头和结尾。等到它的节奏越来越欢快、狂放，似乎那火焰已经从时间观念中跳脱出来，他好像听到有许多野兽在树荫下的青草上奔跑，它们的脚步声就像雨点打在树叶上一样噼啪作响。它们的脚步声散发出了混乱的噼啪声，回响在他的头脑中，其中有家兔和野兔的脚步，有公鹿和母鹿的脚步，还有羚羊的脚步的声音，直到后来，那脚步声彻底从他耳朵旁消失，而纽曼的一句节奏欢快的诗却出现在他的脑海里：

——在他的永恒的手臂之下，他的脚和公鹿的脚根本没什么区别。

这个不太清楚的形象所展现出来的高傲的情绪，让曾经没被他接受的那一教职可能带来的威严出现在他的脑海里。在整个孩提时代，他时常想着他最后的归宿就是担任教职，可是现在真到了这一时候，他却在一个更具有野性的本能面前屈服了，躲得远远的。现在已经错过那个时机了：他身上不会再被涂抹任命教职的神圣膏油，他已经拒绝了，这是因为什么呢？

他从多利蒙特的大路离开，走向海边，从薄木板的桥面走过时，他觉得在他穿得厚厚的沉重的脚下，桥板都开始摇晃了。从酒馆那边走过来一队基督教的弟兄们，他们已经排成双行过桥了，不久整个桥梁都开始抖动，发出巨大的声音。从他面前经过一对对不整洁的脸，因为海风的侵袭，那脸都变黄或变红或变成了青灰色，而当他准备安静地观察他们的时候，一种淡淡的害羞和怜悯的神情却出现在他自己脸上。这让他很恼怒，所以他为了不和他们的目光对视，他把脸扭到了一边，侧身看着桥下这有漩涡的清浅的水流，可是虽然这样，从水的倒影中，他依然看到了他们高顶的绸帽、淳朴的翻着的衣领和宽大的牧师服装。

希基兄弟

查德兄弟

麦卡德尔兄弟

基奥兄弟

他们的虔诚肯定和他们的名字、他们的脸面、他们的衣服一样，他不需要告诉自己，他们那种谦卑的心极有可能把他从来没有表现过的更大的虔诚表现出来了，相比他那种虚伪的虔诚，上帝自然更愿意接受他们那种淳朴的礼拜。他不需要催促自己对他们更大方，也不需要告诉自己，假如有一天他不再骄傲，变得穷困，穿着一身乞丐衣服来到他们面前的时候，他们肯定会对他很大方，而且会非常爱他，就像爱他们自己一样。最后，他还怀揣既枯燥又难过的感情，和自己一直以来认定的论点唱反调，觉得爱的戒条告诉我们，在爱我们的邻居时，不要像爱自己一样，而在爱他们的时候，而要像爱自己一样。

从他一直以来保存的一些词句中，他还挑了一句小声念叨着：

——这一天被海上漂来的彩云填满了。

这句成语、眼前的日子和眼前的场景好像形成了一个和弦。语言，它们本身就是这个颜色吗？他让各种颜色：朝日的金黄色、苹果园里的黄褐色和绿色、海浪的蔚蓝色，像羊毛一样的云彩的银灰色等挨个亮起来又暗下去。不，他们并不是这个颜色：这是这个时代自身的样子。难道相比它们的色彩和与他们有关的所有传说之间的关系，他更加热爱语言的节奏吗？否则的话，就是因为他视力消退、思想害羞，相比从多种多样的语言的三棱镜所展现出来的五彩斑斓的世界的缩影，他更愿意去欣赏一段美丽的、动人的散文所表现出来的个人情绪的内在世界？

从那摇晃的桥面上，他又踏上了坚实的大地。就在那时，他觉得空气好像突然之间变凉了，侧脸望向水面，他看到来自远处的一股暴风雪，突然把水浪遮掩住了，并让其前进的速度更快了。心脏的一次轻微的跳动，他喉咙里的一丝轻微的震颤都再次告诉他，对于那冰凉的非人的颜色，他的肉体是多么害怕。可是他并没有从他左边的沙丘横穿过去，而是沿着那条和脊梁类似指向河口的岩石往前走。

河水流入海湾处那雾蒙蒙的水面沐浴在微弱的阳光下。远处，一排排细长的桅杆顺着潺潺流动的里费河装点着天空，再远一些，那模糊不清的复杂的城市建筑安安静静地躺在一片紫雾中。基督教国家的第七个城市的历史非常悠久，和人的厌烦情绪有得一比，就像形象不甚清晰的壁毯上的一幅画面一样，以无时间观念的空间的形式在他的面前显现。相比它开始存在的那些日子，它并不显得更沧桑，也并不显得更加疲惫，相比过去，它也并不太能忍受自己居于人下的地位。

他就这样忧伤地看着来自海上的缓慢飞过的斑斑点点的云彩。它们就像是沼泽地上的一群游牧民族，飘过天空的沙漠地带的上空，从高处飘过爱尔兰，飘向西方。如今，它们曾经经过的欧洲已经落在了爱尔兰海那边，那是一个多种离奇语言遍布的欧洲，那里处处是山谷、林带和城堡，很多深沟高垒、武装齐全的民族都住在那里。一种混乱的音乐从他内心深处升起，那音乐好像把他差不多完全清楚可又根本没办法了解的一些记忆和一些人的名字唱了出来，之后那音乐好像开始退向远方，那模糊的音乐每退去一个尾声，都会留下一声拉长的喊叫，像流星一样从那黑暗的沉静中划过。再来一次！再来一次！再来一次！有一个声音响起在世界的那边。

——哈喽，斯蒂芬诺斯！

——迪达勒斯大人来了！

——啊哦！——唉，不要再弄了，听到了吗？我在和你说话呢，小心我一拳打到你那张臭嘴上——啊哦！

——老伙计，陶塞！把他的头按到水里去！

——来吧，迪达勒斯！布斯·斯蒂芬鲁曼诺斯！布斯·斯蒂芬鲁曼诺斯！

——把他的头按到水里去！用力灌灌他，陶塞！

——救命啦！救命啦！——啊哦！

他还没有把他们的脸面认出来，可是他已经从他们共同发出的喧闹声中知道他们是谁了。仅是看一眼那乱糟糟的湿漉漉的裸露的身子，他就已经忍不住颤抖不已。他们裸露的身子，有的如同尸体一样全无血色，有的显出淡淡的金黄色或因为太阳暴晒而显得红通通的，如今因为被海水充斥都发出动人的光彩。只要他们一跳水，那用粗劣的木架撑起来的跳板都晃个不停，用粗劣的石头铺成的拦波堤的斜坡，也闪现出湿漉漉的光泽，而他们一直在上面喧闹不停。他们用来拍打彼此身体的毛巾全都被冰冷的海水灌满了，冰冷的海水把他们的头发也粘到了一起。

他站下来回答他们的叫喊，随便说了几句，不想迎合他们的玩笑。现在看来，他们太没有个性了：如今那敞开的衣领在舒利身上已经找不到了，在恩妮斯身上已经找不到那像蛇头一样的卡子的红色的皮带，在康诺利身上也找不到他那没有钉着掩口口袋的诺福克式的上衣了！他们那样让人觉得很紧张，尤其是那些让他们可怜的裸露的身子显现出令人尴尬的青春期的样子，更让人觉得难受。可能是他们为了逃离他们的灵魂所察觉到的可怕感，所以才和很多人聚在一起嬉戏打闹。可是他，安静地离他们远远的，却对他曾经是多么害怕自己的肉体的神秘记忆犹新。

——斯蒂芬诺斯·迪达洛斯！斯蒂芬诺斯·迪达洛斯！布斯·斯蒂芬鲁曼诺斯！

他并不是第一次听到他们的这种玩笑话，可是现在，它正好和他自以为比所有人地位都高的那种轻微的优越感相符。他觉得和过去一样，他这个怪异的名字好像在预言什么。眼前的昏暗、温暖的空气好像没有了时间概念，他自己的情绪好像又开始恍惚，而且并不是个人所有，所以他觉得他自己已经和所有时代相融合了。就在刚刚，他看到了曾经以那被烟雾笼罩的城市为媒介出现的丹麦人的古王国的灵魂。如今当这位神话中的发明家[1]的名字传入他的耳畔，他好像听到了远处的海浪声，还看到一个什么东西正鼓着双翼，在海面上慢慢爬向天空。这一切到底是何意？难道是一种神奇的发明，将某本充满寓言和象征的中世纪书籍的一页打开了，所以他才看到了一个像鹰一样的人，在海上飞向太阳，借以告诉他，他生而为人的目的是什么，以及在他隐隐约约的儿童时代和少年时代，他孜孜不倦的最终目的是什么，并用来对那位艺术家在他自己的工作室里，用这个地球上一点生气都没有的物质，正在开创一个崭新的、向上飞的、不可触摸的，永恒的生命的形象进行指代吗？

他的心开始颤抖，呼吸越来越快，他觉得一种疯狂的精神正在占领自己的四肢，好像他自己正飞向太阳的方向。因为害怕的狂欢，他的心颤抖不已，而他的灵魂却已经飞走了。如今他的灵魂已经在远离这个世界的范围内飞向天空，而他很清楚，他的肉体已经快速得到净化，不再犹豫不定，和宇宙精神相互融合，熠熠生辉。因为飞翔实在是太令人兴奋了，他很是聚精会神，连呼吸的节奏都乱了，四肢因为被疾风扫过，不由得开始颤抖、狂放，散发出动人的光芒。

一！二！——注意啦！

啊，我快要溺水了！

一！二！三，快跑！

下一个！下一个！

一！——啊！

---

[1] 这里指伊卡罗斯父亲迪达勒斯。——译者注

斯蒂芬内弗罗斯!

因为向往大声喊叫,他的喉咙开始痛,他要像高飞的鹰鹞一样,大叫不已,大声喊出他那随风而逝的快乐。这是生命在大声呼唤他的灵魂,并不是无谓的被各种职责和绝望所填满的世界发出的呐喊,也不是召唤他去圣坛前整日进行那些无聊的活动的非人的喊叫。他已经因为短暂粗鲁的飞翔得到了自由,他的头脑已经快被他的嘴唇强力抑制住的胜利的欢呼所扯碎。

——斯蒂芬内弗罗斯!

那不分白天黑夜一直跟在他左右的害怕、那一直把他包围在中间的不可估摸的情况、那从内到外都让他觉得尴尬的侮辱——所有这些现在除了用从尸体上剥下的尸衣和死人在坟墓里穿的衣服来称呼以外,还可以用什么称呼它?

从他的儿童时期的坟墓中,他的灵魂已经再次站了起来,把他身上的尸衣去掉了。没错!没错!没错!他将和那个与他叫同一个名字的伟大的发明家一起,用他的灵魂的自由和力量,不无自豪地开创出一个崭新的、向上的、美丽的、不可捉摸的、永恒的生命。

他冲动地从那石块爬到上面,因为他已经无法把他血液中的烧起来的火焰掐灭了。他觉得自己的脸红通通的,咽喉被歌声堵得严严实实。他觉得自己的脚特别想要四处走走,像燃烧的火焰一样强迫他向天地的尽头走去。向前走!向前走!他的心好像在狂叫着。海面上的黄昏不久就愈发浓了,夜幕将掩盖平原,会有新的黎明出现在他这游荡者的面前,很多奇怪的田野、山冈和人的脸面会出现在他的眼前,可是在哪里呢?

他朝北看着豪思那面,在防波堤不太深的那一边,海面已经退下去了,过去遇难的船只呈现在人们眼前,海浪也快速退走了前滩。一条椭圆形的长滩已经慢慢出现在这一片小小的水浪中间。在浅海边的海浪中,熠熠生辉的温暖的沙岛随处可见,在那些小岛周围和长堤的旁边，在海滩边的浅流中，半裸着的人随处可见，有的踏着水前行，有的干脆潜到水里面。

过了一会儿，他也把袜子脱光了，叠好放到口袋里面，用鞋带把帆布鞋拴连着挂在肩头，在海浪漂过来的一些破烂物件中，他找到一根被盐水浸透的尖头木棍，之后走下防波堤。

沙滩上有一条长长的小河，他蹚着河水缓缓前行，他很惊讶，河水里竟然漂着那么多水草。在那河水下面，宝蓝色、黑色、褐色和橄榄色的海草，持续不断地移动着，来回摇动，持续打着卷。因为被各种水草的颜色所填满，小河里的水看起来很深，并将天空飘过的云彩清晰地映照了出来。云彩安静地飘过他的头顶，那墨角藻也安静地从他脚下漂走，昏暗而明朗的空气是那么安宁，他的血管里开始有一个崭新的、野性十足的生命开始低吟浅唱。

他的童年时期现在去哪儿了？那竭尽全力逃避自己的命运的他的灵魂现在又去哪了？难道她是一个人孤单地容忍她的创伤带给她的侮辱，或者把她已褪色的尸衣穿在身上，戴着脆弱的花环，在她自己的朴素的隐居的小天地中去称王了？否则的话，他自己现在究竟在哪里？

他一个人安静地待着。没有人关注他，满满的喜悦，和野性生命的中心更加接近。他孤单、年轻、骄纵、野性十足，他只身处在一片荒芜的充满荒野气息的空气和黑色的水潭中，一个人待在无尽的贝壳和墨角藻中，像薄纱一样的灰色的阳光、很多穿着灰色的衣服的半裸的孩子和姑娘围在他身边，孩子和小姑娘们的说话声在空气中回荡。

一个小姑娘在他前面的河水中站着，安静地看着远处的海洋。她似乎被某种魔法所驱使，那形象已经完全变得和一只奇异的海鸟很像了。她那细长的、裸露着的腿轻巧而干净，就像白鹤的腿一样，只是在她的腿弯处，一缕水草形成了一个深蓝色的图案。她那丰盈的，颜色和象牙一样的大腿差不多一直裸露到她的屁股边，那里一圈露在外面的裤衩的下口，和由细软的绒毛所组成的白鹤的羽毛真的是一模一样。她的浅蓝色的裙子无畏地撩上来，在腰上围了一圈，掖在后面。她的胸脯像一只海鸟，也像一只长着深色羽毛的鸽子的胸脯一样，柔软而灵巧。可是她的淡黄色的长发，却女儿气十足：她的脸也有小姑娘的气息，可是却被那令人诧异的人间的美所装点。

她一个人安静又孤寂地遥望着远处的海面。当她意识到他也在这里，并发现他正表现出对她非常崇拜的样子的时候，她别过了脸，和他安宁地对视，既没有表现出很害羞的样子，也没有淫乱的想法。她任由他长久地和她对望，之后安静地转过脸，埋头看着她面前的河水，用一只脚在水里轻轻地搅动。水波搅动时发出来的细微的声音打破了安宁，那声音特别低，就像窃窃私语一样，也像在梦中听到的铃铛声一样，东一下，西一下，东一下，西一下，同时她的脸颊有一种淡淡的热情燃起的红晕掠过。

——善良的上帝呀！在一阵令人难以克制的人间欢乐的激动下，斯蒂芬的灵魂不停地大叫着。

突然他背着她转了个身，开始走向沙滩那边。他的脸上热乎乎的，感觉全身的温度都在上升，四肢也颤抖不已。向前，向前，向前，他大踏步往前，踏着沙滩走向远方，对着大海大声歌唱，向那一直在呼唤他的生活的来临发出狂热的呼唤。

她的形象已经不可磨灭地进入他的灵魂，他的神圣的狂喜的安宁是不会受到任何话语的影响的。她的眼睛已经在呼唤他，在听到这一呼唤时，他的灵魂不由得高兴不已。继续生活、继续错误、继续堕落、为胜利而呼喊，从生命中重新开创生命！一位野性的天使出现在他面前，人世的青春和美的天使，她是从公正的生命而来的法庭的使者，在一阵狂喜中，他要为他把人世的所有对和错的道路都打开，向前走！向前走！向前走！向前走！

突然，他停下来，安静地聆听着自己心里的声音。他已经走了多远了？现在是什么时候了？

在他周围，一个人影也没有，也没有任何声音。可是海潮已经快要退了，那一天已经要结束了。他背对海，奔向海滩那面，顾不得脚下坚硬的鹅卵石，一直跑到倾斜的海滩上面。他在那里看到一个安静的沙窝，周边全是小草，于是他就在那里躺了下来，让他沸腾的血液在这傍晚的宁静中慢慢变冷。

他可以觉察到他上空那庞大而淡漠的苍穹和那若干安静运转在轨道上的天体，他也察觉到他下面带给他生命，并拥他入怀的大地。

他懒懒的把眼睛闭上，慢慢进入梦乡。因为察觉到大地和她的观望者的巨大的环形运转，

他的眼皮开始震颤，似乎察觉到一个新世纪的神奇的光亮而震颤不已。在昏厥中，他的灵魂进入了另一个神奇的、昏暗的、崭新的、和下面的大海一样令人捉摸不定的世界，在那里正穿行着一些不太清楚的形象和生命。这是一个世界，是一阵闪耀，还是一朵鲜花？闪耀着又颤动着，颤动着并缓缓延伸开去，就像一线才从黑暗中走出来的光明，像一朵含苞待放的花朵，它一刻也不停歇地自我重复着往前延伸，一片叶子接着一片叶子，一道闪光接着一道闪光，最后一派通红的颜色出现，之后又持续展开，慢慢枯萎，变成浅浅的玫瑰色，让整个天空都被它的柔和的光晕所填满，相比前一个，每一个红晕的颜色都要红一些。

当他醒来时，已经是傍晚了，被用来铺床的细沙和干草已经没有了动人的光彩。他缓缓起身，回味着他在睡梦中的各种美好的经历，不由得发出了兴奋的声音。

他爬到一个沙丘顶上，看着四周。大地已经被暮色所笼罩。昏

暗的天空被一弯新月划过，那新月如同在灰色沙滩上镶嵌了一个银环。海潮带着轻言细语的波浪快速流向沙滩边，让远处浅水边的沙丘又形成了一个个小岛。

五

他一下子把他的第三杯淡茶都喝光了，开始吃身边桌上洒落的干面包渣儿，同时看着玻璃罐里的黑色的小水潭，上面的黄色的茶水已经慢慢消失了，下面剩下的那个水潭让他脑海里出现了克朗戈斯浴池里浑浊得像泥浆一样的水。他胳膊旁边的那个匣子里装着不少当票，刚刚他已经全都翻过一遍，现在他正没精打采地用他那油腻的手把印有蓝色条纹的纸条一张张拿起来看，沾满尘土的皱巴巴的纸条上，写着乱糟糟的字，戴利和麦克沃伊等典当人的名字赫然在目。

一双高靿鞋。

一件四号上衣。

三件杂物和白油漆。

一条男裤。

他把它们搁到一边，呆呆地看着那匣子的盖，很多虱子屎一样的斑点装点着盖子，他漫不经心地问道：

——我们那个钟现在快多少？

　　他母亲立起那架面朝下躺在炉台上的钟，从钟面上现在显示的时间来看十二点差一刻，可是她仍然把它放平了。

　　——快一小时零二十五分钟，她说。现在准确的时间应该是十点二十分。天知道，你得抓紧时间，要不然听课就来不及了。

　　——把浴缸里放上水，我好洗个澡，斯蒂芬说。

　　——凯蒂，把浴缸的水放好，让斯蒂芬洗澡。

　　——布蒂，把浴缸的水放好，让斯蒂芬洗澡。

　　——我来不及了，我要去参加啦啦队。你放吧，马基。

　　当在下水坑的地方安上了搪瓷浴盆，旁边还扔了一只破旧的洗澡用的手套以后，他让母亲给他搓洗后脖、耳根后面，以及鼻子两边。

　　——哎，你可真是，她说，一个大学的学生竟然这么脏，还得叫妈妈来给他洗。

　　——这只是因为你自己喜欢呀，斯蒂芬平静地说。

　　一阵刺耳的口哨声从楼上传来，他妈妈把一件湿乎乎的长外套塞到他手里说：

　　——看在老天的份上，你自己赶紧擦好去上学吧。

　　又有一声尖刻的口哨声响起，这次愤怒的情绪更甚，几个姑娘中有一个只好赶紧跑向楼梯口下面。

　　——怎么了，爸爸？

　　——你那个懒骨头臭丫头哥哥还在家里吗？

　　——走了，爸爸。

　　——真走了？

　　——真的走了，爸爸。

　　——哼！

　　那女孩跑过来向他示意，让他赶紧从后门溜出去。斯蒂芬忍不住笑着说：

——他对性别的看法可真是和一般人不同啊，他似乎觉得丫头是男性的意思。

——啊，你可真是不知道羞耻，斯蒂芬，他妈妈说，你怎么会跑到那里去，将来你一定会后悔的！我可知道，自那以后你就像变了一个人一样。

——所有人，再见了！斯蒂芬说，微笑着吻了一下自己的指尖跟大家再见。

高台子后面的那个胡同里处处都是水，他走得很慢，在一堆堆潮湿的垃圾中选择一条路前行。这时他却听到了一个发疯的女尼的喊叫声，从墙那边关女尼的疯人院里传出来。

——耶稣基督！啊，基督！基督！

他气愤地摇着头，想屏蔽掉那个声音。在腐烂的垃圾上面，他踉踉跄跄地往前走。在一种怨声载道的情绪中，他的心莫名地疼痛。他父亲的口哨声、他母亲的唠叨、那个疯人的叫喊声，现在变成了很多让他非常尴尬的声音，威胁着要把他那年轻人的自豪清除掉。他骂了一声，把那些声音的回声赶出他的心灵。可是，当他沿着大马路往前走，发现周围落下灰蒙蒙的曙光，闻到湿漉漉的树叶和树干发出的具有野性的奇怪味道时，他的灵魂终于摆脱了痛苦。

和过去一样没有分别，马路上湿漉漉的树叶让他脑海里出现了格哈特·霍卜特曼[1]的剧中的姑娘和妇女，对她们那充满伤感的记忆和湿漉漉的树枝上传来的芬芳的气息融合到一起，变成一种安静的快乐基调。他早就开始了每天一早穿越街市的散步，他早就已经知道，当他从费尔维尤泥泞的土地穿过时，纽曼的具有修道院气息的用银线贯穿的散文会出现在他的脑海里。

当他从北滩路经过时，随便看一眼那里的一些食品店的窗口，

---

[1] 德国人，剧作家。——译者注

吉多 - 卡瓦尔坎迪[1] 的讳莫如深的幽默就会出现在他的脑海里，他会不由得笑出声来。当他经过塔博特街的拐角处，从贝尔德瓷器店经过时，他的心头会掠过一阵尖刻的清风，那是易卜生精神，一种带着执拗的孩子的美的精神。而当他经过里费河那边一个脏乱的旧货店门口时，他一定会不停地唱本·琼森写的一首歌，那首歌是这样开头的：

我待在这里并不觉得更加无聊。

每当他的头脑不愿意从亚里士多德或亚奎纳斯的像幽灵一样的词句中去找寻美的真谛时，他总会把目光投向伊丽莎白时代的优雅歌曲，去那里找寻快乐。他那身着多疑的僧人的服装的头脑，时常在那个时代的窗子的阴影下站着，聆听着来自竖琴的严肃而虚伪的音乐，或聆听身穿坎肩的妇女[2] 爽朗的笑声，直到一阵太低下的笑声，一句遭到时代污染、有着淫乱气息和虚伪荣耀的话语，让他那僧侣的自豪心情受到伤害，他才不得不走出那隐身的地方。

大家原以为他会一直沉浸在其中无法自拔，所以让他离他的年轻伙伴的那些学问远远的，如今看来也只是从亚里士多德的诗学和心理学中找到的一些灵巧的语句，只是从一本 Synopsis Philosaphioe Scholasticoe ad mentem divi Thomoe[3] 而来。他的思想只是包括各种疑惑和对自己的不自信，只是偶尔遭到本能的闪电照亮的一片模糊，可是那闪电的光太强了，只要它一亮，整个世界便像被烈火吞噬一样，马上消失在他的脚下。而自那以后，他便觉得自己的舌头变得笨拙不已，而且他所看到的别人的眼神也都显得毫无生气，因

---

[1] 意大利诗人，生活在 13 世纪。——译者注

[2] 指下等妓女。——译者注

[3] 拉丁文书名：《圣托马斯哲学思想纲要》。——译者注

为他觉得美的精神已经完美覆盖了自己，而且最起码在一种隐约的梦境中，他已经结识了真正的高尚。可是假如这转瞬即逝的无声的骄傲不能再带给他力量，他也很高兴自己依然在无数普通人中生活，在这城市的脏乱、喧闹中，轻松地、勇敢地走向前。

在运河上的挡板附近，他遇到一个肺病患者正迈着小碎步从桥上走向他这边，那人的面相很年轻，戴着一顶无边帽，身穿一件紧紧的栗色外衣，举着一把收拢的雨伞，就像举着占卜的神杖一样。他想现在差不多十一点了，同时转身望向一家牛奶店，想看看准确时间。牛奶店里的钟显示那会儿是四点五十五，可是他才转身，却听到近处某个地方传来急促而清晰的十一下钟响。他不由得露出了笑容，麦卡恩的形象出现在他的脑海里，当时他好像就穿着一身射击服装，又矮又胖，还留着淡黄色的山羊胡，在霍普金斯街角的微风中站立，并告诉他：

——迪达勒斯，你可真是太孤僻了，天天一个人待着。我可不像你，我是一个民主派，我打定主意要为将来的欧洲合众国里的所有阶级和性别的社会自由和平等工作，并为之付出自己的一切。

十一点！那么说来，他已经来不及去听那一堂课了。今天是周几来着？他停在一家报社的门前，看着门口张贴的报纸的栏头。星期四。十点到十一点，英语，十一点到十二点，法语；十二点到一点，物理。他自己想象着上英语课的情景，而现在哪怕他离教室远远的，他也觉得紧张、束手无策。他看到他的同学们都埋着头，记录着老师要求他们记录的一切，字面上的定义、实际的意义、各种例子、生死年月、主要作品，以及相互并列的别人的表扬和批评等等。他的头却高高抬着，因为他的思想早就离开了教室，可是无论他是环顾周围的同学，还是透过窗子越过一片荒芜的菜地看向远方，他都觉得有一股令人失落的、被地窖里湿润和腐烂气味充斥的臭味朝他袭来。除了他自己的脑袋以外，还有一个头也在一众低头的脑袋中扬得高高的，它就像一个神父的头，正大胆地对着圣体盘，在为它周围的谦卑的礼拜者祈祷。只要他一想到克兰利，他的身体的完整形象都不能出现在他的脑海里，只能看到他的头和脸，这究竟是怎么回事呢？甚至现在在清晨的灰色的帷幕的映照下，他所看到的也只是像在梦中看到的幻景一样，只有一张离开身躯的脸，或者从死人脸上压下的模型，一头黑色的直竖着的头发支棱在额头上，那样子如同戴着一顶铁制的王冠。它和神父的脸简直一模一样，和神父的脸一样面无血色，鼻翅宽宽的，眼睛下面和下巴周围都有一片昏暗的颜色，也像神父一样，嘴唇也是苍白的，总是露出浅浅的笑容。斯蒂芬忽然想起来，他曾经不停地把他的灵魂所感受到的压抑和向往讲给克兰利听，而他这位朋友只是安静地听着，其实，他早就应该发现，那是一张有罪的神父的脸，因为他听了很多人的忏悔，可是他却不能救赎他们，可是这时在他的记忆中，那脸上的那双女人味十足的黑眼珠正看着他。

　　他透过这一形象，一眼看到了一个离奇的可以让他陷入思考的深深的地洞，可是他又马上转身了，觉得现在还不到进入那洞的时候。可是他的朋友的那种像夜色一样阴森的漫不经心的状态，却好像把一种稀薄的致命的毒气发散在他周围的空气中，而且他还发现自己正随意读着不时闪过他身边的单词，他百思不得其解的是，为什么它们突然间一下子没有了任何清楚的含义，直到他的思想被一切完全没有价值却处处风靡的传说像符咒一样紧紧攫住，而当他走过一堆堆用死亡的语言堆砌成的胡同中时，他的灵魂却因为老去而缩成一团。从他的头脑中慢慢溢出他自己对语言文字的了解，都汇入那些单词中，那些单词却自由地变换着排列的顺序，非要排出极其不对称的韵脚：

　　　　——常春藤发出凄惨的叫声爬在墙上，

它哭泣着蜿蜒着爬在墙上，

黄色的常春藤爬在墙上，

常春藤，常春藤爬在墙上。

如此凄凉的诗行，试问有谁听到过？伟大的上帝啊！常春藤在墙上哭泣，试问有谁听到过？黄色的常春藤，那倒也还行。还有黄色的象牙。可是有没有和象牙很像的常春藤呢？

现在在他的头脑中，那个字熠熠生辉，即便是和大象斑驳的长牙上锯下来的象牙相比，它都更加清晰、动人。Ivory，ivoire，avorio，ebur。[1] 他学的第一个拉丁文例句便是：India mittit ebur，[2] 教他拉丁文的那位校长的奸诈的北方人的脸浮现在他的脑海里，他曾经告诉他如何用优雅的英文对奥维德的《变形记》进行重新改写，可是因为他反复提到小猪肉、陶片和猪肉火腿，总给人荒诞不经的感觉。他所知道的那点拉丁文诗歌的规律只是从一本破旧的书上学来的，那书是一位葡萄牙神父所写。

Contrahit orator，variant in carmine vates.[3]

他所知道的罗马历史的危机、胜利和动乱就来源于 in tanto discrimine[4] 这句滥调，同时，他还试着以 implere ollam denariorum 这几个词为契机，对众城之城的社会生活加以窥视，他那位校长曾经用洪亮的声音把这几个字翻译成——用银角子把钱罐装满。不管什么时候去摸他那本历经岁月考验的贺拉斯的作品，他都不觉

---

[1]　分别为英、法、意、拉丁文，都是象牙的意思。——译者注

[2]　拉丁文：印度出产象牙。——译者注

[3]　拉丁文：演说家追求简单，诗人却需要铺张。——译者注

[4]　拉丁文：非常危殆。——译者注

得冷，虽然他的指头是冰凉的。那些书页都有人的气息，约翰·邓肯·英弗拉里蒂早在半个世纪前就用他的手指翻看过，后来他弟弟威廉·马尔科姆·英弗拉里蒂也翻看过。没错，在那些发黄的扉页上，都是一些尊贵之人的名字，而对于他这个并不太了解拉丁文的人来说，那些需要细细探究的诗行也似乎芳香依旧，就像一直被常春花、薰衣草和马鞭草包围一样。可是，只要想到他在世界文化的盛宴上永远只是一位害羞的客人，他就伤心不已。而那僧侣的知识则是他另一个伤心处，之前他特别想在它基础上把一种美的哲学建立起来，可是现在却发现在他所在的这个时代，人们反而更看重纹章学和驯鹰术所用的那些离奇的术语。

因为全城人的无知，他左边的那块象征三位一体的灰色石头只是像一块毫无意义的远古一样，在一圈围栏中间端坐。他的心情不由得变得很低落，他正千方百计想让自己的脚摆脱被改造的良心的枷锁中，这时他却和那爱尔兰民族诗人的可笑的塑像[1]相遇了。

他就那样静静地看着它，一点都不生气，原因是，虽然它的全身都被身心的懒惰爬满，被那好像持续移动的脚和外衣的衣褶爬满，被它那显得很卑微的脑袋爬满，可是它好像非常卑微地发现了自己的地位是不值一提的。这是一位古艾尼人把借来的古爱尔兰人的外衣穿在身上。这时他的朋友达文，那个农民学生不由得浮现在他的脑海里。他们曾经在戏谑时使用过这个名字，可是那年轻的农民却坦然接受了。

——就这样叫吧，斯蒂芬，就像你所说的，我这人是死脑筋。你随便叫我什么都可以。

这样用家人之间才会使用的亲昵称呼来把他的教名派上用场，他曾经很高兴，当他这位朋友说出这个称呼时，因为他不管跟谁说话都非常严肃，就像别人跟他说话一样。他时不时会在格兰瑟姆街

---

[1] 指托马斯·穆尔的塑像，位于该学校西侧。——译者注

达文的屋子里，边惊讶地看着他的朋友沿着墙根把做工非常精致的靴子一双双摆整齐，边为了让他朋友那极易满足的耳朵得到满足，事实上也是为了把他自己的向往和失望心情掩盖住，念诵别人的诗行和韵文时，对于他来说，他这位聆听者的古艾尼人的粗俗的头脑有时会强烈地吸引他，有时又让他想躲得远远的。会对他产生强烈吸引力的是他那纯朴的安静屏神，或他古怪地使用古英文用语的方式，又或者是他非常欣赏粗俗人的技能的情绪——因为达文一直被迈克尔·丘萨克那个盖尔人所折服——而让他的思想想要快速闪躲的则是他那冲动的理智，或愚笨的感情，或他那被害怕所填满的呆滞的眼神，那是一个饥寒交迫的爱尔兰村舍的灵魂所表现出来的害怕，直到现在，所有人都还对那村舍中戒严令惴惴不安。

他清楚地记得他叔叔马特·达文，也就是那位运动家的能力和事迹，这位年轻农民和他那位叔叔简直如出一辙，都对爱尔兰的各种伤感的传说极其推崇。他那些甘愿付出任何代价都要改变学校平庸生活现状的同学们，都倾向于认为他是一个年轻的芬尼亚分子。在他保姆的教授下，他学会了爱尔兰语，他那朴实的想象世界也被那残破的爱尔兰神话照亮了。他就像一个没有理性的农奴对待罗马天主教的宗教一样，对于那些找不到任何美丽诗句的神话，对那些在相传过程中已变得杂乱无章的故事，他都表现得极其忠诚。他的头脑排斥任何来自英格兰，或者以英格兰文化为媒介的思想或感情。而他所知道的英格兰以外的世界就只有法国，他时常也说到要忠诚于法国。

这种凌云壮志，再加上年轻人的那种诙谐，他时常被斯蒂芬叫作驯顺的白鹅，这个名字甚至还有一个地方特别让人讨厌，那就是它将他这位朋友既不喜欢说话也不喜欢行动的特点淋漓尽致地表现出来了，而在斯蒂芬的随时都迫切要思考的头脑，和那种爱尔兰的处处躲藏的生活方式之间，这种特点好像建立了一道围墙。

　　为了回避对方所彰显出来的精神反抗的冷漠的沉默，斯蒂芬时常会用过激或过于丰富的语言，而有一天晚上，这位年轻农民因为难于忍受精神上的烦恼，说出的一番话却又唤起了斯蒂芬的一种奇特的想象。那时，他们两人正从贫穷犹太人的逼仄而黑暗的街道穿过，踱步走向达文家。

　　——去年秋天快要进入冬天时，斯蒂芬，我曾经经历过这样一件事，我没从来没有对任何一个活人说起过这件事，你是第一个。我已记不太清楚，那是十月还是十一月。可能是十一月，因为那时我还没到新生班学习。

　　斯蒂芬笑着看向他的朋友，为他的自信感到高兴，而且他说话时那种纯朴的语气也让他对他充满了同情。

　　——那一天，我一天都没有回家，一直在巴特凡特待着——那地方我不知道你是否清楚。克罗克健儿和瑟尔斯大无畏球队正在那里进行一场球赛，我的天哪，斯蒂芬，那场球赛打得可真精彩。我一个表哥，方西·达文，因为大部分时间都跟着前卫跑来跑去，热得把衣服都脱了，可是你知道对于一般的利默里克人来说，那一天的温度还是很适宜的。我会永远记得那一天。有一次，有一个克罗克的小伙子用力朝他头上打了一棍，天知道，那一棍差点打在他的太阳穴上。啊，上帝可以作证，要是真打到他的太阳穴上，他肯定当场就一命呜呼了。

　　——幸运的是，他还活着，我真是太高兴了，斯蒂芬笑着说，可是我可以笃定，这不是你刚刚要讲的一件奇事吧？

　　——没错，我相信你不会喜欢听那个的，可是无论如何，在那次球赛以后，球场上一直都很热闹，竟然让我没有赶上回家的最后一趟火车，我也找不到任何可以带我回去的便车，因为很不巧，那天晚上正好在城堡镇举行一次群众大会，村里所有的车都去了那里。所以我也没有其他办法了，要么就在那里待一晚上，要么就走路回去。是啊，我开始走路，走了没多久，天就全黑了。等多从巴利霍拉山走过以后，还有相当长一段路几乎没有人影，而从那里还要走十多英里才能到基尔马洛克。一路上，半间基督教徒的住房你都看不到，也没有任何声音。天太黑了，什么都看不到。有一两次，我停在一个树丛下面，把我的烟斗点着。可惜露水太重了，要不然我真想两脚一伸就躺在那里睡一觉了。最后，大路拐了一个弯，突然，我看到远处一个小村子里有个露出灯光的窗口。我过去敲门，里面有人问我是谁，我说我在巴特凡特看球赛看晚了，没有车了，只能走路回去，想讨点水喝，并表示非常感谢。过了一会儿，一个穿得很少的年轻妇女过来给我开了门，递给我一大罐牛奶。她的头发披散着，似乎在我叫门的时候她正准备睡觉了。看她的身材和某种奇怪的眼神，她一定是有了身孕，这点我确信无疑。她一直站在门口拉我闲聊，我当时就觉得奇怪，因为她的胸脯和肩头几乎都裸露在外。她问我累不累，要不要就留宿在那里。她说就只有她一个人在家里，她的丈夫那天早晨为了送他妹妹，去昆斯敦了。她就那么一直和我交流着，斯蒂芬，她的眼睛一直盯着我的脸看，她那么近距离地看着我，她的呼吸声我几乎都能听见。最后当我把奶罐还给她时，她把我的手紧紧抓在手里，非要把我拉到门里面去，还说："赶紧进来，就留宿在这里吧。你不用担心，这屋里就只有咱们两人……"我不愿意进去，斯蒂芬。我向她表示感谢，依然开始走我的路，全身像在燃烧一样。走到大路上第一个拐角处，我不禁回头看了看，发现她仍然在门口站着。

　　他一直保留着达文的故事的最后几个字的记忆，故事中的那个女人的形象已然变成他坐在学校的车上从克莱恩开过时曾经看到的站在屋门口的农妇，这个极具典型地代表了她的民族和他自己的民族，在黑暗中、在隐晦中、在孤独中，一个蝙蝠突然对自己的存在有所意识，于是借助一个真实、毫不做作的女人的眼神和神态，请一个陌生人和她同床共枕。

他忽然觉得他的胳膊被谁拽了一下，耳边响起一个年轻的声音：

啊，老爷，是您自己的姑娘，先生！今天的第一束鲜花，老爷。把这束美丽的鲜花买下来吧。行不行，老爷？

在那一刹那，她举向他的鲜花和她那年轻的蓝色的眼睛，似乎正好将她真实的、毫不做作的天真形象表现出来了。于是，他不由得驻足，可是那形象很快就很消失了，他只看到她的破烂衣服、湿乎乎的头发和可爱的脸。

老爷，买了吧！别忘了您自己的姑娘，先生！

我没钱，斯蒂芬说。

把这些可爱的花买下来吧，老爷？一个便士就可以了。

我刚刚说的话你没听到吗？斯蒂芬低头去问她。我已经跟你说过我没有钱，我再重复一遍。

啊，将来您一定会有钱的，老爷，上帝保佑您，那女孩停顿了一会儿说道。

可能吧，斯蒂芬说，可是我觉得不太可能。

他快速从她身边离开了，怕她那亲热的表现会转而对他絮叨个不停，更何况他也不想影响她，影响她把她的鲜花卖给别人，一个来自英格兰的旅游家或者来自三一学校的学生。他沿着那条格拉夫顿大街一直走下去，那令人失望的贫穷景象愈发加剧了。在那条街的闹区，有一块对沃尔弗·托恩[1]进行纪念的石碑，他还有印象，当年把这块碑立起来时，他和父亲还共同出席了那个仪式。只要一想到当时对托恩表示敬仰的那庸俗的仪式时，他就觉得很难过。那时还有四位法国代表坐在一辆漂亮的车子里来参加仪式，其中有一

---

[1] 西奥博尔德·沃尔弗·托恩：18世纪末爱尔兰革命家。——译者注

个小伙子很胖，一直面带笑容，用一根棍挑着一块上面写着 Vive I'
Irlande[1] 几个字的牌子。

可是斯蒂芬广场上的树木却有雨水的清香散发出去，那遭到雨
水侵蚀的土地也有它的俗世的生命的味道散发出去，一种来自很多
发霉的心灵的袅袅的烟雾。他曾经不止一次听他的前辈们说过那个
勇敢的、腐朽的城市的灵魂，在时间的流逝下慢慢萎缩成一股从土
地上升起的虚无缥缈的生命的气息。而且他也知道，只要他一会儿
进了他昏暗的学校的大门，一种非巴克·伊根[2] 和伯恩查佩尔·惠
利[3] 所知的腐化堕落的场景就会扑面而来。

现在去楼上上法文课已经来不及了。他从大厅穿过去，走向通
向物理实验室的那条过道。过道里黑漆漆的，一点声音都没有，可
是也是有人守望的。为什么他会觉得这里肯定有人守望着？原因
是有人曾跟他说过，在巴克·伊根时代，这儿有一个隐秘的楼梯口
吗？还是因为耶稣会的所有房舍都是治外地区，他现在的活动区域
是在一群异族人民中间？托恩和帕内尔的爱尔兰好像已经在无尽的
空间中消失了。

他把实验室的门打开，在被尘土所包围的窗口勉强照进的寒
冷、恐怖的光线中站立着。大门旁边蹲着一个人，他的身材瘦小，
衣服是灰色的，由此可以看出，他是正在生火的副教导主任。斯蒂
芬小心翼翼地把门关上，走向火炉。

先生，早！我可以给你提供什么帮助吗？

那神父立刻把头抬起来说：

先稍等一会儿，迪达勒斯先生，不久你就会看到了。点火也

---

[1]　法语，即爱尔兰万岁！——译者注

[2]　也就是约翰·伊根，英国下院议员，对英国的政治有些不满。——译者注

[3]　也就是托马斯·惠利，英国下院议员，在联合问题投票时受贿，没有
坚持立场。——译者注

是一种艺术，我们有对性情进行陶冶的艺术，也具有实用价值的艺术，这个就属于后者。

那我也来尝试着学习一下，斯蒂芬说。

煤加太多是不行的，副教导主任说，一边用双手忙个不停，这是生火的其中一个秘密。

他把四个蜡烛头从袈裟旁边的口袋里掏出来，把它们和煤、一些被揉得皱巴巴的纸团一起放到炉子里。斯蒂芬安静地坐在一边看着。他就这样在一块方砖上跪下来点火，将纸团和蜡烛头一点点放到炉子里，相比过去任何时候，现在的他都更像一位恭顺的神父，他似乎是上帝的祭司，正在一个空无一人的神庙里祭拜神。他那已经褪色的破旧的袈裟也如同一件再质朴不过的祭司的布袍，把这个跪着的形象包裹住，而假如让这个人穿上法衣或者把满是铃铛的主教服装穿在身上，他就会觉得非常难受。因为一直服侍主把圣坛上的炉火点燃、严格保守所有听到的话、服侍俗世的凡人、积极完成奉派的任何工作，他的身体已经垂垂老矣，可是在他的脸上却丝毫看不出什么圣徒或教皇的美。不，因为那种操劳，他的灵魂自身也只会变得愈发衰老，却并没有显得愈发靠近光明和美，或者将表现他的严肃的甜蜜的气息散发出去只剩下一个饱受折磨的意志，在接受命令时，它的反应的激烈度也不会超过爱情或战斗所引发的反应，他那干瘪瘦弱的身躯因为被一层银灰色的绒毛所覆盖，已经全部变灰了。

副教导主任弯下腰，观察木棍烧得怎么样了。斯蒂芬为了不让沉默持续下去，开口说：

我很确定这炉火我是生不着的。

——你是一位艺术家，对吧，迪达勒斯先生？副教导主任说，抬头眨巴着他那灰色的眼睛。艺术家是为了将美的东西创造出来。可是美究竟是什么却是另一个问题。

他思考着这个难题，反复揉搓着自己干枯的手。

——现在你可以回答这个问题吗？他问道。

——亚奎纳斯，斯蒂芬回答道，说是 pulcra sunt quoe visa placent[1]。

——我们眼前的这一堆火，副教导主任说，也会给人带来愉悦的感觉。那么它也能称作美吗？

——从我们眼睛所能看到的情况来看，我想这里面也含有美的感受的意义，它就应该称之为美。可是亚奎纳斯也说过 bonum est in quod tendit appetitus[2]。因为它可以让动物感觉到温暖，所以它是一种善。可是在地狱里它却是一种恶。

——没错，副教导主任说，你的话说到了重点。

他快速站起来走向门口，把门开了一半说：

——据说生火时有点风会比较好。

他步履轻快地回到火炉边，可是脚步稍微有点儿瘸，从他那淡漠的灰眼睛里，斯蒂芬看到一个耶稣徒的寂静的灵魂正在观察着他。他和伊格内修斯一样，都有点瘸，可是伊格内修斯的眼睛里有热情的火焰，他却没有。甚至传说中他们那帮人所采用的阴谋，那个阴谋甚至比记载机密、奇妙的机智的神话中所记载的还要机密、奇妙，也依然没能让他的心中充满耶稣门徒的热情。他似乎完全是在执行命令，为了让上帝获得更大的荣誉，在将人世的阴谋和机智派上用场，而在运用它们时，他是感觉不到任何快乐的，即便它们出现在恶人身上，他也不会有一丝仇恨心理，而只是带着完全的服从的样子，让它们回到最初的样子，而他虽然一整天都安静地劳碌着，他好像一点都不喜欢他的主人，假如说他对他所干的那些事抱有热情的话，也是极少的。他就像造物主所要求的那样，是

---

[1] 拉丁文，意思是：意之所悦者谓之美。——译者注

[2] 拉丁文，意思是：心之所向者谓之善。——译者注

similiter atque senis baculus[1]，像老人手中的一根拐杖，在半夜走在路上，或者遇到极端天气时，可以有个仰仗，在花园的凳子上可以和一位太太送他的花束放到一起，有时也可以把它高高举起，以威胁他人。

副教导主任回到炉边，开始摩挲着自己的下巴。

有关这个美学问题，你什么时候可以发表一下你的观点呢？他问道。

我的观点！斯蒂芬一脸惊讶地说，我要是运气好，半个月也许可以想到一点和这个问题相关的看法。

这类问题是极其深奥的，迪达勒斯先生，副教导主任说，这似乎是在莫黑山的悬崖上凝视下面的深渊。很多人跳到深渊里面就没有再回来。只有那些经过专业训练的潜水员可以进入深渊，探索一番后再回来。

假如你说的是思考问题，先生，斯蒂芬说，那我也可以非常肯定地说，什么独立思考这种东西，世界上根本不存在，因为所有人的思考都会被它自己的规律所限。

哈！

站在我的需求的角度来说，我现在所进行的工作只需要以亚里士多德和亚奎纳斯的一两个概念所发光的光为仰仗就足矣。

我懂，你的意思我完全懂。

我需要它们只是为了利用它们，让它们引领我，之后我要以它们所发出的光为仰仗，做一点我所要做的事。如果那个灯光有黑烟冒出，或者有臭味发出来，那么我就要对它的灯芯进行一下调整。假如它变暗了，那我就要卖掉它，重新买一盏。

耶庇克蒂忒斯[2]也有一盏灯，副教导主任说，在他与世长辞以

后，那盏灯售出了一个高价。他就是借助那盏灯写出哲学论文。你知道耶庇克蒂忒斯是谁吗？

一位老先生，斯蒂芬的嗓子在冒火，他曾经说过，一个人的灵魂就如同在柳条筐里装的一筐水。

他曾经用一种很质朴的语言告诉我们，副教导主任继续说道，他曾经在一尊神像面前放了一盏铁铸的灯，后来那盏灯被小偷偷走了。那位哲学家想了个什么办法呢？他想了一下，小偷的本性就是偷盗，所以第二天他去买了一盏瓦灯，没有再买铁灯了。

被副教导主任放到炉子里的蜡烛头散发出浓烈的蜡油味，在斯蒂芬的意识中，那气味竟然和他们振振有词的话语声相互融合了，柳条筐和灯、灯和柳条筐。那神父的声音也显得极为高亢。斯蒂芬的思想不自觉地停了下来，那怪异的声音和形象，那似乎一盏已经熄灭的灯或像一个焦距错误的反光镜中的神父的脸，都让他停止了思考。有什么东西在这张脸后面，或者里面呢？是一个麻木、呆傻的灵魂，还是一个充满智慧，还可以把上帝的气愤表现出来的包含着雷电的乌云？

我和你说的并不是同一种灯，先生，斯蒂芬说。

没问题，副教导主任说。

在美学探讨中，斯蒂芬说，有一个极大的难题，那就是当我们在运用某些词句时，很难知道是以文学传统还是以市井间的传统为依据。我记得纽曼曾经提到过圣母玛利亚，说所有圣徒都陪在她身边。可是如果在市井间使用这个字，意思就完全变了。我希望我没有绊住你。

不不，我也没什么事，副教导主任礼貌地说。

不，不，斯蒂芬笑着说，我的意思是——

没错，没错，我懂了，副教导主任赶紧答道，我现在知道你是什么意思了：你是说绊住那个词儿。

他把下巴向前伸了伸，干咳了几声。

继续探讨灯的问题，他说，把油加到灯里面也是个很神奇的问题。你所选择的油必须是非常纯净的，而且还要非常小心地加到里面，不要让它流在灯外面，也不要溢出漏斗口。

什么漏斗？斯蒂芬问道。

就是用它往灯里灌油的那种漏斗。

那个？斯蒂芬说，那东西叫漏斗？它不是叫通盘吗？

什么是通盘？

就是那个。那个漏斗。

在爱尔兰语里，这个东西叫通盘吗？副教导主任问道，我这辈子还是头一次听说这个词儿。

在下德拉蒙康德拉一带，这东西叫作通盘，斯蒂芬笑着说，那里的人英语可都说得相当好。

通盘，副教导主任若有所思地说，这个词很有趣。我一定将它牢牢记在心里。我没有在和你开玩笑，我一定要牢牢记住它。

他这种客气的外貌看上去不太真诚，斯蒂芬在看这位英格兰的皈依者时，几乎是用寓言中长兄看待回头浪子的眼神。在一阵喧闹的精神转变的仪式以后，这个待在爱尔兰的令人同情的英格兰人，变成了一个虔诚的信徒，在那个被阴谋、悲伤、妒忌、斗争和可耻行为充满的奇怪的戏快要结束时，他好像才走到耶稣教会的历史舞台中央，因为他来得太迟了，所以成为一个精神上的后辈。他的宗教思想是开始于什么地方呢？可能有生以来，他就一直在一群严肃的不拘一格的人们中间生活，他只看到耶稣是人类的救星，却非常讨厌整个宗教的那一套虚假的仪式。难道在诸多派别斗争的混乱中，他却会在什么六大原则会、特殊人、种子和蛇洗礼会、命运先于人世论者等各种混乱派别的唇枪舌剑中，觉得一种来自内心的虔诚是非常重要的吗？难道是在他像对一团棉线进行清理一样，在最后一次绅绎他在圣坛前行一次额头礼便会有一股仙气袭来，或者有关圣灵诞生的细微的思绪时，忽然意识到真正的宗教是什么吗？或者是他在某个铁皮顶的小教堂门口坐着，哈欠连天地数着教堂收到的便士的时候，耶稣基督碰了他一下，让他和他一起离开，他也像在税务局前坐着的那个门徒一样，乖乖跟在他身后离开吗？

副教导主任又念叨起那个词。

通盘！哎呀，这个词太有意思啦！

刚刚你问我的那个问题好像比这个有意思多了。艺术家尽可能用一团泥表现的美到底是什么东西，斯蒂芬镇静地说。

这个小词儿好像让他把他的敏锐感觉的剑尖向这个彬彬有礼的时刻提防着的敌人指去。他不由得想找个地缝钻进去，只要想到现在跟他说话的那个人是本·琼森的同胞。他想：

我们刚刚交谈所使用的这种语言原本是他的语言，后来才形成了我的语言。像家、基督、麦酒、主人这些词，我和他说出来是完全不一样的。在说这些词、写这些字时，我可能并不会在精神上觉得紧张。对于我来说，他的语言太熟悉了，又太陌生了，它只能是一种后天学来的语言。那些字并不是我的创造，我也无法接受。我的声音不想把这些字说出来，对于他这种语言的恐怖含义，我的灵魂深感紧张。

要把什么美，什么是高尚分清楚，副教导主任又加了一句，把什么是道德上的美，什么是物质上的美分清楚。还要把对于不同的艺术来说，什么样的美和什么样的艺术是相吻合的弄清楚。我们应该对这些有意思的问题加以研究。

斯蒂芬忽然对副教导主任不容置疑和单调的声音感到厌烦，于是，他不再说话。很多皮靴声和混乱的说话声从远处的楼梯口传来，房间里的安静瞬间被打破了。

在探讨这些问题时，副教导主任像在说总结陈词一样，一定要注意这里存在一种因为营养不足而导致衰败的危险。首先你一定要想办法得到学位。这件事应该是你的首个目标。之后慢慢地你就会把你前进的道路看清楚了。我是指各个方向的道路，你生活的道路以及他思考的道路。一开始这可能会有点像骑自行车去爬高山。比如像穆南先生，他花了很久才爬到山顶上去。可是最终他还是爬上去了。

也许我不具备他那种才能，斯蒂芬非常淡定地说。

这个没有人知道，副教导主任笑着说，我们自己没有人知道自己究竟有多大的才华。可是我们一定不能半途而废。Per sapera ad astra.[1]

他匆忙从火炉边离开，走到楼梯口，看着艺术班第一班的同学正往里进。

斯蒂芬靠在火炉边，听到他和班上的所有同学都亲切地问好，而且几乎可以看到一些比较粗鲁的同学的坦诚的笑容。这时他那极易感伤的心灵涌起来一种悲怆的感情，他非常同情这个具有武士气派的洛约拉的忠诚信徒，这个教会里的后娘的儿子。相比教会里的其他人，这个人说话要随便多了，他永远都不会用教父称呼这个人，可是相比他们所有人，这个人的灵魂要更加坚定。同时他还想到，这个人和他的那些伙伴，因为这一生，他们都在上帝的审判台前给一些淡漠的、安分守己的灵魂请求恩惠，因此不仅在那些出世者的眼前，在普通世人的眼前，他们也同样得到了相应的声誉。

在那个昏暗的实验室最高处满是蜘蛛网的窗子下面坐着的一些学生，用他们沉甸甸的靴子展现出来的那一阵热情，表明上课的教授已经进来了。教授开始点名，学生们的回答千奇百怪，彼得·伯

---

[1] 拉丁文，意为：经过艰险后才能到达顶峰。——译者注

恩是最后一个点到的。

到!

一声低沉的回答从高处传过来，紧接着，一阵代表抗议的咳嗽声从其他的座位上传过来。

那教授稍微停顿了一下，然后继续往下点:

克兰利!

没有人应声。

克兰利先生!

因为想到他这位朋友的学习情况，斯蒂芬不由得笑了。

到豹镇去打听一下吧! 他背后有个声音传来。

斯蒂芬快速转过头去，可是在后面的灰色的光的映衬下，他只能看到莫伊尼汉那面无表情的脸。黑板上写了一个公式。斯蒂芬在一片翻动的练习册的沙沙声再次转过去说:

求你看在上帝的面上给我一点纸吧。

你咋回事，连纸都没有? 莫伊尼汉笑着说。

他从拍纸簿上给他扯下一张纸，小声对他说:

在情况需要时，任何外行人或女人都可以做。

原原本本地把那片纸上的公式、老师在演算中的化简和展开的算式、那些像鬼魂一样展现着力量和速度的符号等抄下来，不仅让斯蒂芬觉得很有意思，也让他觉得很累。曾经有人跟他说过，这位老教授是一个信仰无神论的自由思想家。啊，这令人厌烦的枯燥无味的日子! 它似乎是一个装满耐心的意识的深渊，数学家的灵魂可以在这里面尽情徜徉，把他们那细长的各种结构，建造在那一层层由愈发稀薄、昏暗的余晖组成的平原上，并将那快速扩大的光环向越来越大、越来越远和越来越难以捉摸的宇宙的边沿散发出去。

因此什么是椭圆形，什么是椭圆球体，我们一定要分清楚。可能你们各位都对 W.S. 吉尔伯特 [1] 先生的作品比较了解。在一支歌中，他曾经这样说过，一个会打弹子的真正行家会这样玩：

> 在一张铺着虚伪的绒布的台子上
> 用一个弯曲的弹子棒
> 打着一个椭圆形的弹子。

　　毫无疑问，他的意思是，一个形状是椭圆体的球，而那椭圆体和我刚刚所讲的有关它的中轴的规律是完全吻合的。
　　莫伊尼汉把头歪到斯蒂芬这边，小声说道：
　　椭圆球多少钱？快来追我吧，小姐们，我已经是骑兵部队的一员了。
　　他这位同学这种粗鲁的诙谐，就如同一阵狂风把斯蒂芬封闭的心灵穿透了，毫无形体的教士们的服装好像都突然焕发了生机，在一个无人管事的安息日，它们不停地摇晃着，四处跳跃着，这一教区的各种人物形象都展现在这些被风吹动的衣服中，其中有副教导主任，有戴着用灰色的毛发做成的帽子的身材魁梧的卖花人，有校长，有写下虔诚诗句的长着一头软发的小教士，有经济学教授的矮胖的农民形象，有年轻的讲心灵科学的教授的又高又瘦的形象。他在楼梯口和他班上的同学们就良心的问题进行探讨，那场景真像一只长颈鹿在一群羚羊中站着，把头伸得长长的，想要吃高处的树叶一样。还有这里的负责兄弟会的人，长着一双流氓眼睛的圆脑袋的教意大利文的胖教授，等等。他们奔跑着、跳跃着，都把长衣服搂起来，准备做跳背游戏，挨个趴到别人的背上，不停地摇晃着身子，夸张地笑着。大家胡乱拍打着别人的屁股，又因为这种粗鲁的玩笑而狂笑，他们在称呼对方时都是用的大家所熟悉的诨名，突然

---

[1]　W.S. 吉尔伯特：英国喜剧作家。——译者注

又严肃地抗议某人过于粗鲁的行为，三五成群地聚集在一起，小声议论着什么。

讲课的那位教授向墙边的一些玻璃匣子走去，从其中一个放玻璃匣的架子上拿了一套弹簧下来，认真地把上面各处的灰尘吹去，小心翼翼地拿到桌边，边指着它边开始讲演。他说，现代做弹簧的铁丝的材料是一种叫作赛白金的合金，这种合金的发明者是 F.W. 马蒂诺。

他非常清楚地把那位发明家简写的名字念了出来。莫伊尼汉在斯蒂芬身后小声说：

就是那位远近闻名的清水马丁！

问问他，斯蒂芬转过头去敷衍地开着玩笑说，他要不要找个人去坐电椅，跟他说我可以。

莫伊尼汉看到教授正低头看着他的弹簧，便起身把右手手指窝得嘣嘣响，模仿街上野孩子哭泣的声音。

老师，求求你，这孩子总是喜欢讲一些粗鲁的话，老师。

赛白金，那教授一本正经地说，德国的银子都比不上它，因为温度再怎么变化，它的抗热系数都不会高。这赛白金金丝是绝缘的，用来绝缘的这些丝线是在黑色的橡皮管上缠绕着，就是我手指所指的这个地方。假如每根丝单独缠绕就会有一股额外的电流进入弹簧里面。这橡皮管是用热石蜡浸透过的……

从斯蒂芬下面的一条板凳上传来一个尖刻的北爱尔兰的口音：

老师会不会问我们一些和应用科学相关的问题？

那位教授开始一本正经地对纯科学和应用科学这两个词儿进行反复解释。一个戴金边眼镜、身材魁梧的学生一脸迷茫地看着提问的人。莫伊尼汉从后面小声说道：

就他那一磅肉而言，麦卡利斯特难道不是一个魔鬼吗？

斯蒂芬冷漠地看着他下面的一个椭圆形的脑袋，那脑袋上胡乱长着一头棕红色的头发，就像棕绳一样。他很讨厌那声音、那腔调、那提问人的头脑，他甚至任由这种反感的情绪发展成为一种蓄意夸大的气愤，尖酸地想着，如果这个学生的父亲把他送到贝尔法斯特去上学，应该要好很多，这样他就不用出一大笔火车费用了。

他下面的那个椭圆形的脑袋瓜儿也没有反击他这种思想上的暗箭，可是不久这支箭却又到了弓弦上，因为不久他就看到那学生的脸变得像纸一样白。

这段话可不是我的创造，他赶紧告诉自己。后面那条板凳上的那位可笑的爱尔兰人早就说过这话。安静一些吧。你可以肯定地说，是谁出卖了你的民族的灵魂？你们的那些上帝的选民是遭到了谁的叛变？是被问话的人还是被那个嘲讽他的人？安静一些吧。把耶庇克蒂忒斯的话记在心里吧。他这时，用这种腔调提出这样一个问题，而且科学两个字被他念得像一个字一样，这可能取决于他的性格。

那位教授的拉长的声音一直在他所讲的那个弹簧身边围绕，慢慢回荡在教室里，当弹簧阻抗成倍增长时，他那声音的催眠力量也愈发强大了。

听到远处的铃声，莫伊尼汉从背后大叫：

先生们，下课了！

教室前的门厅里人满为患，大家都大声交谈着。两幅带框的照片放在门口一张桌上，这两幅照片中间放着一长条纸，各种各样的签名形成一个极其不规则的拉长的尾巴。麦卡恩兴奋地奔跑在成群的学生们中间，不停地说着说，回应别人的指责，将学生们挨个领到桌边去。副教导主任正站在里面的大厅里，和一位年轻的教授交谈，他严肃地摸着自己的下巴，时不时颔首。

斯蒂芬没能走出人群，只好停下来。一顶宽边的耷拉着的软帽子下面的克兰利的眼睛正在朝他这边看。

——你签名了没有？斯蒂芬问道。

克兰利把又宽又薄的嘴唇闭上，略微思考了一下说：

Ego habeo.[1]

这是要做什么？

——Quod[2]？

——这是要做什么？

克兰利把他那面无血色的脸转向斯蒂芬那边，温柔又生气地说：

——Per pax universalis[3]。

斯蒂芬指着沙皇的照片说：

——他的脸像头脑不清醒的基督。

他说话的声音里所显现出来的气愤和不屑一顾，让原本安静地欣赏大厅墙壁上的画轴的克兰利把脸转向他。

——你生气了吗？他问道。

——没有，斯蒂芬回答道。

——你的情绪很糟糕吗？

——没有。

——Credo ut vos sanguinarius mendax estis，克兰利说，quia facies vostra monstrat ut vos in damno malo humore estis.[4]

莫伊尼汉向桌边走去时，小声对斯蒂芬说：

——麦卡恩现在可真是厉害啊。他准备把最后的一滴洒掉。一个崭新的世界。那些人再不会有什么高兴的事了，那些人也没有人

---

[1] 拉丁文：我签了。——译者注

[2] 拉丁文：什么。——译者注

[3] 拉丁文：为普遍的和平呼吁。——译者注

[4] 拉丁文："我想你全在说谎"，"你的脸色表明你满腹怨言。"——译者注

会选了。

斯蒂芬不由得对他这种不容置疑的态度笑了笑，在莫伊尼汉走过去以后，他又回头望着克兰利。

——可能你能跟我说说，他说，他为什么像这样无所畏惧地跟我说他的心里话，你能说清楚吗？

克兰利看上去有些生气。他转身望着那张桌子，莫伊尼汉正在那里埋头写自己的名字，之后他又冷漠地说：

——一个阿谀奉承之人！

——Quis est in malo humors，斯蒂芬说，ego aut vus？ [1]

克兰利并没有在意他的嘲讽。他正极其不悦地认真揣摩他自己所下的这个结论，接着他依然用那种冰冷的，却非常坚定的声音说：

——一个该死的阿谀奉承之人，他就是那么个东西！

这是他对任何一个已经消失的友情的评价，斯蒂芬心想，将来有一天，他是不是也会这样对他说。那迟钝的话语如同一团烂泥上的石块慢慢往下沉，直到消失在人的耳畔。斯蒂芬就这样眼睁睁地看着它沉到下面，他已经见过太多次这样的场景。他觉得它就这样在自己的心上重重地压着。克兰利的话和达文所说的话不太像，因为它不仅没有伊丽莎白时代英语的那种精致的成语，也没有那种精妙的加以修饰的爱尔兰俏皮话。它那种拉长的音调只是来自荒芜、腐烂的海港的反射的都柏林码头喧闹的回音，它的力量也只是从威克洛的一个讲台反射回来的都柏林高谈阔论的回响。

克兰利的脸上渐渐没有了生气的表情，这时麦卡恩正在从大厅的那一头快步走向他们这边。

——你们在这儿！麦卡恩兴高采烈地说。

——我在这儿！斯蒂芬说。

---

[1] 拉丁文："一肚子怨言"，"是我不是你"。——译者注

——和平常一样又晚了。你就不能遵守一下时间吗？

——你这个问题一点关联都没有，斯蒂芬说，接下来怎么做。

他的眼睛一直盯着这位宣传家胸前口袋里露出来的一根用银纸包着的牛奶巧克力糖看。一小群听众聚拢到他们这边，要听他们两人唇枪舌剑。一个皮肤发蓝的、瘦弱的、长着一头黑发的学生把脸伸过来，但凡他们说一句话，他就左右看个不停，似乎要用他那张开的嘴把他眼前飘过的每一句话都抓住。克兰利从口袋里把一只小小的灰色皮球掏出来，反复研究着。

——下一步？麦卡恩说，嗬！

他大笑着咳嗽了几声，一脸的笑意，两次捋了捋他那宽厚的下巴下面的山羊胡。

——接下来要做的事，就是在这个证书上签名。

——我如果签名了，你给我多少，斯蒂芬问道。

——我还以为你是一个理想主义者，麦卡恩说。

这个和吉卜赛人长得很像的学生看了眼四周，之后用一种不太清楚的难过的声音告诉身边人。

——真见鬼，这个想法可太奇怪了。我觉得这种想法叫只认得钱。

他说完以后，大家都没有出声。没有人在意他说的话。于是他把他那长得像马一样的橄榄色的脸转过去看着斯蒂芬，意思是让他说几句。

麦卡恩开始兴高采烈地讲起沙皇的诏书，讲到斯特德[1]、普遍裁军、对国际纠纷的裁决、时代的迹象、新的人类，和一种将让所有的社会都担负起重任，用最小的代价获得最多人的幸福的新福音。

---

[1]　全名为威廉·托马斯·斯特德，《帕尔·莫尔报》知名记者，热衷于为国际和平宣传。——译者注

他的话音刚落，那个吉卜赛学生马上欢呼道：

——让我们为整个人类的坚定的团结欢呼！

——继续说，坦普尔，他身边一个矮胖的、面色红润的学生说，回头我请你喝一瓶。

——我想把全人类的坚定的团结建立起来，坦普尔说，用他的椭圆形的黑眼睛看了看四周。马克思只是一个大笨蛋。

克兰利用力把他的一只胳膊抓住，让他不要再说了，他很紧张地笑着继续说道：

——不要上火，不要上火，不要上火！

坦普尔摆脱了束缚，口水直溅，继续说道：

——社会主义的开创者是一个爱尔兰人，柯林斯[1]是首个在欧洲宣传思想自由的人，这事发生在两个世纪以前。那位米德尔塞克斯的哲学家对于神父们搞的那套玩意儿深感怀疑。让我们为约翰·安东尼·柯林斯欢呼吧！

站在那一圈人最外层的一个人尖声回答道：

——万岁！万岁！

莫伊尼汉附在斯蒂芬耳边小声说：

——有关约翰·安东尼的那令人同情的小妹妹该怎么办：

> 洛蒂·柯林斯把她的裤衩丢掉了，
>
> 善良的人，你能否把你的借给她？

斯蒂芬笑得很大声，看到他笑，莫伊尼汉也开心地笑了，于是又小声说道：

——有关约翰·安东尼·柯林斯，我们在打赌时可以多拿五个先令出来。

---

[1] 柯林斯：18世纪初的一位自然神论者。——译者注

——我在等着你回答呢，麦卡恩直接说。

——我一点都不喜欢你所说的那些事，斯蒂芬一脸厌恶地说，你应该知道这一点。为什么还要吵闹个不停呢？

——那好吧！麦卡恩说，吧嗒了一下嘴唇。那样说来，你是一个反动派？

——你觉得你挥动你那根木头剑，斯蒂芬问道，我就会高看你一眼吗？

——这只是打比方！麦卡恩依然一脸严肃地说，让我们来论述事实。

斯蒂芬脸一红，转了过去。麦卡恩依然不想放弃，他怀着满腔的仇恨说：

——那些较小的诗人，我想，是不会喜欢这些什么广泛和平的小问题的。

克兰利把头扬起来，把他的皮球放在两个学生中间，示意他们讲和，他说：

——Pax super totum sanguinarium globum.[1]

斯蒂芬离开那些旁观者，朝沙皇的头像生气地耸了耸肩膀说：

——把你们的那个偶像留着吧，假如我们一定要有一个耶稣，那就让我们拥有一个合法的耶稣。

——天地良心，这话可说得没错！那个吉卜赛人这样告诉周遭人，这句话说得太好了。我很高兴听到这种说法。

他似乎要把这句话咽下去，吞咽了一下喉咙里的口水，之后抚摸着自己的花呢帽的顶盖，转过去对斯蒂芬说：

——很抱歉，先生，你刚刚说的那句话到底是何意？

他觉得身边的同学们正朝他挤过来，所以告诉他们说：

——我现在很想知道，他说的那句话到底是何意。

---

[1] 拉丁文：让这血腥的世界全面和平吧。——译者注

他再次转向斯蒂芬，悄声对他说：

——你相信耶稣基督吗？人是我的信仰。当然，我不知道你相不相信人。我敬仰你，先生。我对所有把宗教影响排除在外的人的头脑都由衷地敬仰。刚刚那句话就是你看待耶稣的心灵的观点吗？

——继续说，坦普尔，那个有着红润脸庞的矮胖学生说，就像他平常一样，现在他又回到他最初的想法，那瓶酒正对你翘首以盼呢。

他觉得我是一个傻瓜，坦普尔这样对斯蒂芬说，因为我相信人的智力有着无穷的力量。

克兰利和斯蒂芬以及他的敬仰者手挽手说：

——Nos as manum ballum jocabimus.[1]

当斯蒂芬被拽走时，麦卡恩那张小鼻子小眼儿的红通通的脸出现在他的眼前。

——我的签字一点意义都没有，他礼貌地说，你要遵循你自己的道路，那才是没有问题的。也让我遵照我自己的路继续走下去吧。

——迪达勒斯，麦卡恩直截了当地说，我相信你是一个正直的人，可是对于利他主义的宝贵，以及个人对人类的责任，你也应该有所了解。

另一个声音响起：

让才华横溢的奇谈怪论就在这个运动外边待着吧，看来相比让它混到运动里边，它待在外面还要好一些。

斯蒂芬听出来了，这是麦卡利斯特那干哑的嗓子在讲话，所以并没有看向那边。克兰利在一大堆学生中间拼命往前挤，让斯蒂芬和坦普尔在他两边守护着，那场景就像是一位大祭司在助手的陪同下前往祭坛一样。

---

[1] 拉丁文：我们得不怕玩硬球。——译者注

坦普尔把自己的身体迫切偏向克兰利胸前说：

麦卡利斯特刚刚讲什么，你听到了吗？那小子很嫉妒你。你看出来了没有？我可以肯定，克兰利对此毫无察觉。我可以发誓，我一眼就看出来了。

当他们从里面的大厅走过时，副教导主任正努力想摆脱那个和他交谈的学生。他站在楼梯上，一只脚在最下一层的楼梯上踩着，把他那破旧的袈裟小心翼翼地提起来爬到上面，不时还点头重复道：

这个是当然，哈克特先生！太好了！确实如此！

在大厅中间，对学校教会加以负责的人正在一本正经地，用一种温柔却又不失坚定的语气和一个寄宿生交谈。他边说边皱着眉头，而且在说话时，他还时不时把一个小小的铅笔头咬在嘴里。

我希望新生今天都到齐。艺术班第一班一定会来的。艺术二班也是，可是我们一定要搞清楚所有新生的情况。

当他们从门口走过时，坦普尔又把自己的身体偏向克兰利，小声对又急切地说：

你知道吗，他是结过婚的人？在他们让他皈依上帝之前，他就已经结婚了。他的老婆孩子都没有跟他在一起。这可是我第一次听说如此奇怪的事！嗯？

一开始他只是小声说话，后来逐渐变成肆无忌惮的大笑声。他们一起从那个门洞走过去，克兰利立刻粗鲁地把他的脖子抓在手里，用力摇晃着说：

你这个该死的蠢货！我可以把我的脑袋当作赌注，在整个这个混蛋的世界上，你知道吗，你是最浑蛋的那个蠢货！

坦普尔用力挣扎着，却私底下觉得很知足，笑得很大声，克兰利却一直粗鲁地摇晃着他，反复说道：

一个该死的蠢货！

他们从长满荒草的花园走过。身穿一身宽松、厚重的衣服的校长，沿着一条小道走向他们这边，嘴里还不停地念叨着他的祷文。当他走到小路另一边时，他驻足停留，看向他们这边。那几个学生向他行礼，坦普尔像刚刚一样，摸了摸他的帽子的顶盖。他们安静地继续往前走。在他们离那条胡同越来越近时，斯蒂芬听到玩球的人用手打一个湿水的球所发出来的声音，还听到每打一下达文都会激动地叫一声的声音。

达文在一只木箱上坐着看他们打球，这三个学生也停在那里。一会儿以后，坦普尔把身子横着靠近斯蒂芬说：

很抱歉，我想问问你，你觉得让·雅克·卢梭是一个规矩人吗？

斯蒂芬听到这话立刻笑了起来。克兰利把一块破木桶板从脚边的草地上捡起来，马上回过头来严肃地说：

坦普尔，我向活着的上帝发誓，你知道吗，如果你敢再和任何人说任何问题，我就会马上杀了你。

我想，斯蒂芬说，他和你一样，都是极易冲动的人。

去吧，让他见鬼去吧！克兰利大方地说，不要再跟他说话了。真的，如果你和坦普尔说话，你知道吗，甚至还比不上和一个破夜壶去说。坦普尔，回家吧。看在上帝的分上，回家吧。

我一点都不在意你，克兰利，坦普尔答道，边从那举起的木桶板边躲开，边指着斯蒂芬说。在这个学院里，我见到的仅有的一个会思考的人就是他。

学院！会思考！克兰利大叫道，赶紧回家吧，见你的鬼去吧，因为你这个浑蛋已经无可救药了。

我是一个感情极易冲动的人，坦普尔说，他那句话说得没错。我很骄傲自己如此多愁善感。

他斜着身子从胡同走出去，依然狡黠地笑着。克兰利一脸淡漠地看着他。

你看他！他说，你曾经见过这样一个手忙脚乱的家伙吗？

他这句话引来了一个学生的一阵大笑声，要多诡异有多诡异，那时，他正在墙根站着，眼睛上盖着高顶的帽子。那笑声的调门很高，又是从一个身材高大的男人的嘴里发出来的，所以那声音简直和大象的一声长鸣再像不过了。这学生全身抖动个不停，为了让自己不再继续快乐地笑下去，他明显很高兴地揉着自己的腰。

林奇已经醒了，克兰利说。

林奇活动了一下四肢，挺了挺胸膛，以示回答。

林奇挺着他的胸膛，斯蒂芬说，以示指责生活。

林奇敲了下自己的胸膛说：

有谁会不服我这一身力气吗？

克兰利对那一套表示怀疑，于是两人开始摔跤。一会儿以后，两个人都累得气喘吁吁，于是分开了手。斯蒂芬向达文弯下腰去，可是达文正专心地看着球赛，并没有在意别人的交谈。

我的那个温顺的小鹅怎么样？他问道，你也签名了吗？

达文点点头说：

你呢，斯蒂芬？

斯蒂芬摇了摇头。

你这人太恐怖了，斯蒂芬，达文说，把嘴边的短杆烟斗取下来，你总是特立独行。

那么你是在说大家都要在普遍和平的请愿书签名吗？斯蒂芬说，那么我想你一定会烧掉那天我在你房间里看到的那个小练习本吧。

达文没有理会他，于是，斯蒂芬把小本儿里的话念了出来：

大踏步前行，芬尼亚主义者！朝着科学的方向前行，芬尼亚主义者！芬尼亚主义者，报数！我向你们致敬，一，二！

那跟这不是一码事，达文说，首先，同时也是最重要的一点，我是一个爱尔兰民族主义者。可是你也应该如此，而你天生对所有一切都极尽嘲讽，斯蒂芬。

下次你们再用棒球棍来造反的时候，斯蒂芬说，假如想找一个必要的泄密人，你们只需要跟我说一声就好了。在这个学校里，我可以帮你们找到几个这样的人。

我简直越来越看不透你了，达文说，你一会大声呼吁反对英国文学，现在你又不支持爱尔兰的泄密者。想想你的名字和那些思想你究竟是不是一个爱尔兰人？

现在你和我一起去纹章档案馆，我马上就可以把我们家的家谱展示给你看，斯蒂芬说。

那你就站在我们这边吧，达文说，为什么你不学爱尔兰文？为什么你只在青年联合班上了一课？

你知道其中一个理由，斯蒂芬说。

达文头一扬，笑了出来。

哦，好啦，他说，就是因为某位年轻小姐和莫兰神父吗？那可都是你自己胡乱揣测的，斯蒂芬。他们只是在一块儿开开玩笑而已。

斯蒂芬不发一言，只是把一只手放到达文肩上。

我们第一次见面的场景你还有印象吗？我们遇到的第一天早晨，你问我怎么去新生班，你说这句话时，音调极其独特。你还有印象吗？后来我听到你用神父称呼那些耶稣会会员，你还有印象吗？我那时就时常扪心自问：他真的像他所说的那样天真吗？

我是一个头脑简单的人，达文说，这点你是知道的。斯蒂芬，你知道吗，那天晚上在哈考特街，当你把你很多私生活讲给我听以后，我一连几天都没有什么胃口，上帝作证。我觉得很难受。那天晚上，我一直在床上躺着，可怎么也睡不着。为什么你要告诉我那些事情呢?

很感谢,斯蒂芬说,你的意思是我和一个妖怪没什么区别。

不,达文说,可是我真的希望你没有把那些事情告诉我。

一股波涛在斯蒂芬的友情的安静的水面下翻涌。

在这个民族和这个国家和这种生活中,我这样一个人出现了,他说,我是个心口一致的人,我想到什么我就说什么。

请你尽量和我们保持一致吧,达文又一次说道,在你的内心深处,你是一个爱尔兰人,可是你却被你的自豪所约束。

我的祖先把他们自己的语言舍弃了,接受了另一种语言,斯蒂芬说,他们允许一小撮外国人统治他们。你觉得我会用我自己的性命去对他们欠下的债进行偿还吗?更何况那又是因为什么呢?

为了我们的自由,达文说。

从托恩的时代到帕内尔的时代,斯蒂芬说,所有正直的、诚实的,为爱尔兰奉献了自己所有的人,要么被你们出卖给敌人,要么在他们最需要你们的时候,却被你们狠心舍弃,或者被你们所诅咒,你们舍弃他,转而去追随另一个人。可现在你却要我和你们保持同一阵营。我倒想先看到你们都去见鬼。

他们是为了理想把自己的生命奉献出去的,达文说,你就相信我吧,终有一天,我们会获胜的。

斯蒂芬沉浸在自己的思考中,良久没有出声。

就在我刚刚提到的那个时代,他含糊其词地说,先诞生的是灵魂。它的诞生很慢,也很恐怖,相比肉体的诞生,它要神秘得多。当一个人的灵魂诞生在这个国家时,他周围立刻就会布下很多网,以免他飞掉。你和我说什么民族、宗教、语言。我打算把那些网打破,远走高飞。

达文把烟斗里的烟灰搕掉。

你的话太高深了,我理解不了,斯蒂芬,他说,可是一个人应该把自己的国家放在首位才对。爱尔兰要排在首位，斯蒂芬。之后你才能以一个诗人或一个神秘主义者自居。

你知道爱尔兰是个什么吗？斯蒂芬冷酷又气愤地问道。爱尔兰是一个连自己的猪崽子都不放过的老母猪。

达文从他的木箱上站起来，难过地摇摇头，走向那些打球的人。可是没过多久，他就不再难过了，又和克兰利以及那两个刚打完球的同学开始了激烈的争论。他们打算来一场四人双打，可是克兰利一定要用他的那个球。他让它在地上跳了两三下，之后快速把它打向本垒打，当球发出撞击声时，他也随之大叫道：

你的灵魂！

斯蒂芬和林奇静静地站在一旁，很快，双方都得到了大比分。之后他扯了扯他的袖子，打算离开。林奇边跟在他旁边走，边说道：

我们也走吧，像克兰利说的。

对于他这侧面的一击，斯蒂芬不由得笑了。

他们又走向来时的路，从花园穿过，向外面大厅走去，在那里的一个布告牌前，一个上了年纪的工友正在张贴一张通知。他们走到台阶下面停了下来，斯蒂芬拿了一包香烟出来分给同伴。

我知道你并不富有，他说。

让你那卑鄙的高傲情绪见鬼去吧，林奇回答说。

看到林奇如此有素养，斯蒂芬不由得又笑了。

现在你已经打定主意用卑鄙这样的词汇来骂人了，他说，表明欧洲人民的素养已经非常之高了。

他们分别点燃了一支香烟，之后走向右边。一会儿以后，斯蒂芬又说：

亚里士多德并没有定义可怜和恐怖。我定义过。我说：

林奇停下来粗鲁地打断道：

你不要说，我不要听！我有些难受，昨天晚上我和霍兰和戈金斯都无耻地喝醉了。

斯蒂芬依然接着说：

同情这种感情会让人的头脑一直处在一种常规的痛苦之中，并让它和受苦的人相关联。恐惧这种感情会让人的头脑一直处在一种常见的痛苦之中，而让它和某种无法解释的原因产生关联。

你再重复一遍，林奇说。

斯蒂芬又将他的这两个定义重新叙述了一遍。

几天前，他继续说，一个小姑娘在伦敦的街头坐到一辆小马车上面。她打算去看她很久没有见过的母亲。在一条街转弯的地方，一辆马车的辕杆把小马车的玻璃撞碎了，玻璃被撞了一个五星形状的洞。她的心脏被一块细长的碎玻璃刺透了，她当场就一命呜呼了。记者们都说她死状惨烈。这话是错的。以我对同情和恐惧的定义为依据，她这种死和这两种情绪一点关系都没有。

其实，难过的情绪是一张向两边看着的脸，分别面对害怕和同情，而这两者都只是它的两个不同的阶段。你看我说的是停留。我的意思是说难过的情绪是静止下来的状态。或者应该说任何戏剧性的情绪都是静止不变的。歪门邪道的艺术所带动的情感却是变化万千的，像欲望或讨厌。欲望让人想据为己有，让人对某种东西产生向往，讨厌则让人想要舍弃，想离某种东西远远的。所以只要是可以把这种情绪带动起来的艺术都是歪门邪道的艺术，而无论它是淫秽的还是专门说教的。审美的感情（我是指这个词的普通意义）所以也是静止不变的。它让人的头脑在某种状态中固定下来，凌驾于欲望或讨厌的情绪之上。

你是说艺术不可能把人的情欲挑动起来，林奇说，我告诉过你，有一天在博物馆里，在普拉克西提勒斯[1]雕塑的维纳斯的屁股

---

[1] 普拉克西提勒斯：雅典雕刻家。——译者注

上，我用铅笔把我的名字写上去了。那不就是情欲吗？

我说的是人的正常天性，斯蒂芬说，你还跟我提起过，当你还在一个可爱的加尔默罗教会学校上学时，你吃过不少干牛粪。

林奇再次发出像大象鸣叫一样的大笑声，再次用他的两手揉搓着他的两边腰胯，可是这一次他并没有把手从口袋里拿出来。

哦，我吃过！我吃过！他大叫道。

斯蒂芬看向他的这位伙伴，一直盯着他的眼睛看了好久。林奇慢慢收敛了笑容以后，也回望他以害羞的眼神。看到他那高高的尖顶帽下面细平的、扁平的脑袋，斯蒂芬不由得想到了眼镜蛇的形象。他那眼睛也和蛇一样熠熠生辉。可是就在那一刻，一种微弱的人的气质却照亮了那一对看起来既谦逊而警惕的眼睛，它们似乎成为一个怨声载道的、机敏的灵魂的入口。

说到这，斯蒂芬礼貌地补充道，我们都只是些普通动物。我也只是一个普通动物。

你当然是，林奇说。

可是我们现在正好在一个心灵的世界中生活，斯蒂芬继续说道，用卑鄙的美的手段勾起的情欲和厌恶都不能说是美的感情，这不只是因为在它们从性质的角度来说是变化的，而且还因为它们局限在肉体的范围之内。我们的肉体，完全以神经系统的反射活动为依据，对于我们所恐惧的东西，则本能地向后退，而欢迎可以挑起我们情欲的东西。在我们还没有意识到一个苍蝇要飞到我们眼睛里时，我们的眼皮就会自发地合上。

也有例外，林奇提出质疑。

一样的道理，斯蒂芬说，对于一个裸体的雕像的刺激，你的肉体会有反应，可是我觉得那只是简单的神经反射活动而已。在我们身上，艺术家所展现出来的美是不会引发动态的感情或单纯属于肉体的激情的。它唤醒，或者应该唤醒、引发，或者应该引发一种美的静态平衡，一种意识上的同情或意识上的害怕，这种静态会让我们所说的美的节奏最后被拓展以及清除掉。

你的话究竟是什么意思呢？林奇问道。

任何一个美的整体的两个不同部分之间，斯蒂芬说，或任何一个美的整体和它的一部分或各部分之间，或者作为一个美的整体的一部分的任何部分和这个美的整体之间首当其冲的形式上的美学关系就是节奏。

假如那个是节奏，林奇说，那美又是什么呢？你要记得，虽然从前我吃过牛粪，可是美却是我最为欣赏的。

斯蒂芬摸了摸自己的帽子，就像要朝他敬礼一样，之后脸上泛起一片红晕，把他的一只手放在林奇的厚花呢的袖子上。

我们没错，他说，是其他人错了。对这些东西进行探讨，尝试着对它们的性质加以理解，先理解，然后再想办法以这粗糙的泥块，或者它所要求的任何东西为凭借，通过我们的灵魂的牢门的声音、形态和色彩的形式表现出来，或者再次把我们现在正尝试理解的美的形象表现出来，就是艺术。

这时，他们已经走到运河的桥上，他们从正道上下来，顺着一排树林往前走。映射在一摊死水上的昏暗的光线，来自头顶树枝上的气息，似乎都在尽力把斯蒂芬的思绪打断。

可是你还没有回答我的问题，林奇说，什么是艺术？艺术所表现的美又是什么？

刚刚我在思考这个问题时，斯蒂芬说，你这个头脑发昏的家伙，我给你念的那第一个定义就是这个。那天晚上的事情你还有印象吗？克兰利突然很生气，开始大谈特谈什么威克罗火腿问题。

我还有印象，林奇说，他还提到了那些被人诅咒的魔鬼一样的肥猪。

艺术，斯蒂芬说，是人类所安排的可感受或可理解的东西，其目的是美学。那些猪你都还记得，你却把这个忘记了。你和克兰利这一对真叫人无奈。

林奇朝多云的天空做了个鬼脸，继续说道：

最起码你还得给我一根香烟，我才愿意听你讲这一套美学上的大道理。我可不喜欢那玩意儿。我甚至都不喜欢女人。让你和你的那一套都见鬼去吧。我要找到一个收入丰厚的工作，每年能拿到五百镑最好。你也没办法给我找到这么一个工作。

斯蒂芬递给他一包香烟，林奇把里面仅有的最后一支烟拿出来，然后无所谓地说：

接着讲！

亚奎纳斯，斯蒂芬说，曾说只要是让人感到高兴的体验就是美。

林奇点了点头。

我记得他的原话是这样说的："Pulera sunt quoe visa placent."

在这里，他用了 visa 这个词，斯蒂芬说，意思是将各种感受都要包括在内，无论是通过眼睛，还是通过耳朵，或者是通过任何其他方式所感受到的东西。尽管这个字意义不太明确，却也明显昭示出，并不包括引发人的欲望或讨厌的善与恶的观念。它的意思只将某种静态平衡包括在内，而不是动态的东西。关于真又如何呢？在人的头脑中，真也可以产生一种静态平衡。你就一定不会用铅笔把你的名字写到一个直角三角形的屁股上。

那当然，林奇说，我只要普拉克西提勒斯雕刻的维纳斯的屁股。

所以是静止的，斯蒂芬说，我还有印象，柏拉图曾言美是真散发的光彩。我觉得这话一点意义都没有，可是很显然，真和美是联系到一起的。能够让我们用来欣赏真的智力获得安慰的是可理解的事物中最完美的关系，而能够让我们用来欣赏美的想象获得安慰的却是能够感知的事物中的最完美的关系。朝真迈去的第一步是对智力本身的结构和规模加以理解，了解智力活动自身。亚里士多德对心理学进行论述的那部书是他整个一套哲学系统的基础，而我觉得他那部分的基础又是这样一个论点，那就是，在同一个时候、同一种关系中，同一个属性不可能既属于又不属于同一个事物。朝美迈去的第一步却是要对想象的结构和规模加以理解，了解美的感受的活动自身。我讲明白了吗？

可是美究竟是什么呢？林奇有点失去耐心了。再给我念一个定义。就只是任何出现在我们眼前，并被我们所喜欢的东西。说来说去，你和亚奎纳斯能说的也只是这些吗？

让我们拿女人来举例，斯蒂芬说。

让我们来说说女人！林奇热情高涨。

希腊人、土耳其人、中国人、科普特人[1]和霍屯督人[2]，斯蒂芬说，分别对不同类型的女人的美顶礼膜拜。这好像让我们陷入了一个迷宫里面。可是我却觉得有两个通道。一是这样的一个假设：男人对女人的肉体所崇拜的无论哪一点都直接关系到女人为了繁衍后代所具有的多方面的功能。也许就是如此。这个世界好像非常枯燥，甚至远远不如你，林奇所想象的场景。对于我而言，我不喜欢这样一个通道。这条通道的尽头只能是优生学，而不是美学。它让你从迷宫里走出来以后，却让你进入一个新的、有着各种装饰的教室里，在那个教室里麦卡恩把两只手分别放在《物种起源》和《新约》上，并对你说，你所敬仰的维纳斯的粗大的腰身，只是因为你觉得她会为你生下又肥又胖的子孙，而我之所以对她那一对肥硕的乳房敬仰不已，只是因为你觉得将来她有足够的乳汁来喂养她的，也就是你的孩子。

[1] 一种埃及土人，据说祖先是古埃及人。——译者注
[2] 西南非的一个少数民族。——译者注

照你这样说，麦卡恩是个卑鄙无耻的骗子，林奇的声调高了八度。

可是另外还有一个通道，斯蒂芬笑得很大声。

那是？林奇说。

这样一个假设，斯蒂芬说。

这时从帕特里克·邓恩的医院拐角处，开出来一辆长长的平板车，上面装满了破铜烂铁，一阵聒噪的丁零哐啷的金属声响起，斯蒂芬下面所讲的话完全被它所淹没了。林奇用双手把耳朵捂住，骂了好久，直到那平板车完全经过。之后他粗暴地转过身子。斯蒂芬也转过身子，一会儿以后，他这位伙伴才渐渐没那么生气了。

这个假设是，斯蒂芬再次说道，另外一条出路，那就是，虽然同样一件事物也许不会被所有人认为是美的，可是只要是对一件美的事物进行欣赏的人，都一定可以从中找到某种可以对美的感受加以满足的各个阶段自身的要求，并适应它们的关系。这种可以以这种方式被你所见，又能够以另一种方式被我看见的可感知事物的关系，就一定是美的不可缺少的特点。现在从我们的老朋友圣托马斯那里，我们还可以再寻找一下，看能否再找到一些智慧。

林奇笑得前仰后合。

听到你时不时像个正宗的行脚僧一样把他的话引用过来，他说，真是带给了我莫大的乐趣。你自己是不是也在偷偷笑？

——麦卡利斯特，斯蒂芬答道，也许我的美学理论会被它称为实用的亚奎纳斯学说。从美的哲学这条途径上来说，我一直是亚奎纳斯的追随者。可是当我们和艺术感受现象、艺术的孕育，以及艺术的再生等问题相接触时，我却有我独有的新的用语和个人经验。

——那是自然，林奇说。无论如何，亚奎纳斯虽然有着极高的智慧，可依然是一个正宗的行脚僧。可是，等到将来有机会，你再跟我说说那新的个人经验和新的用语等等吧。现在先把你的第一部分讲完。

——谁知道呢？斯蒂芬笑着说，可能和你相比，亚奎纳斯更能对我的话有所了解吧。他是一个诗人。他曾写过一首赞美濯足节的诗。那首诗是这样开头的："Pange lingua gloriosi"[1]。他们说赞美诗最高的荣誉就是被这首诗得到的。那是一首有着复杂的含义，会让人获得极大宽慰的赞美诗。我对它有着极大的好感，可是没有一首赞美诗比得上费南提厄斯·佛吐纳忒斯的 Vexilla Regis[2]，那首悲壮的入场歌。

林奇用他那低沉的嗓音郑重地唱了起来：

Impleta sunt quoe concinit

David fideli carmine

Dicendo nationlbus

Regnavit a ligno Dens.[3]

——实在是太了不起了！他兴奋地说，这真是了不起的音乐！

他们转身走向下蒙特街。在拐角附近，一个胖胖的、围着一条丝巾的年轻人，停下来向他们行礼。

——考试的结果你们听说了吗？他问道，格里芬是完了。哈尔平和奥弗林通过了政府法令考试。穆南的印度语获得了第五名。奥肖内西第十四名。昨晚克拉克的那些爱尔兰老乡请他们好好吃了一顿。吃了不少咖喱。

一种善意的怨恨浮现在他苍白肥胖的脸上，当他边走边说这些

---

[1] 拉丁文：舌啊，盛赞光荣的。——译者注

[2] 拉丁文：皇帝的旗帜。——译者注

[3] 拉丁文：大卫高唱虔诚的赞歌，向各族人民宣告："十字架上的上帝依然统治一切。"他的话已经全部成了现实。——译者注

消息时，他的肿双眼的小眼睛慢慢消失在他们眼前，不一会儿，他那细微的声音也逐渐消失了。

为了对斯蒂芬的一个问题进行回答，从它们隐身的地方，他的眼睛和他的声音再次显现出来。

——没错，还有麦卡拉和我，他说，他打算学纯数学，我打算学宪法史。一共有二十种学科。我还打算学植物学。你们知道，我是野游俱乐部的一员。

他表现出很严肃的样子，郑重地离开他们两人，同时又把一双戴着羊毛手套的宽大的手贴在自己胸前，不久一阵被克制着的尖细的大笑声就从那里发了出来。

下次你们出去时，斯蒂芬严肃地说，给我们带点萝卜和蒜头来，这样我们就可以做一次烤肉了。

那个胖学生笑得很大声：

我们野游俱乐部的成员可都是规规矩矩的人物。上星期六我们去格伦马卢尔了，一行七人。

有女人吧，多诺万？林奇说。

多诺万再次把他的手放在胸脯上说：

我们的目的是获取知识。

之后他急切地说：

我听说你正在写一篇有关美学的论文。

斯蒂芬做了一个含糊不清的手势，意思是并没有这样的事。

歌德和莱辛，多诺万说，针对这个问题，他们发表过不少著作，古典派的、浪漫派的都有，根本说不清楚。《拉奥孔》我读过，我很喜欢。当然那都是些唯心主义的东西，那些德国人的作品可真是讳莫如深啊。

另外两个人一句话也没说，多诺万客气地跟他们说再见。

我必须得走了，他温柔地说，我相信，差不多已经形成一个信仰，今晚，我妹妹我肯定要给多诺万全家做煎饼。

再见，斯蒂芬在他身后说，不要忘了带萝卜给我和我的伙伴们。

看着他远去的背影，林奇的嘴唇变得卷起来，露出鄙视的表情，直到最后，整张脸都变得邪恶起来：

——想想这个爱吃煎饼的屎巴巴橛儿一定可以找个好工作，他最后说，而我却得抽这种低劣的烟卷儿！

他们走向梅里昂广场那边，沉默地向前走了一段。

——让我说完刚刚说了一半的有关美的问题吧，斯蒂芬说，可感知的事物的最好的关系，所以就必须吻合艺术感受的各个必需的阶段。把这点抓住了，你就把所有美的基本特点都抓住了。亚奎纳斯说：Ad pulcritudinem tria requiruntur integritas，consonantia，claritas. 我是这样翻译这句话的：不管哪种美，有三样东西是必不可少的：完整、和谐和光彩。这些东西和感受的各个阶段是不是相吻合的呢？我说的话你能听懂吗？

——当然，我听得懂，林奇说，假如你觉得我的智慧也只像屎巴巴橛儿那样，那你还是赶紧去把多诺万追上，让他来当你的听众吧。

斯蒂芬指着扣在一个屠户的儿子的脑袋上的一个竹篮子。

——你看那个篮子，他说。

我看到了，林奇说。

为了把那个篮子看清，斯蒂芬说，你要先区分开篮子和宇宙间其他所有可见的非篮子的东西。感受的第一个过程就是，在你要感受的东西的周围勾勒一个框架出来。一个美的形象在我们眼前出现，要么是通过空间，要么是通过时间的形式。时间是耳朵可以听见的东西的表现形式，空间是眼睛可以看到的东西的表现形式。可是无论是空间还是时间，在与美的形象无关的无法估量的空间或时间的背景上，它要先作为一件有自己的结构和内容的东西被人明确感知到。你先要意识到它是一件东西，呈现在你眼前的是一件完整的东西。你对它的完整性有所感知，这就是 integritas（完整）。

——正中靶心！林奇笑说，继续往下说。

——之后，斯蒂芬说，你顺着组成它的形式的线条慢慢看下去，你会对它的限度以内的各部分之间的平衡有所感受，也会对它的结构的节奏有所感受。也就是说，紧随在直接感知后面的综合活动是研究感受。你先一步对它是一件东西有所感知，现在你却对它是一个东西有所感知。它的复杂、多层、可分、可离都被你感知到，你还感受到它包括很多部分，而这很多部分又是匹配它们的总和的。这就是 consonantia（和谐）。

——再次正中靶心！林奇幽默地说，那么现在再跟我说说 claritas 是什么，这支雪茄就归你了。

——这个字的意思，斯蒂芬说，是非常不明确的。亚奎纳斯用了一个特别模糊的词儿。在相当长一段时间内，我都感到很疑惑。你极易想到并深信，当时他的脑子里全是一种象征主义或唯心主义的东西，在他看来，美的最高特性是来自另一个星球上的光，是那物质只是它的阴影的理念，是只是作为它的表象的物质后面的真实。我曾经设想过，他要说的可能是，calritas 是人发现和重新呈现任何东西或者一种总结力中的神的意志的艺术，因为它，美的形象变成一种具有广泛意义的形象，让它呈现出凌驾于它的所有具体条件之上的光辉。可是这种说法未免太抠字眼了。我是这样理解的：当你在感知那个篮子时觉得它是一件东西，之后又以它的形式为依据研究它，并在感知它时把当作一个东西，那么你就会进行一种在逻辑或美学方面来讲仅有的一种被允许的综合。呈现在你眼前的它就是它被看作的那个东西，而不是其他任何东西。这就是他在他那学术性的 quidditas，即一物之所以然中所说的光辉。一个艺术家起初在想象中对这个美的形象进行酝酿时，就已经感觉到了这种最高的特性。雪莱将置身于这神秘的一刹那间的心灵，很好地比喻为快要熄灭的煤火。美的最高特性，美的形象的明亮的光彩，可以吸收美的完整和沉浸在美的和谐的心灵完全感受的那一刻，就是美的喜悦所达到的清晰又安宁的静态平衡，这种精神状态和意大利的生理学家路易吉·加尔法尼，用一句和雪莱所用同样美好的词句，叫作心灵的陶醉的那种心境特别像。

斯蒂芬停了下来，尽管他的伙伴沉默着，可是他却觉得在他们周围，他的话激发了一种思想的沉醉所带来的静默。

刚刚我说的这些，他继续说道，说的是广义的美，是在文学传统中美这个词是什么意思。在市井间，它就具有完全不同的意义了。假如从美这个词的第二种意义来说美，艺术本身，就是那种艺术的形式，首先会对我们的判断产生影响。显而易见，美的形象一定要在艺术家自己的头脑或感觉和别人的头脑或感觉之间建立。假如你对这一点还有印象，你就会看到艺术一定要对自己进行这样三种划分，一种形式推动着另一种形式。这三种形式是：抒情的形式，艺术家把这种形式派上用场，把与他本人有直接关联的形象表现出来；史诗的形式，艺术家把这种形式派上用场，把和他自己以及其他的人间接相关的形象表现出来；戏剧的形式，艺术家把这种形式派上用场，将与别人直接相关的形象表现出来。

——有关这一点，你前几天晚上已经跟我说过，林奇说，我们还为此争论不休。

——我家里有一本书，斯蒂芬说，我在上面写了很多问题，显然要比你提出的那些问题有意思得多。为了对那些问题进行回答，我联想到了我现在要向你说明的这些美学上的理论。我问了自己这样一些问题：一把做工精致的椅子，是悲剧性的还是喜剧性的？假如我喜欢看蒙娜·丽莎 [1] 的画像，那是不是就说明那张画画得非常好？菲利普·克兰普顿的半身雕像是抒情的、史诗式的，还是戏剧性的？如果答案是否定的，那么原因是什么呢？

——真的，原因是什么呢？林奇笑着说。

——假如一个人在生气的时候，胡乱砍一块木头，斯蒂芬继续说，把一头母牛的形象砍了出来，那这形象称得上是一件艺术品吗？假如称不上，那又是因为什么呢？

——这个问题提得非常好，林奇说，又笑起来，这问题果真有几分学术的酸臭味。

——莱辛，斯蒂芬说，原本把这些雕像拿来论述是不应该的。这种更加卑劣的艺术并不能把我所说的互相严格划分的各种形式表现出来。甚至拿文字，这最高和最侧重于精神方面的艺术来说，它的各种形式也时常相互混合。其实，抒情形式是用最简单的语言外衣把那一刹那的感情装饰起来，像在几个世纪以前，在看到别人用力摇桨或者把大石块运到山上时，一个人所喊出的一阵有节奏的呐喊声。发出呐喊声的人当时只是感知到他那一刹那间的感情，而不是对这种感情的自身有所感知。当这一艺术家对他的这种感情进行延续，并把自己置身于一个史诗事件的中心反复思考时，我们便会发现，最简单的史诗的形式就会出现在这种抒情的文学中。这种形式再持续发展下去，那种感情重心的中心点和艺术家本人之间的距离，就会完全等同于它和其他的人之间的距离了。到了这时，这种叙述就不仅仅属于个人了。那叙述本身就会慢慢具有艺术家的人格，它如同一片激荡的海洋以那里的人物和行动为中心持续流转。在《特平 [2] 英雄》那历史悠久的英国民歌里，你极易发现这种进展，那民歌开始于第一人称，结束时却是第三人

---

[1] 一幅著名的肖像画，作者为达·芬奇。——译者注

[2] 特平：18世纪英国著名大道。——译者注

称。当那海洋以极其强大的力量汹涌在每一个人物的周围，让每个人物也都具有这种强大的力量，而且让他或她形成一种正常的能被感知的美学上的生命的时候，那这叙述也就有了戏剧的形式。一开始，艺术家的人格只是通过一声呐喊或一种节奏感或一种短暂的情绪表现出来，接下来它却变成了动态的熠熠生辉的叙述，最后它更是升华了自己，而让存在消失了，或者也可以说，让自己非人格化了。如果一种美的形象具有戏剧形式，那么它就是在人的想象中被净化以后重新投射出来的一种生命。和物质的创造的神秘性一样，美学的神秘是一步步形成的。和创造万物的上帝一样，一个艺术家一直在他的艺术作品这冗余或之后或之外停留，人们无法看到他，他已升华了自己而让存在消失，漫不经心地一旁修剪自己的指甲。

——想办法让它们都升华，让存在消失吧，林奇说。

从蒙着面纱的高天落下靡靡细雨，他们转到公爵的草坪上去，趁大雨还没有下，赶到国家图书馆去。

究竟是因为什么，林奇把眉头皱得紧紧地问道，你要在这个可怜的被上帝抛弃的岛国上，不停地谈论什么美和想象？这也就不难解释，艺术家们把这个国家弄得乌烟瘴气以后，却都躲到他们的艺术作品里面或后面去了。

雨越下越大了。他们刚从基尔德尔校园前的过道走过，就看到有很多学生在图书馆前面的拱门里躲雨。克兰利在一根柱子上靠着，正用一根尖尖的火柴棒剔着牙，安静地听着他的几个伙伴们在旁边交谈。大门口附近还站着几个姑娘。林奇小声对斯蒂芬说：

——你爱的那个人儿也在那里。

斯蒂芬沉默不语，在那些学生下边的一个台阶上找到一个躲雨的地方，根本不理会那飘泼大雨，却时不时去看看那个姑娘。她也和她的几个伙伴安静地待在一起。这会儿她身边没有一个调情的神父了，他心里不无怨恨地想着，想到他上次和她见面的场景。林奇刚刚说得没错。刚刚他已经倒空了头脑中的所有理论和所有的勇气，现在正逐渐回到一种毫无情绪的平静中来。

他听到那些学生正在随意交谈着。他们提到了已经通过期中考试的两个医科学生，说到在远洋客轮上寻求工作的机会，和行医能否挣到钱的问题。

——那都是些空话，到爱尔兰乡村去行医一定要好多了。

——海因斯已经在利物浦待了两年了，他也这么说。他说那个地方实在是太破了，整天就只干一件事，那就是给人接生。

——那你是说相比在这个阔绰的城市，在农村找个工作还要好一些？我知道有个家伙……

——海因斯是个少根筋的人。他之所以能毕业，完全是靠死读书。

——不用理会他吧。在一个大商业城市里，你可以赚得盆满钵满。

——那就要看你的生意如何了。

——Ego credo ut vita pauperum est simpliciter atrox，simpliciter sanguinarius atrox，in Liverpoolio.[1]

他们的说话声似乎离他很远。她打算和她的同伴们一起离开了。

那阵急骤的小雨已经慢慢过去了，只是有一串串晶莹的水滴留在那正方形广场中的丛林上，那里的黑色泥土散发出一种奇特的气息。她们都在那柱廊前的台阶上站着，她们干净的靴子时不时发出啪啪声，她们热烈地讨论着，有时抬头看天上的云彩，把雨伞撑起来，找寻合适的角度，把最后的几点雨滴挡住。有时又收起伞，把

---

　　[1]　拉丁文，我相信在利物浦的穷人的日子十分恐怖，完全无法过下去。——译者注

自己的裙子搂起来。

他在评价她时，是不是有点出格了？她的生活是不是真的那么简单，那么奇特。一大早轻快极了，一天在焦躁中度过，到太阳下山时又觉得很疲惫？她的心是不是既简单又自信呢？

当天空快露出鱼肚白时，他睡醒了。啊，多么美好的音乐！露水浸湿了他的灵魂。当他沉浸在美好的梦境中时，他的肢体上漂过一阵阵清透的光的波浪。他悄无声息地躺着，似乎在一潭清水中浸泡着自己的灵魂，而那美好的细微的音乐却一直在耳边回响。他慢慢恢复意识，感受到闪烁着黎明的清光的知识和清晨的灵感。他的身心被一种像最纯净、甜美、动人的精神所填满。可是那精神却是那么灵活、那么冷漠地进入他的身体，似乎是那些天使长自己在朝他嘘气！他的灵魂正一步步复苏，生怕自己彻底清醒过来。这时正是黎明前的安静时刻，在这时疯狂的情绪都会复苏，奇特的植物都会向光把它的叶子舒展开来，飞蛾也会安静地飞出去了。

心灵在沉醉！夜也已经沉醉了。在一个如梦似幻的场景中，他已经感受到了美好的生活的惊喜。这只是一刹那间的沉醉，还是会持续很久呢？

如今，那一刹那间的灵感好像突然从各个方面，从已经发生或者可能发生的数不清的模糊情况中映射出来。那一刹那如同一点光亮一样突然出现在眼前，而如今它的余光却被那从模糊场景的团团云雾中飞出的迷乱的形式慢慢掩盖住。啊，在幻想中的处女的子宫里，语言文字已经很明了了。天使长加布里埃尔 [1] 已经在这个处女的闺房内。当白色的光焰消失以后，那红色的余光会愈发明显地呈现在他的精神中，最后变成玫瑰色的热情满满的光亮，而她神奇的、颇有主见的心就是那玫瑰色的满是热情的光亮，它太神奇了，

---

[1]　他是向人间公布让贞女玛利亚作为耶稣母亲的天使长。——译者注

以至于从来没有人知晓，即便到了将来也是一个谜，它的主见先一步存在于天地之始。受到那热情满满的玫瑰般的火光的诱惑，众天使的歌声从天上飘落。

> 对于那永恒的热情，你会不会觉得厌烦？
> 你完全可以把堕落的天使长迷惑住。
> 啊，不要再提那令人沉醉的芳华。

这诗行由心而发，他又小声把它念了一遍，他觉得他的嘴唇流过一首维兰内尔 [1] 的有力的节奏。那像玫瑰一样的火光散发出一道道它的旋律的光线，疲惫、年华、火焰、香烟、歌篇。它的光线燃烧了整个世界，让人的心和天使的心都消融了，而她那有主张的心灵就是从这玫瑰中射出的光线。

> 你让男人心中燃烧起热情的火焰，
> 你让他因为你没有了自己的主张。
> 对于你那永恒的热情，你是否会感到厌烦？

后来呢？那节奏缓缓消失，有片刻的停顿，之后又开始有节奏地活动起来。后来呢？后来是烟雾，那从人世的祭坛飞向天上的香烟。

> 在那火焰上，有称赞的香烟在飘拂，
> 它从海面上呈螺旋形往上升。
> 啊，不要再提那令人沉醉的芳华。

----

[1]　一种十九行二韵的法国诗体。——译者注

　　香烟从整个大地、整个喧嚣的海洋往上飘，那是为了对她进行称赞而袅袅升起的香烟。整个地球如同一个摇晃个不停的香炉，它自身就是一个大球，一个用香料做成的椭圆形的球。那节奏突然停了下来，来自内心的呼喊声也变得不再连续。他的嘴开始反复念诵着那第一节诗，然后他勉强把全诗的上半部分念完了，磕磕绊绊，无法继续念了，之后他停了下来。他的心的呼号声已变得不连续了。

　　那蒙着面纱的安静地时刻已经消失了，在光秃秃的玻璃窗的后面，正慢慢聚集着清晨的微光。微弱的钟声从遥远的地方传来。一只鸟、两只鸟、三只鸟在啾啾叫着。那钟声和鸟叫声都停了下来，一股清冷的白色的光延伸至东方和西方，将整个世界都笼罩在其中，把他心中的玫瑰色的光亮也掩藏起来。

　　他害怕一切都会消失，所以他快速用胳膊把身子撑起来，开始找寻纸片和铅笔。可是桌上却没有这些东西，只有他昨天吃晚饭时用过的一个汤盘和沾满蜡泪的一个烛台，昨天的火焰燃烧后留下来的痕迹还留在烛台的纸做的承盘上。他疲惫地把手伸向脚那边，胡乱地在挂在那里的一件上衣口袋里摸索着。他的指尖触碰到了一支铅笔，然后碰到一个香烟盒。他回身在床上躺下来，把香烟盒撕开，将最后一支香烟放到窗台上，在那粗糙的纸盒面上，他用细小的笔画把他那首维兰内尔诗体的几节诗写下来。

　　把这些都写完以后，他在那已被压扁的枕头上躺下来，小声念了一遍。他头下的枕头里的毛绒都结成了团，他不由得想到她客厅沙发里的马毛，后者也结成团了。他曾经不止一次笑着或一本正经地在那沙发上坐下来，因为不满于她和他自己，所以反复询问自己为什么去了那里，而贴在那裸露的炉台上面的《神圣的心》的图片愈发让他烦躁不安。在一阵让人昏昏欲睡的谈话中，他看到她走向他，请他唱一支他总唱的那些奇奇怪怪的歌。之后，他就看到自己坐在了那张历史悠久的钢琴边，用手轻敲着那布满斑纹的琴键，之后，在屋子里再次响起的谈话声中，他看着她在炉台边倚靠着，唱响一支伊丽莎白时代的精致的歌曲，唱一支又伤心又美好的离别歌，唱一支赞颂阿金库尔的胜利 [1] 的歌曲，或一支愉悦的和绿袖姑娘 [2] 相关的曲调。当他在唱，她在听，或装作在听的时候，他的心不再那么烦躁，可是当那些悠远的歌曲结束以后，那屋子里又有说话声传来，还想到了自己的一句满是嘲讽的话：在这屋子里年轻人被人早早叫上了教名。

有那么一小段时间，她的眼睛好像准备表示完全信任他，可结果却只是他毫无意义地等待了一会儿。如今她迈着缓缓的步伐，正走过他的记忆，她和那天夜晚在狂欢节舞会上的情景一模一样，用手小心搂着白色的衣裙，头上轻轻飘动着一束白色的小花。她和大家一起轻柔地舞动着。她跳向他这边，在靠近他时，她微微转了转眼睛，脸微微泛红。在手拉手形成的人环的断联处，她曾经和他的手交握，一件柔软的商品。

——这会儿你可是一位稀客了。

——没错，我天生是当和尚的。

——我觉得你肯定是一个异教徒。

——你怕吗？

她沿着手拉手的那一排人群快速跳开他，就当是回答他了，她灵活地舞动着，和任何人都没有接触。舞步轻盈，她头上的白花也一起跳动着，当她和一片阴暗融为一体时，她脸上有了愈发明显的红晕。

和尚！他突然变成一个修道院的破坏者、一个深信异端邪说

---

[1]　发生在 15 世纪，亨利五世大败法军。——译者注

[2]　绿袖姑娘：在英国民歌中，绿袖姑娘指代陷入爱河的姑娘。——译者注

的方济各会会员的形象，在是否皈依上帝方面纠结，却像格拉尔蒂诺·达波尔戈·山·达尼洛[1]一样编织出一张柔弱的狡辩的蛛网，并在她的耳边小声倾诉。

不，他的形象怎么是这样的呢，这倒是和上次他看到她时和她在一起的那位年轻神父的形象很吻合，那天，他看到她偷瞄他，胡乱翻看着她学习爱尔兰语的练习本。

——没错，没错，那些姑娘们已经都转向我们了。我每天都可以看到这样的情况。姑娘们已经和我们在一起，在我们学习语言时，她们是最得力的助手。

——莫兰神父，还有教堂呢？

——教堂也是一样。和我们在一起。那里的工作一切顺利，不需要再担心教堂了。

算了吧，他很明智，厌恶地从那里离开了。他没有在图书馆台阶上和她打招呼，也做得很对！他就应该让她去引诱她的神父，让她去玩弄教堂吧，因为教堂只是基督教的卑贱的厨娘。

他灵魂中最后一瞬间的欢乐被一阵粗鲁的愤怒完全赶走了。它毫不留情地破坏了她的美好形象，还向各个方向散去那形象的碎片。于是便从各个方向飞来她的形象那被扭曲的缩影，呈现在他的记忆中：他看到了那个身穿破破烂烂的衣服、一头乱糟糟的头发、长着顽皮的孩子脸、称呼他自己是他自己的姑娘、还向他要他的一束花的卖花姑娘，想到了他旁边那户人家一边洗盘子一边用农村歌手拉长的单调总唱着《在基拉尔尼的湖山边》的头几节的厨娘，想到了在科克山附近的人行道上，因为看到他破烂的鞋眼被阴沟上的铁板挂住，让他差点摔跤而笑个不停的那个姑娘，还想到了他曾经只是瞥了一眼，就被她那诱人嘴唇所迷住的那个姑娘，当她走出雅

---

[1]　生活在13世纪，意大利神学家，僧侣。——译者注

各布饼干厂时，转过身对他说：

我顺直的头发和弯弯的眉毛，你已经看到了，你喜不喜欢？

可是无论他怎么嘲讽她的形象，他一直觉得，他的气愤也只是为了对她表示爱慕。那天他一脸神气地从教室里走出去，事实上也有些有意撒泼，他觉得她的整个民族的秘密就在她那长睫毛投下一片阴影的黑眼睛后面隐藏着。当他走过街上时，他曾经满腔怨恨地告诉自己，她很好地代表了她本国妇女，她是一个在黑暗、秘密和孤单突然恢复意识，明白自己的存在的一个如同蝙蝠的灵魂，她平静地和她亲切的爱人共处了一会儿，之后却让他向躲在格子后面的一位神父的耳朵小声地对自己单纯的过失进行坦白。他只有粗鲁地谩骂她的情人，才可以让他对她的愤怒有所缓解，他那遭受摧残的骄傲情绪难以容忍她情人的名字、声音和长相。他是一个当上神父的农民，有一个在都柏林当警察的哥哥，还有一个在莫伊卡伦当招待的弟弟。她可以让他那样一个只知道怎么进行各种形式主义的宗教仪式的人，看到她毫不遮掩的灵魂，而却不愿意让他这个声称永恒的想象力的教士，一个可以让每天普通的生活经历化作具有永恒色彩的教士这样做。

那次圣餐会上的明确形象再次联系起他那一刹那间出现的满是怨恨和绝望的思想，来自他那思想的持续的喊叫声形成了一支充满感谢的圣歌。

我们时断时续的喊叫和难过的歌篇，
和圣餐会上的圣歌一起飞向天上。
你是不是厌烦了你那永恒的热情？

现在贡献牺牲的手正向苍天高高举起，
圣餐会上的酒杯已经倒满了酒。

啊，把那令人沉醉的芳华忘了吧。

　　他开始大声朗诵这些诗，直到他的整个头脑都被它的音乐和节奏所占据，让它变得开阔、平静，之后他严肃地写下那首诗，这样一直盯着它看，那样就可以更深地理解它。写完，他又躺到了枕头上。

　　已经是清晨了，周围万籁俱寂，可是他知道他周围的生命很快就会苏醒，带来它常见的喧闹声、喑哑的说话声和睡意连连的祈祷声。为了远离那种生活，他把脸转向墙那边，用毯子把头蒙住，两眼直勾勾地看着破碎的糊墙纸上画着的那些过度盛开的红花。他特别想用它们那红色的光辉让他那快要消失的欢乐再次暖和起来，幻想有一条铺着红色花朵的玫瑰之路从他躺着的地方一直延伸到天堂。疲惫！疲惫！对于他自己永恒的热情，他也开始觉得疲惫了。

　　从他那包得严严实实的头上，一阵缓缓袭来的温暖，一种让人怅惘的疲惫顺着脊梁一直流向下面。他觉得它从上往下流去，并看到他自己就在那里满面含笑地躺着，不久他就要进入梦乡了。

　　十年以后，他又为她写下了这首诗。十年前，她曾经对她的披肩进行改造，把它变成一顶帽子，把她温暖的气息散发到静夜的空气中，并在青草遍地的路上轻拍着她的双脚。那是最后一趟街车，这一点连又高又瘦的枣红马都知道，所以它用力摇晃着铃铛，以在那明朗的夜晚里吸引他人的目光。售票员和赶车的人交谈着，在蓝色的灯光下，他们频频点头。他们在马车的阶梯上站着，一个在上层，一个在下层。在交谈的时候，她一连几次爬到他所在的上一层，之后又走下去，有一两次她都忘记下去了，一直站在他身边，可是后来还是下去了。就由着她吧！就由着她吧！

　　从那儿童时期的智慧到如今的愚昧，中间间隔了十年的时间。

如果他把这首诗送给她，会如何？那在吃早饭的时候，在蛋壳被剥开的声音中，一定会有人大声朗读它。简直再愚蠢不过了！她的弟兄们肯定会笑得前仰后合，将他们粗壮的手伸出来，都想把这篇诗稿据为己有。她的叔父，那个和蔼可亲的神父将坐在安乐椅上，把这诗篇举得远远的，满面含笑地念诵着，并大力赞赏它的文学形式。

不，不，那实在是太傻了。哪怕他把这诗送给她，她也会藏起来的。不，不，她怎么能那样做呢？

他开始觉得自己冤枉她了。他觉得她太天真了，以至于他几乎都开始同情她了，直到他通过犯罪意识到这种天真，他才对此有所了解。而她也是不可能了解这种天真的，当她还处在天真的状态时，或者当她的天性首次遭到侮辱以前。之后，就像他自己的灵魂首次犯罪时一样，她的灵魂开启了自己的生活，现在当他想到她那毫无血色的脸色，和因为女性遭到侮辱而流露出来的难过和羞愧，就不由得对她充满了同情。

当他的灵魂正慢慢变得忧愁时，她在哪儿呢？精神生活原本就是充满奥秘的，有没有可能她的灵魂那时就已经感受到了他崇敬她的感情？这并不是不可能的。

他的灵魂、他的肉体再次被一阵情欲的闪光所点燃。他之所以把那首维兰内尔诗写下来，是在她的诱惑下，当她对他的情欲有所感知时，突然从她那香甜的睡眠中清醒了。她缓缓睁开她那阴郁的、忧愁的眼睛，和他四目相对。她把她的灵魂完全暴露在他的眼前、香甜、美好、温暖，像一片闪闪发光的云彩包裹住他的身体，也像一潭生命力旺盛的清水包裹住他的身体。于是，他的头脑中也闪过雾蒙蒙的云彩，或者流动在空中的清水，这一段流畅的语言，这种充满神秘气息的象征。

你难道不会厌烦你那永恒的热情吗？
你真的可以把堕落的天使长迷惑住。
啊，把那令人沉醉的芳华放到一边吧。
你激发起了男人心中炽烈的火焰，
你让他因为你没有了自己的观点。
你难道不会厌烦你那永恒的热情？

称颂的香烟在那火焰上飘动，
它从海面上盘旋而上。
啊，把那令人沉醉的芳华放到一边吧。

我们时断时续的叫声和难过的歌篇，
随着圣餐会上的圣歌飞到天上去。
你难道不会厌烦你那永恒的热情？
现在贡献牺牲的手正向苍天高高举起，
圣餐会上的酒杯都已经倒满。
啊，把那令人沉醉的芳华放到一边吧。

可是你却依然坚守我们彼此凝望的眉眼，
你体态丰盈，神情却是那么怅惘！
你难道不会厌烦你那永恒的热情？
啊，把那令人沉醉的芳华放到一边吧。

它们是些什么鸟？他在图书馆前面的台阶上站着，靠在一根白蜡树棍上，静静地凝视着那些鸟。它们盘旋在墨尔斯沃思街一所房子延伸向外的屋脊上。它们的飞翔在三月底傍晚时分显得格外清晰，它们径直向前的抖动着的黑色身体，和天空相互映衬，就像衬着一块软软的像轻烟一样的蓝布，让人一目了然。

他静静地凝视着它们飞翔，一只接一只：一点黑色的闪光、一转身躯、一拍翅膀。他想当所有那些鸟在没有径直向前飞时清点一下它们的数量：六只，十只，十一只，他不知道它们究竟是单数还是双数。十二只，十三只：因为又从高空飞下来一对鸟儿。它们时而飞得高高的，时而飞得低低的，可一直是转着圈飞，总是从左往右飞，以一座空中庙宇为中心盘旋。

听着它们在叫：那声音如同护墙板后面的老鼠的尖叫声：是一种由双音符组成的尖叫声。可是那声腔和其他一些对人类有害的动物的叫声不一样，尖刻、悠长，还有嗡嗡声，在它们把天空划出一条线时，时常会有震颤的音调发出来，而且还下降三四度的样子。它们那凄厉、轻盈的叫声，就像从一个发出嗡嗡声的线轴上抽出的如同细丝的光线。

他妈妈的抽泣声和生气的絮叨还一直响在他的耳畔，对于他的耳朵来说，这非人的鸣叫声倒是一种宽慰，对于他那依然可以看见他母亲的面容的眼睛来说，那以耸立在明朗的天空、由空气所组成的庙宇为中心盘旋的黑色的单薄的身躯，有时扑扇几下翅膀，有时来个急转弯，也是一种很大的宽慰。

他缘何在廊子前的台阶上站着，抬头望向四周，听着它们的双重音调的鸣叫，看着它们飞翔？他是要通过鸟占 [1] 来占卜吗？他的脑海中闪过科尼利厄斯·阿格里帕 [2] 的一句话，接下来，他的心里更是翻滚着各种无形的思想，从斯韦登伯格 [3] 有关鸟语的理论，直到智力问题，他还想到，生活在空中的生物因为一直在它们固定的

---

[1] 一种通过观察鸟的飞翔来进行占卜，判断神的意旨的方法。——译者注

[2] 法国人，宣扬炼金术。——译者注

[3] 瑞典人，科学家。——译者注

生活秩序中生活，而不像人用他们的理智把自己的生活秩序完全打乱了，所以它们可以得到知识，可以明白时间的变化和空间的变化。

若干年以来，像他这样抬头凝视鸟的飞翔的人有很多。他上面的柱廊让他隐隐约约想到了古代的某座神庙，他斜倚在上面的那根白蜡树棍则让他想到鸟占术士所使用的弯曲的手杖。他疲倦的心灵被一种害怕未知事物的情感所惊扰，那是害怕各种符号和预兆的情感，是害怕那个名字和他样用柳条编成的翅膀如同鹰一样逃出牢笼的人的情感，是害怕多思[1]这个写作之神的情感，他用一只芦管在木板上写字，把一个两头尖尖的弯月挂在他那逼仄的鸟头上。

一想到那个神的形象，他不由得笑了，因为他联想到了那个戴着假发、鼻子和酒瓶很像的法官，他高举着文件，小心翼翼地阅读着，时不时加几个逗点上去。他还知道，就是因为这神的名字非常类似于爱尔兰语的一句骂人的话，所以他才把那个名字牢牢记住。这可真是太傻了。可是，就因为这种傻，他就准备从他已经降生其中的那所供祈祷和修行的房屋，和他自己从中而来的生活秩序永远离开吗？

鸟儿尖叫着，又飞回到那间房子延伸至外的屋脊边了，在光线愈发昏暗的天空的映衬下，它们飞动的身影愈发黑了。它们到底是什么鸟？他想它们肯定是才从南方飞回来的燕子。要不了多长时间，它们还会离开，因为它们是一些来去自如的候鸟，它们一直在人的屋檐下修建临时住处，永远又很快从它们修建好的住所离开，再去外面闯荡。

---

[1]　埃及神话中司智慧和魔法的神，通常被人画为人身鸟头。——译者注

> 把你们的头低下来，欧纳和阿里尔。
> 我安静地看着你们，就像
> 那已经准备飞向海洋那边的燕子，
> 看着它在别人檐下修建的窝巢。

他的记忆中闪过一种缓缓流动的快乐，就像很多流水发出来的声音，他觉得心中有一种软软的安静，这安静的组成部分有那水域上面颜色昏暗的天空的安宁空间、大海上的安宁，以及那些在流水上空从海面穿过的黑暗飞翔的燕子。

一种缓缓流动的快乐，从那安静地来回抛掷着温和、拉长的韵母让其幻灭的话语中流过，周而复始，一直摇动着它的浪头上的白色的铃铛，使其发出安静的曲调、呐喊和低沉的让人眩晕的痛哭。他觉得他以盘旋的鸟儿和头顶上白茫茫的天空为依据所作的鸟占，都只是从他心中而来，他的心也正如同一只安静而快速从一个高塔上往下飞的小鸟儿。

这代表着离别还是孤单呢？在他记忆的耳边浅吟低唱的诗行，慢慢形成那天晚上国立剧院开门时大厅里的景象。他正独自在一个阳台边站着，以那些书摊和那些庸俗的图片为媒介，

用他那疲倦的眼睛欣赏着都柏林的文化，并在周边有灯光装饰的舞台上看到了用人做成的玩偶。一个身材魁梧的警察汗涔涔地站在他身后，似乎随时准备行动。他那一群群处处散立的同学们在那大厅中发出各种猫叫声、嘘嘘声和各种嘲讽声。

> 这是在诽谤爱尔兰！
> 是来自于德国！
> 这是对上帝的亵渎！
> 我们一直坚守我们的信念！

从来没有哪个爱尔兰妇女干过这种事！

业余的无神论者我们并不需要。

刚露出的佛教徒我们并不需要。

　　一阵急切的嘘叫声突然从他头上的各个窗口传来，他知道上面阅览室的电灯已经打开了。他转身向那满是柱子的大厅走去，现在那明亮的大厅已经安静下来，之后走上楼梯，从那个嘎嘎响着的转门走过去。

　　克兰利在放字典的书架前面坐下来。他面前的木架上摆放着一本厚厚的书，正翻开着最前面的一页。他靠在椅子上，像一位听忏悔的神父把耳朵伸向一个医科学生的脸，那医科学生正对着一本杂志给他念和一盘棋相关的说明。斯蒂芬坐在他的右边，在桌子的另一边的一位神父，把他正在阅读的《图片集成》气愤地合起来并起身。

　　克兰利温和地看着他的身影，一脸惊诧。那个医科学生接下来用更小的音量说：

　　卒子进入王的第四线。

　　我们还是走吧。狄克逊，斯蒂芬示意道，他肯定告状去了。

　　狄克逊把那本杂志合上，非常严肃地起身说：

　　我们的人有序从战场撤离。

　　带着大炮和牲畜，斯蒂芬补充道，指着克兰利看着的那本书的封面，那封面上写着这样几个大字：《牛病大全》。

　　当他们从桌子间的过道走过时，斯蒂芬说：

　　克兰利，我要跟你谈谈。

　　克兰利并没有理会他，也没有回头。他把他的书放在柜台上，然后走出去了，他那穿得厚厚的脚在地板上发出一种声音。到了楼梯上，他停了下来，漫不经心地看着狄克逊再次说道：

把卒走到王的第四线上去。

你要那么走就随你吧，狄克逊说。

他说话的声音很平静，神态倒显得很温和，手白白胖胖的，一个刻着名字的戒指出现在他的一个指头上。

他们从大厅走过时，一个身材娇小的人迎面走向他们。在一顶小小的帽子下面，他那张没有修饰的脸开始对他们展露笑容，他们还听到他小声地说话，他那双忧郁的眼睛就像猴子的眼睛一样。

晚上好，先生们，那张像猴子一样扁平的脸说。

这三月的天气还是挺暖和的，克兰利说，他们在楼上已经打开了窗户。

狄克逊笑着转动着他手上的戒指。那像猴子一样尖嘴的黑黑的脸兴奋地噘着嘴，而且用一种低沉的腔调说：

要说这三月的天气，可真是惬意，真是太舒适了。

楼上有两位美丽的小姐，队长，她们都等了很久了，狄克逊说。

克兰利笑着，礼貌地说：

我们的队长只爱瓦尔特·司各特爵士，对不对，队长？

你现在在读哪一本书呢，队长？狄克逊问道，是在读《拉默尔穆尔的新娘》吗？

老司各特我很喜欢，那两片温和的嘴唇说，我觉得他写的东西非常美。可以和瓦尔特·司各特爵士相媲美的作家根本找不到。

他似乎要给他这些称赞的言辞打节奏，在空中轻轻晃动着他一只干瘪的手，一双黯然神伤的眼睛，薄薄的眼皮总是快速眨个不停。

可是他说话的方式更让斯蒂芬觉得凄惨：一口绅士语调，低沉而圆润，时不时会被错误的用语打断，听着他说话，他不知道那传说究竟是不是真的，不知道他那枯瘦的身躯里流淌的血液是不是真的从乱伦的爱情的贵族的血液而来？

公园里的树木上全是雨水，雨下个不停，而且总是下在湖面上，灰色的湖面就像一面盾牌安静地躺着。一群家养的天鹅朝湖里飞去，它们灰白色的粪便玷污了那水和水下的浅滩。在那群天鹅的诱惑下，那雨中的光线、安静的湿水的树木、可以作证的像盾牌一样的湖面拥抱在一起。他们平静地拥抱着，他的一只胳膊把妹妹的脖子搂在怀里。一件灰色的羊毛衣从她的一边肩头落到对面腰边，斜着把她包裹起来，她的脑袋矜持地歪向他那边。他有一头蓬松的红棕色的头发，有一双细长的、匀称的、长着很多雀斑的顽强的手。脸呢，根本看不到脸。那个哥们儿的脸和她那散发着雨水香味的淡黄的头发贴在一起。那只长满雀斑、顽强的、正在抚摸的手，却是达文的手。

他很气愤他的这种思想和带来这种思想的那个干瘪的人。他突然想到他父亲曾经嘲讽班特里那帮家伙的话。他尽量离那些话远远的，依然紧张地想着他自己的那些思想。为什么那不是克兰利的手？难道他的心更隐私地被达文的质朴和天真所伤？

他和狄克逊一起从大厅走过去，让克兰利一个人一本正经地和那个矮子说再见。

坦普尔正在外面和廊柱下，和一群同学站在一起。他们中有人叫嚣道：

狄克逊，你也过来听听，坦普尔可真厉害。

坦普尔把他那深黑的像吉卜赛人一样的眼睛转过去。

你是一个伪君子，奥基夫，他说，狄克逊是一个笑面人。我的天哪，我想这可是个文学色彩浓厚的顶呱呱的新词儿。

他羞赧地大笑着，看着斯蒂芬的脸再次说道：

天哪，这个名字我太喜欢了。一个笑面人。

在他下面台阶上站着的一个身形高大的学生说：

继续说那个情妇吧，坦普尔。我们很想听你说那个。

他是有，说实话，坦普尔说，而且他早就结婚了。所有的神父的晚饭都时常是在他那里解决的。天知道，我想他们都得到了一点好处。

我们得叫这个心疼自己的马租匹马去打猎，狄克逊说。

你跟我们说说，坦普尔，奥基夫说，现在你肚子里有多少瓶葡萄酒？

这句话凝聚了你心灵中的所有智慧，奥基夫，坦普尔当着众人的面蔑视地说。

他绕着那群人歪歪扭扭地走了一圈，之后对斯蒂芬说。

那个福斯特家族是比利时的王室，你知道吗？他问道。

克兰利从门厅的门口出来了，后脖儿上戴着一顶帽子，他谨慎地剔着牙。

这位举世无双的智者来了，坦普尔说，福斯特家族的情况你知道吗？

他没再继续往前走，准备回答这个问题。克兰利把一个无花果籽从牙缝里剔出来，用他那粗大的牙签举得高高的，认真研究着。

福斯特家族，坦普尔说，是佛兰德斯的皇帝鲍德温一世的后裔。当时他姓福雷斯特。福雷斯特和福斯特并没有任何差别。鲍德温一世的后裔，弗朗西斯·福斯特队长定居在爱尔兰，和克兰布拉西尔最后的一个酋长的女儿成了亲。此外还有布莱克·福斯特一家。那又是另一支了。

那是佛兰德斯皇帝鲍尔德海德的后裔。克兰利再次说道，再次专心致志地剔着他那闪亮的露在外面的牙齿。

这些历史事件你是从哪里得知的？奥基夫问道。

——你们家的所有历史我都知道，坦普尔回头告诉斯蒂芬，你知道吉拉尔德斯·坎布兰西斯是如何说你们家的吗？

——你们也是鲍德温的后裔吗？一个长着黑眼睛、得了肺病的高个子学生说。

——鲍尔德海德，克兰利再次说道，用力喂着他的牙缝。

——Pernobilis et pervetusta familia，[1] 坦普尔对斯蒂芬说。

站在下面台阶上的那个身材伟岸的学生小心放了个屁。狄克逊面向他用一种温和的声音说：

——刚刚是有天使在讲话吗？

克兰利也转过来，情绪有点高亢，可是却还保持平静，说：

——戈金斯，你是我见过的头一个最卑鄙无耻的魔鬼，你知道吗？

——我脑海里倒是浮现出一句话，不吐不快，戈金斯坚定不移地说，这也没有和谁过不去吧？

——我们希望，狄克逊亲切地说，你这并不是科学上的什么paulo post futurum[2]。

——我有告诉过你们他是一个笑面人吗？坦普尔回头看了看说，我给他取了那么个名字不好吗？

——非常好。我们的听觉很好，那个身材魁梧的得了肺病的学生说。

看着他下面那个身材健硕的学生，克兰利的眉头依然皱得紧紧的。之后，他非常嫌弃地哼了一声，用力把他推下了台阶。

——你滚吧，他粗鲁地说，滚远一点，你这个臭东西。你就是一只臭马桶。

戈金斯在那条碎石路上跑了几步，马上又笑盈盈地回来了。坦普尔回头看着斯蒂芬问道？

——遗传学规律你相信吗？

---

[1]　拉丁文：一个非常有名的古老的家族。——译者注

[2]　拉丁文：有待验证。——译者注

　　——你是喝醉了吗？你究竟想说什么？克兰利用疑惑的表情看着他。

　　——世界上在纸上写的意义最深奥的一句话，坦普尔很热忱地说，是在动物学写的最后一句话。死亡开始于生殖。

　　他小心翼翼地碰了碰斯蒂芬的胳膊，迫切说道：

　　——你能意识到，因为作为一个诗人的你，那句话的意义有多么难懂吗？

　　克兰利伸出一个长长的中指头指点着。

　　——你看看他！他蔑视着其他人说，你看看这个爱尔兰的未来！

　　听到他的话，看到他那副模样，他们都不由得哈哈大笑。坦普尔大无畏地面向他说：

　　——克兰利，你总是嘲讽我。这点我是知道的。可是无论什么时候，我也并不比你差。假设来对比我俩，我现在会如何想你吗？

　　——我亲爱的伙计，克兰利毫不客气地说，你一点能力都没有，你知道吗，都没有思考的能力。

　　——可是你知道，坦普尔继续说道，我现在来对比我们两人，我会如何想你，又如何想我自己吗？

　　——那你说说看，坦普尔！在台阶上站着的那个身材伟岸的学生叫道，一字一句地说出来。

　　坦普尔看看左边，又看看右边，突然做了一个极其无奈的姿势说。

　　——我是一个卵蛋，他说，万分失望地摇摇头。我是一个卵蛋，我知道我是，我不否认我是。

　　狄克逊轻轻拍了拍他的肩膀，亲切地说：

　　——坦普尔，这称呼真是太适合你了。

　　——可是他，坦普尔说，指着克兰利，他也是一个卵蛋，和我一样。只是他自己并不了解。而我却可以看到我们之间的差距，仅此而已。

　　他的话被淹没在一阵笑声中，可是他又突然急切地对斯蒂芬说：

　　——这个词儿可太有意思了。这是仅有的一个单双数重合的词儿。你知道吗？

　　——是这样吗？斯蒂芬无所谓地说。

　　这时他正凝望着克兰利那轮廓清晰的脸，那张脸上现在写满了痛苦，露出一脸无所谓的微笑。从他那极力忍受着侮辱的脸上，掠过那个粗鲁的名字，就像泼在一尊古老石像上的脏水。而当他正望着他的时候，他看到他脱帽致礼，把一头从额角直竖上去就像一顶铁制王冠的黑色的头发露出来。

　　她从图书馆的廊子里走出来，从斯蒂芬身边经过时，朝他点了点头，并回答了克兰利的问候。还有他？克兰利的脸不是有点红了吗？或者，他是因为坦普尔的话才脸红的？这时那里的光线太暗了，他看得不太分明。

　　可是这是不是就说明，他这位朋友总是心神不宁、沉默不语，有时还总讲些挑刺的话，有时又用一些粗鲁的言辞有意不让斯蒂芬说下去，不让他有机会把他迫切想要表示的忏悔说出来？斯蒂芬极易原谅他人，因为他发现他自己的态度有时候也不好。他还记得一天晚上，他找人借了一辆浑身响个不停的自行车，当他从那上面下来，在马拉海德附近一个树林里祈祷上帝的场景。他已经把双臂举得高高的，一脸兴奋地向恐怖的树林深处祈祷了，他知道那个时刻应该是特别神圣的，而自己正在神圣的土地上站着。可是就在这时，从昏暗的道路转弯处，出现两个警察，他却马上停止祷告，用口哨吹奏着最新的一个滑稽剧里的插曲。

　　他开始把他那白蜡树棍带权儿的一端派上用场，对一个柱子的底部进行敲打。他的话克兰利没有听到吗？他还可以继续等。他身边的谈话声有片刻的停顿，亲切的嘘叫声从上面的窗口传下来。可是空中就只剩下这一个声音了，刚刚他看到的那些在天空中飞翔的燕子，此刻都进入了梦乡。

她走向黑暗中，空气中一片宁静，除了来自上面的亲切的嘘叫声。他身边所有的嘴都停止念叨了，黑暗正在降临。

黑暗正从天空下降。

他的周围跳动着一种像微光闪烁的欢乐，就如同一群神话中的人物。可这是为什么？是因为她进入了愈发浓烈的黑暗，还是因为那被黑色单纯韵母填满的诗，以及它开头处那圆润的、就像美妙笛声的曲调？

他慢慢走向柱廊更阴暗的一头，用他的棍子轻敲着地上的石块，借以让那些他要离开的同学的专注力被打断，不让他们发现他自己的梦幻中的景象：他任由自己的思绪在多兰德、伯德和纳什[1]的时代中沉沦。

睁开在情欲的黑暗中的眼睛，让才现出光亮的东方变暗的眼睛。只剩下那床笫间的娇柔，并没什么让人怅惘的美。它们所发出的光，也只是一位鼻涕虫斯图亚特王宫廷里的粪坑上的浮渣所散发出的光彩而已。在他的记忆的语言中，他品尝到了琥珀色的酒、在死亡中坠落的美好的曲调以及自豪的宫廷舞的味道，通过他的记忆的眼睛，他看到尊贵的妇女们在科文特歌剧院的阳台上把嘴噘得高高的，以诱惑他人，还看到酒馆里出着水痘的姑娘和一些年轻媳妇，兴奋地想要在玩弄她们的男人面前臣服，不停地和他们拥抱。

---

[1] 这里所提到的三人都是英国 17 世纪音乐家或作家。——译者注

他召唤出来的这些形象并没有让他感觉到快乐。它们不仅神秘，而且热忱，可是它们并没有扰乱她的形象。不应该这样想她。他自己甚至都从来没有这样想过她。难道他的思想现在已经不相信自己了吗？过去的一些话语，只是以被发现的芬芳为凭借，才有了一丝甘甜的气息，就像克兰利从他发光的牙缝里剔出的无花果籽儿一样。

尽管他隐隐约约知道，她的身影正从那城市穿过，走回自己家，可是这不仅不是思想，也不是幻境。一开始并不清晰，然后他清楚地意识到，他闻到了她身体上的味道。他的血液里翻涌着一种清楚意识到的忐忑。没错，他闻到的是她身体上的味道，一种野性的让人欲罢不能的味道，这味道是从他那充满情欲的音乐曾无数次掠过的温柔的肢体而来，从她的肌肤曾散发出的甘甜的气息和一阵像清露一样隐晦的内衣而来。

他的后脖儿爬行着一个虱子，他把大拇指和食指伸出来，从他的宽松的衣领下面轻松抓住了它。他用手捻着它的身体，觉得它如同稻米一样，不仅软和，而且有些刺人，他就这样揉搓了一会儿就扔了它，心想它到底还有没有生命。科尼利厄斯[1]说过的一句很神奇的话突然出现在他的脑海里，那意思是说来自人体的汗的虱子和其他的动物不一样，并不是由上帝在第六天创造出来的。可是，因为脖子上的皮肤太痒了，他的思想都发红了，还想发火。他的身体所遭受过的穿得破烂、吃得惨兮兮、被虱子不停咬的生活，让他忽然感到绝望，并不自觉地把眼皮合上了，而在那片黑暗中，他却看到不少发光、发脆的虱子自空中跌落，同时还翻滚着。没错，是光明从空中坠落，而不是黑暗。

光明正从天空坠落。

---

[1] 佛兰德耶稣会教士。——译者注

他甚至不能把纳什的那行诗清楚地回忆起来。它所激发出来的形象都不是真实的。他的头脑原本就在对各种灾祸进行酝酿，他的思想便是源于懒惰的汗水的虱子。

他不久又跑了回来，沿着柱廊跑向那群学生。算了吧，由她去，让她见鬼去吧！她可以去爱一个胸部布满黑毛，每天早晨齐腰以上得洗一遍的爱整洁的运动员，由她去。

克兰利又把一个干无花果从口袋里掏出来，正慢条斯理地咀嚼着。坦普尔在一根柱子的台基上坐着，背靠着它，帽子拉到前面，把他那惺忪的睡眼盖住了。从门廊里走出来一个矮胖的年轻人，腋下还夹着一个大皮包。他走向那群人，用靴后跟和一把沉甸甸的雨伞的铜帽儿用力敲打着地上的石板。之后他把雨伞举起来敬礼，对所有人说：

——晚上好，各位先生。

他又在石板上敲了几个，笑得很大声，像神经病一样晃了一下脑袋。那个身材魁梧的得了肺病的学生和狄克逊和奥基夫正用爱尔兰语谈论着什么，没有人理会他。之后他便望着克兰利说：

——晚上好，我是专门对你说的。

他把雨伞举起来指点着，又大声笑了会儿。这时，克兰利还正在咀嚼他的无花果，他用力动了几下下巴，以示回答。

——好？没错，这个晚上倒是不错。

那个矮矮胖胖的学生一本正经地看着他，亲切且否定地摇了摇几下他的雨伞。

——我看得出来，他说，你正准备说一些人人皆知的大实话。

——嗯，克兰利答道，同时从嘴里把那个已经嚼烂的无花果拿出来，送给那个矮胖的学生，意思是让他吃下去。

那个矮胖的学生拒绝了，可是为了表示对他这种特殊的诙谐表示包容，他依然边笑着边用他的雨伞指点着一本正经地说：

——你是准备……

他没再继续说下去，用伞指着那个已经成为一摊烂泥的无花果，大叫道：

——我说的就是那个。

——嗯，克兰利依然问了和刚才一样的问题。

——刚刚你那样做，那个矮胖的学生说，意思是 ipso facto[1]，还是比如说，只是随口说说而已呢？

狄克逊背对着那群学生说：

——戈金斯正在等你，格林，他去阿德尔菲去找你和莫伊尼汉去了。你这里面装的是什么？他问道，拍了拍格林在腋下夹的公文包。

——一些考卷，格林答道。每个月我都会考他们一次，看看我的教学成绩。

他也拍了拍那公文包，轻声咳嗽了几下。

——教学！克兰利粗鲁地说。我想你是指，那些受到你这老猢狲教育的赤脚孩子吧，求上帝保佑他们吧！

他把剩下的半个无花果咬下来，扔掉果蒂。

——我让小孩子们都爬到我身上来，格林亲切地说。

——一只该死的老猴头，克兰利又气愤地说了一遍，还是一只在公开场合对上帝进行亵渎的老猴头！

坦普尔起身推开克兰利，对格林说：

——刚刚你说的这句话，他说，是来自《新约》中"让孩子们都来到我身边"这句话吧。

——你还是去睡觉吧，坦普尔，奥基夫说。

——那么好，坦普尔依然对着格林说道，既然耶稣让孩子们都

---

[1] 拉丁文，原意为"就事实来说"，此处可理解为"有所实指"。——译者注

去他身边，那么没有受洗死去的孩子，教堂为什么要把他们送到地狱去？那是因为什么？

——你自己受过洗吗，坦普尔？那个得了肺病的学生问道。

——可送他们去地狱的原因是什么，假如耶稣说过他们都可以去他那里的话？坦普尔说，直勾勾地盯着格林的眼睛看。

格林咳嗽了几声，用力压制住神经质的笑声，说一句话就晃一下雨伞，亲切地说：

——至于你，假如确实如此，我要一本正经地问你，这"这样"又来自哪里？

——因为教堂和所有老罪犯一样，都很无情，坦普尔说。

——你这说法是合乎正统的吗，坦普尔？狄克逊亲切地说。

——圣奥古斯丁就说过没有受过洗的孩子要到地狱去的话，坦普尔答道，因为他自己就是一个无情的老罪犯。

——我向你致敬，狄克逊说，可是我记得，的确有一个名叫林堡的地方是专门给这样的孩子准备的。

——不要再和他辩论下去了，狄克逊，克兰利恼怒地说道。不要再和他说一句话，连看都不要看他。用一根草绳把他拴住，就像牵着一头咩咩叫的山羊一样把他牵回去吧。

——林堡！坦普尔叫道，那真是一个了不起的发明。和地狱没有任何差别。

——可是比在地狱里好多了，狄克逊说。

他笑着转身告诉其他人：

——我想我说的这些话，可以作为这里我们大家的意见的代表。

——没错，格林坚定地说道，在这一点上，整个爱尔兰是一致的。

他用伞头上的铜帽儿敲打着柱廊上的石头地板。

——见鬼，坦普尔说。我非常尊敬那位魔鬼的亲眷的那个发明。地狱就是罗马，像罗马人住房的墙壁一样坚固，而且极其丑陋。可林堡究竟是个什么东西？

——还是送他回婴儿车去吧，克兰利，奥基夫叫道。

克兰利朝坦普尔快速迈了一步，停下来跺了跺脚，似乎在对一只鸟儿叫道：

——嘘嘘！

坦普尔机敏地退到了一边。

——林堡是什么，你知道吗？他大声说，你知道在我们罗斯科门，这玩意儿被我们叫作什么吗？

——嘘嘘！去你的吧！克兰利拍手叫道。

——它既不是我的屁股，也不是我的胳膊肘儿，坦普尔一脸蔑视地叫道。那就是我所了解到的林堡。

——给我那根棍子，克兰利说。

他从斯蒂芬手中把那根白蜡棍粗鲁地夺过来，飞身从台阶上跳下去：可是坦普尔，因为听到有人在后面追他，于是像一只离弦的箭一样冲向黑暗。大家先是听到克兰利从广场跑过时靴子所发出的巨大声音，又听到他迈着沉重的脚步跑回来，每跑一步，路上的小石子就跟着遭一次殃。

他的脚步已经把他的怒气明显昭示出来，接下来，他更是粗鲁地把那根棍子还给斯蒂芬。斯蒂芬觉得他不仅仅是因为这个原因生气，可是为了表现出耐心十足的样子，他小心翼翼地碰了下他的胳膊，平静地说：

——克兰利，刚刚我已经跟你说过，我要和你谈一谈，跟我来吧。

克兰利看了他好一会儿，问道：

——现在吗？

——没错，就是现在，斯蒂芬说，这里不适合交谈，跟我来吧。

——他们俩一起安静地从那个方形广场走过去。当他们从门前的台阶上走下来时，他们听到一种效仿《西格弗里德》[1]中学用口哨吹出来的鸟叫声。克兰利回头一看，发现是狄克逊跟在他们后面学鸟叫，后者还问道：

——你们两个家伙要去哪里？我们那场球还打吗，克兰利？

他们从一片安宁的空气越过去，叫嚣着要一起去阿德尔菲旅馆去打一场台球。斯蒂芬独自走在前面，一直来到寂静的基尔德尔大街对面的枫树旅馆旁边，他就站在那里等着，心情又恢复了平静。他觉得无地自容，因为那旅馆的名字、一种失去颜色的光秃秃的木头，以及它那素净的门脸儿，都像是在客气地鄙视他。所以他也用愤怒的表情回看着旅馆里的会客室，在他脑海里出现这样的场景：爱尔兰的达官贵人们住在这旅馆里，过着悠闲的生活。他们脑子里成天想的都是军部的委令、土地买卖：他们在乡村的大路上和农民相遇都要行礼，他们还知道一些法国菜的名字，还会用一种土气的腔调把命令下发给当地的行政长官，他们那尖厉的声音似乎都要刺破他们原本包裹着严严实实的土腔调。

他怎样才可以让他们的良心深受触动，或者把他那阴暗的思想散播给他们的女儿，让她们在把那样一些农村绅士生下来之前，可以生育出一支和他们自己截然不同的人种来呢？暮色愈发浓了，他觉得自己所在的那个民族的思想和欲望，就像一群群蝙蝠，从那黑暗的农村小道飞过去，飞到一片处处是水潭的沼泽地附近的一条河边的树丛中。那天晚上，达文从那里经过时，曾经有一个女人等在那门口，她请他喝了一杯牛奶，差点把他诱骗到她的床上去。因为

---

[1]　西格弗里德：传说中日耳曼民族中的民族英雄。《西格弗里德》是一首歌曲，作者是德国作曲家理查德·瓦格纳。——译者注

达文的眼睛很温柔，可以守住所有秘密。可他从来没有遭到过任何一个女人的眼睛的诱骗。

他的胳膊被一只强健的手抓住了，克兰利的声音在他的耳边响起：

——我们也走吧。

他们安静地走向南边。片刻以后，克兰利说：

——那个该死的笨蛋，坦普尔！你知道吗？我向摩西发誓，早晚我要杀了他。

可是从他的声音里听不出一丝生气，斯蒂芬不知道他是不是想到了她在门廊上和他挥手致意的场景。

他们拐向左边，依然和刚才一样走向前边，一会儿以后，斯蒂芬说：

——克兰利，今天晚上我陷入了一场极其令人不悦的争吵中。

——和你的家里人？克兰利问道。

——和我妈妈。

——因为宗教问题？

——没错，斯蒂芬答道。

一会儿以后，克兰利问道：

——你妈妈今年多大了？

——还算年轻吧，斯蒂芬说，她要我复活节去上帝面前履行我的职责。

——你去吗？

——我不去，斯蒂芬说。

——为什么不？克兰利说。

——我不想做什么教职工作，斯蒂芬答道。

——你早就说过这样的话，克兰利平静地说。

——现在我是事后再说一遍，斯蒂芬气愤地说。

克兰利把斯蒂芬的胳膊紧紧抓在手里说：

——你先不要担心，我亲爱的朋友，你知道，你这人有点太冲动了。

他说话时，不由得大笑出声，接下来他用热忱的神色看着斯蒂芬的脸说：

——你知道吗？你是一个特别容易冲动的人？

——我可以肯定地说是这样，斯蒂芬说，也笑了起来。

近来，他们两人在思想上屡屡产生冲突，现在好像忽然间又变得亲近了不少。

——圣餐的那一套，你相信吗？克兰利问道。

——我不相信，斯蒂芬说。

——那么说你就不相信喽？

——我既相信，也不相信，斯蒂芬答道。

——很多人都怀疑这件事，甚至包括那些教会里面的人，可是他们把这种疑虑打消了，或者将这种疑虑扔到了一边，克兰利说，你对这个问题的怀疑竟如此难以打消吗？

——我并不想把我的疑虑打消，斯蒂芬答道。

克兰利似乎觉得有点窘迫，他又从口袋里掏了一个无花果出来，准备塞到嘴里去，这时斯蒂芬却说：

——求求你不要再吃了。你要是吃无花果，我们就无法再继续讨论下去了。

克兰利在他所站的那个地方的灯光下，把那个无花果举起来，认真打量着；之后他分别用两个鼻孔去闻闻它，咬了一小块到嘴里又吐掉，之后把那个无花果用力扔向了阴沟。现在它就躺在那里，你对它去讲吧，他说：

——走开吧，你这该死的东西，愿你滚到永远燃烧的地狱烈火中去！

他把斯蒂芬的两只胳膊抓在手里，边走边说：

在最后审判的那一天，你不担心有人会这样跟你讲吗？

可是在另一方面，我又能有什么收获呢？斯蒂芬问道，成天陪在那个教导主任身边就可以收获永恒的幸福吗？

你记住，克兰利说，他一定会很高兴。

啊，斯蒂芬带着一丝怨气说，他是那么明朗、活泼、冷酷，更主要是，还很机敏。

——你知道，克兰利平静地说，让人讶异的是，你脑子里充斥着你压根不相信的宗教。当年在学校的时候，你相信宗教吗？我可以肯定那会儿你是相信的。

——那会儿我是相信的，斯蒂芬回答道。

——那相比现在，那会儿你是不是幸福一些呢？克兰利亲切地问道，和现在相比，是不是更幸福，举例来说？

——时常觉得很幸福，斯蒂芬说，时常又觉得不幸福。当时我压根是另外一个人。

——什么叫另一个人？此话怎讲？

——我是说，斯蒂芬说，那时的我和现在的我并不一样，我变了。

——不像现在的你，不像已经变了的你，克兰利再次说道，让我问你一个问题，你爱你的妈妈吗？

斯蒂芬缓缓地摇了摇头。

——你这话是什么意思，我不明白。他简单地说。

——你从来没有爱过任何人吗？克兰利问道。

——你是指女人？

——我不是说那个，克兰利的语调变得更加冷漠，我是问你有没有爱上过什么人或什么东西？

斯蒂芬走在他朋友身边，一脸阴沉地看着脚下的小道儿。

——我曾经试着去爱上帝，最后他说，现在我觉得我好像没能成功。这件事太难了。我试着把我的意志和上帝的意思慢慢联系起来。在这方面我也是有可能办到的。可能现在我还可以那样做……

克兰利粗鲁地打断了他，问道：

——你妈妈曾经幸福地生活过吗？

——我怎么知道？斯蒂芬说。

——她有几个孩子？

——九个或者十个，斯蒂芬答道，有几个死了。

——你父亲是……克兰利停顿了片刻继续说道：我并非有意打听你们家里的事。可是你父亲的境遇算是通俗意义上的有钱家庭吗？我是说，在你成年以后？

——可以那么说，斯蒂芬说。

——他是做什么的？克兰利停顿了片刻后问道。

斯蒂芬开始口若悬河地说起他父亲过去所做的事情。

——学过医、驾过船、唱过男中音、当过业余演员、做过大声叫嚷的政治家、当过小地主、小发明家、当过酒鬼，还是知名的大善人，写过小故事，给别人当过秘书，还自己酿过酒、收过税、破过产，现在成天说自己过去有多么牛。

克兰利笑得很大声，更用力捏着斯蒂芬的一只胳膊说：

——做酿酒的买卖真是太好了。

——还有什么情况是你想知道的吗？斯蒂芬问道。

——你们现在情况还很好吗？

——你觉得我这样子像吗？斯蒂芬直截了当地说。

——那样说来，克兰利饶有兴趣地说，你是在一个豪华的怀抱中出生的。

当他把这句话派上用场时，就像他一直使用的什么技术术语一样，肆无忌惮地叫嚷着，似乎想让听他讲话的人知道，尽管他是这样说的，可是连他自己也不相信。

——你母亲一定经历了不少磨难，他继续说道，你难道不想救救她，让她少受一点折磨吗？甚至在……或者说，你想这样做吗？

——假如我可以，斯蒂芬说，那并不需要我做出多大的牺牲。

——那你说那样做吧，克兰利说，她想让你怎么做，你就怎么做好了。对于你来说，这又有什么所谓的呢？你对那些东西表示怀疑，这只是一种形式：再没有其他的什么。这样你就可以平复下她的心情了。

他停了下来，因为斯蒂芬没有给他任何答复，他也就停了下来。接下来，他似乎要把自己的思想过程说出来一样，又继续说道：

——在这个浑蛋的世界上，你可以说没有什么东西是值得依靠的，可是母亲的爱不包括在内。你母亲把你带到这个世界上来，先在她自己的身子里孕育你，而我们能知道她是什么感觉吗？可是无论她有什么感觉，最起码她的感觉是真实的。也只能是真实的。我们的抱负或者说野心都是些什么？玩儿。抱负！咳，那个浑蛋坦普尔有抱负，麦卡恩也有很多抱负。每个打算上路的豺狼都有很多抱负在脑海里酝酿呢！

斯蒂芬一直仔细聆听着这些话背后的深意，最后还是装作浑然不在意的样子说：

——帕斯卡，假如我没记错的话，因为担心和任何女性接触，就从来不愿意接受他妈妈的亲吻。

——帕斯卡 [1] 是一个浑蛋，克兰利说。

——我想阿洛伊修斯·冈萨戈也是这样一个人，斯蒂芬说。

——那他也是一个浑蛋，克兰利说。

——可是教堂用圣徒称呼他，斯蒂芬提出了质疑。

---

[1]　法国人，有作家、数学家等多重身份。——译者注

——我不管别人怎么叫他，克兰利粗鲁、直截了当地说，我叫他浑蛋。

斯蒂芬先在脑子里梳理了一下他说的话，接着说：

——在公开场合，耶稣似乎对他母亲也不太客气，可是苏阿莱兹那个耶稣教的神学家和西班牙绅士却为他申辩。

——你有没有想过，克兰利问道，耶稣事实上根本不是他假装的那么个人？

——耶稣自己是第一个有这种想法的人，斯蒂芬答道。

——我是说，克兰利声音愈发艰涩地说，你想过吗？他自己也觉得他是个伪君子，或者说，像他咒骂当时的犹太人时所说的那样，是一个假善人？或者，说得更直接一些，他只是一个恶棍？

——我可从来没有这样的想法，斯蒂芬答道，可是我真的很疑惑，你现在是想让我相信上帝呢，还是要让你自己也对上帝存疑呢？

他回头看着他朋友的脸，在他脸上，他看到一丝窘迫的笑容，可是一种让那微笑具有某种微妙含义的强大的意志力量却同时表露出来。

克兰利突然用一种平静的语调问道：

——跟我说实话，听了我刚刚所说的话，你会不会觉得很惊讶？

——是有些惊讶，斯蒂芬说。

——既然你那么坚定地认为，克兰利仍然用之前的声调进一步探究，我们的宗教是假的，耶稣并不是什么上帝的儿子，那你吃惊的原因又是什么呢？

——我也不能完全肯定那些事，斯蒂芬说，他倒是和上帝的儿子更像，而不像是玛利亚的儿子。

你之所以不想参加圣餐会，克兰利问道，就是因为你不敢肯定那些事，因为你觉得圣餐会上的面包可能真是上帝的儿子的血和肉，而不只是一块面包？因为你害怕也许是那样？

——没错，斯蒂芬平静地说，我确实有那样的感觉，我也害怕那个。

——我明白，克兰利说。

听着他那声调，斯蒂芬好像要给这次谈话画上句号了，所以为了持续讨论下去，继续说：

——我害怕的东西太多了，像狗、马、枪炮、大海、雷电、各种机器，以及深夜里乡村里宁静的道路。

——可是你为什么要害怕那一小片面包呢？

——我觉得，斯蒂芬说，有某种真实的邪恶存在于我所说的我害怕的那些东西后面。

——那么你害怕，克兰利问道，假如你在圣餐会上做了什么亵渎神灵的事，罗马教堂的上帝会立刻处死你，并让你下地狱吗？

——那罗马天主教堂的上帝现在就可以那么做了，斯蒂芬说，相比那个，我更怕的是，假如我崇拜某种虚假的象征，就有可能在我的灵魂中产生的那种化学作用，因为已经有二十个世纪的权威和崇敬聚集在那个象征后面了。

——到了非常紧急的时候，克兰利问道，如果你犯下刚刚你所说的那种亵渎神灵的罪过，你也不会后悔吗？举例来说，假如那会儿让你天天去忏悔？

——我现在没法回答过去的事，斯蒂芬答道，可能不会。

——那么，克兰利说，你是不准备变成一个新教徒了吗？

——我说过我已经没有了信仰，斯蒂芬答道，可是我并不是说，我不再尊敬自己。假如一个人将一种符合逻辑的、合理的荒谬信仰舍弃掉，却将一个违背逻辑的、不合理的荒谬信仰牢牢攥在手里，那怎么称得上是解放思想呢？

他们原来一直走向彭布罗克的市镇，现在他们依然在大马路上慢慢走，在那里的树林和一些来自别墅的点点灯光的映衬下，他们的心境更加平静了。他们周围出现的这种祥和的气氛好像也在安慰他们的贫困。在一排桂花树组成的树篱后面，从一间厨房的窗口照出来一点灯光，与此同时，一个女佣边磨刀边唱歌的声音传入他们的耳畔，她时断时续地唱道：

"罗西·奥格雷迪。"

克兰利停下来认真听着，之后说：

——Mulier cantat.[1]

这拉丁话语的轻柔的美，用一种令人沉醉的触摸，一种更甚于音乐或一个女人的手的轻柔、温暖的触摸，对傍晚时分的夜色进行抚摸。如今，他们已经理清了头脑里杂乱的思绪。一个来自教堂圣餐室的女人的身影安静地从那片黑暗穿过去：她穿着白衣服，身材瘦小，腰带几乎都要掉下来了。他们听到她那像男孩子一样尖厉的声音成为远处一个合唱队里女声开头的歌唱的领唱，那声音从那第一段热情满满的歌词所引发的喧闹穿过：

——Et tu cum Jesu Galiloeo eras.[2]

所有的心都深受触动，那声音如同一颗冉冉升起的新星一样闪烁着动人的光彩，在和着先重后轻的节奏唱着的时候，它的光亮更加动人，而在那节奏消退的时候，它就会黯淡下去。

歌声停了下来，他们又继续往前，克兰利用特意加强的节奏唱着那首歌的最后一节：

　　　等我们俩结婚以后，

　　　　　啊，我们该是多么快乐，

---

[1]　拉丁文：一个妇女在唱歌。——译者注
[2]　拉丁文：你和加利利的上帝同在。——译者注

因为我热爱温柔的罗西·奥格雷迪，
罗西·奥格雷迪也深切地爱着我。

——你听听，这才叫真正的诗，他说，真正的爱情应该是这样的。

他斜睨着眼，一脸诡异地看着斯蒂芬说：

——你觉得那是诗吗？更何况，那些话是什么意思你看得懂吗？

—— 我得先找到一个罗西再说，斯蒂芬说。

——要找她也很简单，克兰利说。

他的帽子搭在额头上。他把它朝后推了堆，斯蒂芬在一片树林的阴影下，看到了在黑暗的映衬下他那张面无血色的脸和一双漆黑的大眼睛。没错。他的脸很美，他的体格也很健壮。他曾经说到母爱。他对妇女的苦难深有感触，对她们的身体和灵魂的虚弱有所感触，他打算用他健壮的臂膀去保护她们，他在思想上致敬她们。

那么我们走吧，时间也差不多了。一个柔和的声音在斯蒂芬孤单的心中响起，它要他走，并跟他说，他的友情到此也该画上句号了。没错，他要走，他不能和他人斗争，他知道他的地位。

——可能我要从这里离开了，他说。

——去哪儿？克兰利问道。

——去我可以去的地方，斯蒂芬说。

——那也好，克兰利说。现在你还住在这里是有些勉强。可是就因为那个要离开吗？

——我必须走，斯蒂芬答道。

——原因是，克兰利继续说，假如你想留在这里，你不需要觉得自己是被人赶走了，或者觉得自己是一个异教徒，或者是什么不法分子。有很多很好的宗教信徒，也有和你类似的想法。你听了觉得匪夷所思吗？那几间石头房子，甚至那些教士和他们的教条，都不是组成教堂的所有东西，组成教堂的是天生就和它有缘分的一大群人。我不知道你这一生想做些什么。你想做的，是不是就是那天晚上我们在哈考特街外面车站上站着时，你跟我说的那些？

——没错，斯蒂芬说，只要一想到克兰利但凡想到过去的事，都会联系事情在哪发生的，不由得口是心非地笑了笑。那天晚上，你几乎和多尔蒂争论了半个小时，从萨利加普到拉前提下斯最近的一条路究竟是哪一条。

——那个榆木脑袋！克兰利一脸蔑视地说，他知道从萨利加普到拉拉斯去的路要怎么走吗？他能知道些什么？他可真是天下最大的愚蠢的木头疙瘩脑袋！

他不由得捧腹大笑。

——啊，斯蒂芬说，你还记得后来的事吗？

——后来你说的那些话，是吗？克兰利问道。没错，我还记得。你说你要去探寻另一种生活方式或另一种艺术，以它为依靠，你的心灵就可以变得自由，可以把它自己自由地表现出来。

斯蒂芬把帽子举起来，示意他说得没错。

——自由！克兰利再次说道，可是你哪有那么多可以对神明进行亵渎的自由。跟我说说，你会去抢劫吗？

——我会先想到乞讨，斯蒂芬说。

——假如你一无所获，你会抢劫吗？

——你的意思是要我告诉你，斯蒂芬回答道，所谓财产所有权也并不是永久的，在某种情况下，抢劫会变成合法的事。每个人都可以遵照自己的信仰去行动。现在我可不想那样回答你的问题。这个你可以去向那位耶稣会的神学家胡安·玛丽亚娜·德塔拉贝拉[1]去请教，他会告诉你，在什么情况下，你可以把你的君王杀死而不

---

[1] 17 世纪西班牙历史学家和政治哲学家。——译者注

违法，还会跟你说，最好是用酒杯端一杯毒药给他，还是把毒药抹在他的袍子上或者马鞍的扶手上。而我，你可以问我，如果别人来抢劫我，我会不会原谅？或者假如有人抢劫了我，我会不会大声叫唤，要让他接受我深信是属于世俗的权力所行使的惩罚？

——你会吗？

——我想，斯蒂芬说，这带给我的创伤将完全类似于我遭到抢劫时的情况。

——我知道，克兰利说。

他把火柴掏出来，又开始剔他的两颗牙齿之间的一个牙缝。之后他漫不经心地说：

——跟我说说，举例来说，你愿意和一个处女睡觉吗？

——很抱歉，斯蒂芬礼貌地说，大多数年轻的先生们不都对这件事梦寐以求吗？

——那你是怎么想的呢？克兰利问道。

他最后这句话就如同煤烟一样，散发出难闻的味道，让人感到失望，让斯蒂芬的头脑遭到打击，那烟雾好像蒙住了他的头脑。

——你听我说，克兰利，他说，刚刚你已经问过我，我想要做的事情是什么，我不想做的事情又是什么。对于我已经开始怀疑的东西，我不想再付出努力，无论它怎么称呼它自己，是我的家，还是我的祖国，抑或我的教堂。我将试着在某种生活方式中，或者某种艺术形式中，尽量把我自己表现出来，而且只将我被允许使用的那些武器派上用场，来给自己提供保护——那就是沉默、流氓和机智。

克兰利把他的一只胳膊抓在手里，迫使他转身。带着他走向利森公园。他几乎是狡诈地笑着，并像一位长辈关心晚辈一样拍了拍斯蒂芬的肩膀。

——还说什么机智呢！他说，你是在说你自己吗？你这个可怜的诗人，你呀！

　　——你已经让我，斯蒂芬说，他的安抚已经感动了他，和过去一样把很多事情都告诉给你了，对吗？

　　——没错，我的孩子，克兰利仍然非常兴奋地说。

　　——你让我告诉你我都害怕哪些东西，可是我还必须跟你说，我不害怕哪些东西。我不怕孤单，不怕因为别人的事而无地自容，也不怕把我必须舍弃的一切丢掉。我也不怕犯错，甚至犯极大的错误，一辈子都无法弥补，或者可能永远都无法弥补的错误。

　　如今，克兰利又变得一本正经起来，他走得很慢，说：

　　——孤单，非常孤单。你对这个一点都不畏惧。可是你知道这话的意思吗？这不只是离开所有人，而且还是身边一个朋友都没有。

　　——我愿意尝试一下，斯蒂芬说。

　　——甚至身边一个人都没有，克兰利说，一个亲密程度超过朋友，比任何人所曾有过的最尊贵的朋友还要亲密的人都不和你在一起。

　　他天性最深处埋藏的一根琴弦好像被他的话打动了。他是否在影射他自己，说他自己就是那样一个人，或者想要成为那样一个人？斯蒂芬安静地看着他，在他的脸上看到一种无情的难过。他是在说他自己，说着让他畏惧的他自己的孤单。

　　——刚刚你说的是谁？斯蒂芬最后问道。

　　克兰利沉默着。

　　三月二十日。在我的反抗问题上，和克兰利聊了很长时间。

　　他又表现出一副神圣的样子。我依然那么亲和，无比恭顺。他在一个人应该对自己的母亲充满热忱这个问题上攻击我。我曾尽力想象他母亲是什么样的，结果是想不出来。有一次因为想象不够深人，随口跟我说，他父亲在六十一岁那年才生下他，他时常可以见到他。健壮的农民的体魄、身穿芝麻点花色的衣服、方头脚、从来不修饰的灰色的胡须，可能还喜欢参加田径赛。对拉拉斯的德怀尔神父始终以礼相待，可是也并不是特别尊重。有时候在夜里和一些姑娘聊天。可是他的母亲如何呢？年轻还是年老？可能不会年轻了。否则的话，克兰利就不会那么说了。那么肯定很老了。可能她又没有得到任何人的关心。所以克兰利才深深地感到绝望：这个干瘪的老头儿生下的孩子。

三月二十一日，清晨。昨天躺到床上以后，这些事盘旋在脑海里，可是因为太懒，思想不受约束而没有加以补充。思想太不受约束了，没错。以利沙伯和撒迦利亚[1]就都是那么干瘪了。那么他就是一位先行者。还有，他主要以猪肚肠、咸肉和干无花果为食。读一些和蝗虫、野蜂蜂蜜有关的书。还有，只要一想到他，一张严肃的没有身子的头，或者似乎后面衬着一面灰色的幕布或红布的死人的脸就会出现在眼前。在某些宗教圈子里，这被他们称为亡头。拉丁门边的圣约翰有点让我摸不着头脑了。我看到什么了？一个亡头的先行者正在想办法把一把锁撬开。

三月二十一日，夜晚。无拘无束。灵魂无拘无束，想象也无拘无束。让死人去埋死人吧。就是，让死人和死人结婚去吧。

三月二十二日。和林奇一起对一个身材魁梧的医院看护进行跟踪。林奇想出来的办法。一点兴趣都没有。两只干瘪的猎狗在一头小母牛后面走着。

三月二十三日。自从那晚以后，她就没有再出现过。她生病了？可能正把妈妈的头巾披在身上，在火边上坐着。可是脾气已经没有那么大了。来一碗稀粥？你现在要吃吗？

---

[1] 见《新约·路加福音》第1章第6节：大意为上帝让一对上了年纪的夫妇生下一个儿子。——译者注

三月二十四日。和我妈妈就一个问题展开探讨。主题是：贞女圣玛利亚。因为我的性别的原因，再加上我年纪不大，所以我无法说出更多的观点。尽可能不拿耶稣和爸爸的关系去对比玛利亚和她儿子之间的关系。说宗教不是一个产科医院。妈妈很包容我，说我的思想真奇怪，书读太多了。这话不正确。读书越少，知道的东西就越少。接下来，她说回头我还会对上帝充满信任的，因为我的思想总是动荡的。那意思是说，我从罪孽的后门从教堂离开，却又要从悔罪的天空再进入教堂了。不能再忏悔。我非常明确地告诉她，又要她给了我六个便士，只弄到三个便士。

之后去上学。又和那个小圆脑袋的流氓眼睛格齐发生了争吵。这回是就诺拉的布鲁诺[1]的问题进行思辩。一开始是用意大利语，后来用的全是一些不齐整的英语。他说布鲁诺是一个恐怖的异教徒，我说他却被人给烧死了。对此，他深表同情，也予以认同。接下来他开始告诉我，告诉我怎么做他所说的 risotto alla bergamasca[2]。他在念一个软音○时，把他那红润的嘴唇伸得远远的，好像要和那个母音亲吻一样。他是这样吗？他会忏悔？没错，他会的：他会把两颗圆圆的流氓的泪珠哭出来，一个眼睛一颗。

从斯蒂芬的，也就是我的菜园子经过，那天晚上克兰利所说的"我们的宗教"原本是由他的同胞发明的，而不是由我的同胞发明的那段话出现在我的脑海里。他们一行四人，都是九十七步兵旅的士兵，一起在那个十字架的脚下坐着，用掷骰子的方法来决定那个钉在十字架上的人的外衣应该由谁获得。

去图书馆尽力读了三篇评论文章。毫无意义，她依然没有出来。我是不是因此很紧张？为什么要紧张？害怕她再也不出来了。

----

[1] 16世纪意大利知名哲学家。——译者注

[2] 见上页注释。——译者注

布莱克曾这样写道：

> 我不清楚威廉·邦德能否保全自己，
> 因为，的确，他病得很重。

天哪，可怜的威廉！

一次，我在圆形大厅看到一张透明画。大厅的另一头，全都是些重要人物的画像。其中还有威廉·尤尔特·格拉德斯通，那会儿他才去世不久。乐队表演着《啊，威廉，我们都很想你》。

都是一帮没有见过世面的人！

三月二十五日，清晨。一晚上总是做些不太好的梦。希望能尽快把它们清除。

一条长长的九曲回环的走廊。一条条黑色的烟柱从地面升起，那里镶嵌在石头上的全都是一些奇怪的帝王的形象。他们看上去都很疲惫，都把手放在自己的膝盖上，眼神极其昏暗，因为他们眼前总是掠过变成黑色烟雾的人的错误。

离奇的人影从一个山洞走出来。他们的身高赶不上一般人。每个人好像都紧紧地挨着身边的人。他们的脸上有磷光在闪烁，还有一条条深色的条纹。他们都把目光放在我的脸上，看他们的眼神似乎要问我什么问题。他们都沉默着。

三月三十日，克兰利今晚在图书馆的门廊上向狄克逊和她的哥哥提了个问题。一个妈妈妈让她的孩子掉到了尼罗河里。还在说和他的妈妈有关的问题。一条鳄鱼把那孩子咬住，妈妈要救回孩子。鳄鱼说，只要她跟他说对待那个孩子的方法，是把他吃掉，还是留他一命，他就可以让她要回自己的孩子。

这种思想方法，莱皮德斯会说，完全是以你自己的太阳的作用为凭借，从你自己的烂泥里培育出来的。

我的呢？也完全一样吧？那就扔到尼罗河的烂泥里去吧！

四月一日。不是特别认可最后那句话。

四月二日。看到她在约翰斯顿、穆尼和奥布赖恩的店里喝茶、吃饼干。林奇的眼睛真好使，当我们经过时，他发现了她的身影。他跟我说，是受到他弟弟的邀请，克兰利才去那里的。他是不是还带了他的鳄鱼？他现在是一只会发光的明灯吗？啊，他是被我发现的。我可以肯定是这样。原来只是在威克罗谷仓一个大斗后面安静地散发着光彩。

四月三日。在芬勒特教堂对面的雪茄烟店里遇到了达文。他身穿一件黑毛衣，拿着一根棒球棍。问我是不是确定要出门，还问我缘由。我跟他说如果要去塔拉，从霍利赫德那边走是最近的。就在那时，我父亲来了。我给他们做了介绍。我父亲很礼貌，也很体贴。问达文他可否请他吃点什么。达文要去参加一个舞会，所以不能吃。我们离开时，我父亲说他的眼睛既真诚又善良，问我怎么没去参加一个划船俱乐部。我假意说想再考虑一下。后来他还跟我说，他是如何让彭尼费瑟的心受伤的。要我去学法律。说我有学法律的天赋。又是些烂泥，又是些鳄鱼。

四月五日。春寒料峭的时节。疾驰的云彩。啊，生活！在一片污浊的烂泥塘中黑色的水流边，苹果树把它们柔嫩的花朵抛了下来。很多女孩子的眼睛在那些树叶间闪现。一些看上去非常大方的活泼的女孩子。皮肤都是白色的或琥珀色的，黑皮肤的一个也没有。她们的脸要是变红了就更加好看了。真是太神奇了！

四月六日。过去的事她肯定还没有忘记。林奇说所有的女人都不会把过去的事忘掉。那么她小时候的场景——以及我小时候的场景，如果我也曾经有过小时候的话，她肯定还记得。现在吞没了过去，现在之所以还活得好好的，是因为它会带来将来。假如林奇说的是对的，那么所有女人的雕像都应该被覆盖住，女人的一只手总是不无叹息地摸着自己的后部。

四月六日稍晚一些。迈克尔·罗马茨想到被他抛到脑后的美，当他和她拥抱在一起时，被他搂在怀里的是这个世界上早已枯萎的爱。不要这个。一点都不要。我希望我可以搂着一种还没有在这个世界上出现过的爱。

四月十日。这个城市，如同一个疲倦、对任何抚摸都不会心动的情人，在各种梦境中安享睡眠状态。就在这个恐怖的晚上，隐隐的马蹄声通过城市里的安静传过来。来到桥边以后，马蹄声愈发清晰了。很快，它们就经过黑暗的窗口外，于是那里的安静就像被箭射过一样，消失在一片错愕中。马蹄现在又远去了，在恐怖的夜晚，马蹄如同珠宝一样熠熠生辉，它们快速从睡眠的田野穿过，要到哪里去——要进入什么人的心？——带着什么消息？

四月十一日。昨天晚上写下的那些话，我又读了一遍。将一种含糊不清的语言表达出来。她会对它有好感吗？我想会的。那么我也应该对它有好感。

四月十三日，一直以来，我都被"通盘"那个词儿所困扰。我查了一晚上，发现它原本是英语，而且是非常地道的古老的英语。让那个副教导主任和他的漏斗见鬼去吧！他到这儿来干什么，是来把他们自己的语言教给我们，还是让我们学习我们自己的语言。无论是哪一种，都让他见鬼去吧！

四月十四日。约翰·阿方萨斯·马尔雷南刚从西爱尔兰回来了。请欧洲和亚洲的报纸都把这个消息登载上去吧。他跟我们说，在那时的一间山上的木房子里，他遇到了一位眼睛发红的老人，还抽着一根短烟斗。老人说爱尔兰话，马尔雷南说的也是爱尔兰话。后来那老人又和马尔雷南一起用英语交流。马尔雷南告诉了他一些和宇宙、星体相关的事。老人静静地聆听着，抽着烟、吐着痰。之后说：

——啊，等到快要世界末日时，一定会有很多恐怖的奇怪的人出现。

我对他充满畏惧。他那眼圈又红又硬的眼睛让我感到害怕。一整个晚上，我都必须和他进行斗争，直到我们中的一个死去。我要把他那满是青筋的脖子牢牢抓在手里，直到……直到什么？直到他臣服在我的面前？不，我无意加害于他。

四月十五日。今天我到格拉夫顿大街去，和她狭路相逢了。我们是被拥挤的行人挤到一块儿去的。我们俩都站定了。她问我，怎么没去看她，说她从别人那里听说了不少和我有关的事情。这样说只是为了拖延时间。她问我现在还在写诗吗？写些什么人？我也问她。这难免会让她觉得更加窘迫，我觉得很遗憾，太不应该了。马上把那个活门关掉，把精神英雄主义的冷气设备打开，这东西的发明者是丹特·阿利古雅里，而且他在世界范围内还拥有专利权。我滔滔不绝地诉说着我自己和我的各种计划。遗憾的是，在我说话的过程中，我突然做了一个革命的手势。当时我的神态肯定和一个抓着一把豌豆把往中乱撒的家伙特别像。我们吸引了街上所有人的目光。一会儿以后，我们拉了拉手。分别的时候，她说她希望我能说到做到。

现在我将这理解成一种友好态度，你觉得呢？

没错，我今天对她很有好感。只有一点好感，还是非常有好感？我不清楚。我对她有好感，而这于我来说好像是一种新感情。那么，如此说来，从此以后，其他的一切，过去曾出现在我脑海中的一切，以及我过去曾感知到的一切，其实……啊，都抛到一边吧，老伙计！去休息，忘了它们。

四月十六日。走吧，走吧！

紧紧拥在一起的胳膊和那声音的动人的符咒：大路的白色的臂膀，它们承诺过要紧紧抱在一起，在月影映衬下的高大船只的黑色的胳膊，把不少远方国家的信息带来了。它们都举得高高的，似乎在说：我们很孤独——赶紧来吧。而那些声音也和它们共同叫道：我们是你的亲人。在它们呼唤我，呼唤它们的亲人的时候，空气里处处弥漫着它们的友情，我打算离开了，它们正把它们的骄傲和恐怖的青春的翅膀扇得正欢。

四月二十六日。妈妈正在对我新买来的一些旧衣服进行整理。她说，如今她每天祈祷，祈祷我可以在没有家庭和朋友身边的时候，自己慢慢对什么是人的心肠、它都有些什么感觉有所了解。阿门。真希望是这样。欢迎，啊，生活！我打算再一次去和经验的现实相触碰，并把我的民族还未出现的良心在我的心灵中锻造出来。

四月二十七日。老父亲，古老的巧匠，现在请尽力帮助我吧。

都柏林，一九〇四年
的里雅斯特，一九一四年